T0278807

MESTIZA

SAGA COVENANT

MESTIZA

JENNIFER L. ARMENTROUT

Traducción de Marta Carrascosa

Argentina – Chile – Colombia – España
Estados Unidos – México – Perú – Uruguay

Título original: *Half-Blood*
Editor original: Jennifer L. Armentrout
Traducción: Marta Carrascosa

1.ª edición: junio 2023

Derechos de traducción gestionados por Taryn Fagerness Agency
y Sandra Bruna Agencia Literaria, SL.
Reservados todos los derechos.
© 2011 by Jennifer L. Armentrout
All Rights Reserved
© de la traducción 2023 *by* Marta Carrascosa
© 2023 *by* Urano World Spain, S.A.U.
Plaza de los Reyes Magos, 8, piso 1.º C y D – 28007 Madrid
www.mundopuck.com

ISBN: 978-84-19252-25-8
E-ISBN: 978-84-19497-67-3
Depósito legal: B-6.783-2023

Fotocomposición: Ediciones Urano, S.A.U.

Impreso por: Rodesa, S.A. – Polígono Industrial San Miguel
Parcelas E7-E8 – 31132 Villatuerta (Navarra)

Impreso en España – *Printed in Spain*

Para Kathy,

somos muchos los que te echamos de menos y te queremos.

CAPÍTULO 1

Abrí los ojos de golpe cuando el sexto sentido, el más raro, hizo reaccionar a mi respuesta de lucha o huida a una velocidad extraordinaria. La humedad de Georgia y el polvo que cubría el suelo hacían que me costase respirar. Desde que había huido de Miami, ningún lugar había sido seguro. Esta fábrica abandonada no había demostrado ser diferente.

Los daimons estaban aquí.

Podía oírlos en el piso de abajo, buscando en cada habitación en piloto automático, abriendo puertas y cerrándolas de golpe. El sonido me transportó a unos días antes, al momento en que abrí la puerta de la habitación de mamá. Estaba en los brazos de uno de esos monstruos, al lado de una maceta rota con flores de hibisco. Los pétalos morados habían caído por el suelo, mezclándose con la sangre. El recuerdo me revolvió las tripas con un dolor brutal, pero ahora no podía pensar en ella.

Me puse en pie de un salto y me detuve en un pasillo estrecho, esforzándome por oír cuántos daimons había aquí. ¿Tres? ¿Más? Apreté el mango de la pala de jardín con los dedos. La levanté, pasando los dedos por los bordes afilados chapados en titanio. El movimiento me recordó lo que debía hacer. Los daimons odiaban el titanio. Además de la decapitación, que era demasiado asquerosa, el titanio era lo único que podía matarlos. Bautizado con ese nombre por los Titanes, el preciado metal era venenoso para los adictos al éter.

En algún punto del edificio, una tabla del suelo crujió y cedió. Un aullido grave rompió el silencio, y comenzó como un quejido débil antes de alcanzar un tono agudo e intenso. El grito sonó inhumano, enfermizo y horripilante. Nada en este mundo sonaba como un daimon, un daimon hambriento.

Y estaba cerca.

Me apresuré a recorrer el pasillo, con mis zapatillas de deporte hechas polvo chocando contra los tablones desgastados. Llevaba la velocidad en la sangre, y los mechones de pelo largo y sucio se extendían detrás de mí. Doblé la esquina, sabiendo que solo tenía unos segundos...

Un soplo de aire viciado giró a mi alrededor cuando el daimon agarró mi camiseta con el puño y me estampó contra la pared. El polvo y el yeso flotaron en el aire. Unas estrellas negras tiñeron mi visión mientras me ponía en pie. Aquellos agujeros sin alma, negros como el carbón, en el lugar donde debían estar los ojos, parecían mirarme como si yo fuera su próximo plato.

El daimon me agarró por el hombro y me dejé llevar por el instinto. Giré, viendo cómo la sorpresa cruzaba por su rostro pálido una fracción de segundo antes de darle una patada. Mi pie conectó con un lado de su cabeza. El impacto hizo que se tambaleara contra la pared de enfrente. Me giré otra vez y le di un golpe con la mano. La sorpresa se convirtió en horror cuando el daimon miró la pala de jardín enterrada en su estómago. No importaba a dónde apuntáramos. El titanio siempre mataba a un daimon.

Un sonido gutural escapó de su boca enorme antes de convertirse en un polvo azul brillante.

Todavía con la pala en la mano, me giré y di pasos de dos en dos. Ignoré el dolor que sentía en las caderas mientras corría como un rayo por el suelo. Iba a conseguirlo, tenía que conseguirlo. Me cabrearía mucho conmigo misma en la otra vida si moría virgen en este agujero lleno de mierda.

—Pequeña mestiza, ¿a dónde vas con tanta prisa?

Tropecé hacia un lado, y caí en una gran plancha de acero. Al darme la vuelta, el corazón me azotó las costillas. El daimon apareció unos metros por detrás de mí. Al igual que el del piso de arriba, parecía un engendro. Tenía la boca abierta, lo que dejaba al descubierto unos dientes afilados y serrados, y aquellos agujeros negros que me producían escalofríos. No mostraban luz ni vida, solo significaban la muerte. Tenía las mejillas hundidas y la piel pálida de una forma sobrenatural. Se le notaban las venas, que se extendían por su cara como serpientes entintadas. De verdad que parecía algo sacado de mi peor pesadilla, algo demoníaco. Solo un mestizo podría ver a través del glamour durante unos segundos. Después, la magia elemental se apoderaba de él, revelando el aspecto que tenía antes. Me vino a la mente Adonis, un hombre rubio y despampanante.

—¿Qué haces tan sola? —preguntó, con una voz grave y seductora.

Di un paso atrás, recorrí la sala con los ojos en busca de una salida. El aspirante a Adonis me bloqueaba el paso hacia la salida, y supe que no podría quedarme quieta por mucho tiempo. Los daimons aún podían controlar los elementos. Si me atacaba con aire o fuego, estaba perdida.

Se rio, el sonido carecía de humor y vida.

—Tal vez si suplicas, y me refiero a suplicar de verdad, haré que tu muerte sea rápida. Honestamente, los mestizos no me gustan. Sin embargo, los de sangre pura —dejó escapar un sonido de placer— son como una cena de lujo. ¿Los mestizos? Sois una especie de comida rápida.

—Acércate un paso más y acabarás como tu colega de ahí arriba. —Esperaba haber sonado lo bastante amenazante. Era poco probable—. Ponme a prueba.

Alzó las cejas.

—Ahora estás empezando a molestarme. Ya has matado a dos de los nuestros.

—¿Llevas la cuenta o algo así? —Se me paró el corazón cuando el suelo detrás de mí crujió. Me giré y vi a una mujer daimon. Se aproximó, obligándome a que me acercase al otro daimon.

Me estaban acorralando, dejándome sin oportunidades para escapar. Otro chilló en algún lugar del montón de mierda. El pánico y el miedo me ahogaron. El estómago se me revolvió con violencia mientras los dedos que tenía alrededor de la pala de jardín me temblaban. Dioses, quería vomitar.

El cabecilla avanzó hacia mí.

—¿Sabes lo que te voy a hacer?

Tragué saliva y dibujé una sonrisa en mi rostro.

—Bla. Bla. Vas a matarme. Bla. Ya lo sé.

El grito voraz de la mujer interrumpió su respuesta. Era evidente que estaba hambrienta. Me rodeó como un buitre, dispuesta a devorarme. Estreché los ojos hacia ella. Los hambrientos eran siempre los más estúpidos, los más débiles del grupo. La leyenda decía que era el primer contacto con el éter, la fuerza vital que corre por nuestra sangre, lo que poseía a un sangre pura. Con una sola dosis, uno se convertía en daimon y también se convertía en un adicto de por vida. Había muchas posibilidades de que pudiera vencerla. El otro… bueno, eso ya era otra historia.

Hice el amago de acercarme a la mujer. Como una drogadicta que va a por su chute de droga, vino directa hacia mí. El hombre le gritó que se detuviera, pero fue demasiado tarde. Salí en dirección opuesta como una corredora olímpica, dirigiéndome a la puerta que había pateado antes durante la noche a toda velocidad. Una vez fuera, las probabilidades volverían a estar a mi favor. Una pequeña ventana de esperanza revivió y me impulsó hacia adelante.

Lo peor que podía ocurrir, ocurrió. Un muro de llamas voló frente a mí, quemando los bancos y disparándose al menos dos metros en el aire. Era real. No era una ilusión. El calor me golpeó y el fuego crepitó, devorando las paredes.

Frente a mí, él atravesó las llamas, con el aspecto que debía tener un cazador de daimons. El fuego no le chamuscó los pantalones ni le manchó la camisa. Las llamas no tocaron ni un solo pelo de su cabello oscuro. Esos ojos fríos, del color de las nubes de la tormenta, se clavaron en mí.

Era él. Aiden St. Delphi.

Nunca olvidaría su nombre ni su rostro. La primera vez que lo vi de pie frente al campo de entrenamiento, sentí un flechazo ridículo. Yo tenía catorce años y él diecisiete. Cuando lo veía por el campus no me importaba el hecho de que fuera un sangre pura.

Que Aiden estuviera aquí solo podía significar una cosa: los Centinelas habían llegado.

Nos miramos a los ojos, y entonces él miró por encima de mi hombro.

—Al suelo.

No tuvo que decirlo dos veces. Como si fuese una profesional, me lancé al suelo. El pulso de calor salió disparado por encima de mí, estrellándose contra su objetivo. El suelo tembló debido a las salvajes sacudidas del daimon y sus gritos de dolor inundaron el aire. Solo el titanio podía matar a un daimon, pero estaba segura de que el hecho de que te quemasen vivo no tenía que ser muy agradable.

Incorporándome sobre los codos, miré a través de mi pelo sucio mientras Aiden bajaba la mano. Un sonido de explosión siguió al movimiento, y las llamas desaparecieron tan rápido como habían aparecido. En cuestión de segundos, solo quedó el olor a madera quemada, a carne y a humo.

Dos Centinelas más entraron en la habitación. Reconocí a uno de ellos. Kain Poros: un mestizo más o menos un año mayor que yo. Hace tiempo entrenamos juntos. Kain se movía con una gracia que nunca antes había tenido. Se dirigió a la mujer, y con un golpe certero, clavó una larga y delgada daga en la carne quemada de su piel. Ella también se convirtió en polvo.

El otro Centinela gritaba sangre pura, pero nunca antes lo había visto. Era grande (al nivel esteroides) y se centró en el daimon que yo sabía que estaba en algún lugar de la fábrica pero que aún no había visto. Ver cómo movía un cuerpo tan grande con tanta gracia me hizo sentir miserablemente inútil, sobre todo teniendo en cuenta que seguía tirada en el suelo. Me arrastré hasta ponerme en pie, y sentí cómo el subidón de adrenalina que había provocado el miedo se desvanecía.

Sin previo aviso, la cabeza me estalló de dolor cuando un lado de la cara me chocó con fuerza contra el suelo. Aturdida y confundida, me llevó un momento darme cuenta de que el aspirante a Adonis me había agarrado por las piernas. Me retorcí, pero el desgraciado hundió las manos en mi pelo y tiró de mi cabeza hacia atrás. Le clavé los dedos en la piel, pero eso no alivió la presión que ejercía sobre mi cuello. Por un momento pensé que iba a arrancarme la cabeza, pero hundió sus afilados dientes en mi hombro, desgarrando la tela y la carne. Grité, grité *de verdad*.

Estaba ardiendo. Tenía que estarlo. Al drenar, me quemaba la piel; los pinchazos agudos atravesaban cada célula de mi cuerpo. Y aunque solo era una mestiza, que no estaba tan llena de éter como un sangre pura, el daimon seguía bebiéndose mi esencia como si lo fuera. No era mi sangre lo que buscaba, sino que se tragaría litros de ella solo para conseguir el éter. Mi espíritu cambiaba al llevárselo. El dolor lo era todo.

De repente, el daimon despegó la boca.

—¿Qué eres? —Susurró las palabras con la voz entrecortada.

Ni siquiera tuve tiempo de pensar en esa pregunta. Me lo arrancaron de encima y me desplomé hacia delante. Rodé en una bola enmarañada y ensangrentada, que sonaba más a un animal herido que a algo remotamente humano. Era la primera vez que me marcaban: drenada por un daimon.

Por encima de los pequeños sonidos que emitía, oí un crujido asqueroso, y luego gritos salvajes, pero el dolor se había apoderado de todos mis sentidos. Comenzó a alejarse de mis dedos, deslizándose de nuevo hacia mi núcleo, donde seguía ardiendo. Intenté respirar a través de él, pero *joder...*

Unas manos amables me hicieron dar la vuelta, apartándome los dedos del hombro. Miré a Aiden.

—¿Estás bien? ¿Alexandria? Di algo, por favor.

—Alex. —Me atraganté—. Todo el mundo me llama Alex.

Soltó una risa breve y relajada.

—Bien. Bien. Alex, ¿puedes ponerte de pie?

Creo que asentí. Cada poco, una llamarada punzante de calor me sacudía, pero el dolor se había atenuado.

—Esto apesta, pero de verdad.

Aiden consiguió rodearme con un brazo y me puso de pie. Me tambaleé mientras él me peinaba el pelo hacia atrás y echaba un vistazo a las heridas.

—Dale unos minutos. El dolor desaparecerá.

Levanté la cabeza y miré a mi alrededor. Kain y el otro Centinela estaban frunciendo el ceño ante unos montones de polvo azul casi idénticos. El sangre pura nos miró.

—Esto debe de ser todo.

Aiden asintió.

—Tenemos que irnos, Alex. Ahora. Regresar al Covenant.

¿Al Covenant? Sin controlar del todo mis emociones, me volví hacia Aiden. Iba todo vestido de negro, el uniforme de los Centinelas. Durante un segundo, resurgió el encaprichamiento adolescente de tres años atrás. Aiden tenía un aspecto sublime, pero la furia acabó con ese estúpido enamoramiento.

El Covenant tenía algo que ver con esto, ¿y venían a rescatarme? ¿Dónde demonios se habían metido cuando uno de los daimons se había colado en nuestra casa?

Avanzó un paso, pero no lo veía a él; volví a ver el cuerpo sin vida de mi madre. Lo último que vio en este mundo fue la cara de un daimon repugnante y lo último que sintió... Me estremecí, recordando el dolor desgarrador de la mordedura del daimon.

Aiden se acercó a mí otro paso. Reaccioné, una respuesta que nació del enfado y del dolor. Me lancé hacia él, usando movimientos que no había practicado en años. Los lances simples como patadas y puñetazos eran una cosa, pero un ataque ofensivo era algo que apenas había aprendido.

Me tomó de la mano y me hizo girar para que quedase mirando en la otra dirección. En cuestión de segundos, me inmovilizó los brazos, pero todo el dolor y la pena se apoderaron de mí, anulando cualquier sentido común. Me incliné hacia delante, con la intención de conseguir el espacio suficiente entre nosotros para propinarle una cruel patada hacia atrás.

—Para —advirtió Aiden, con una voz que parecía suave—. No quiero hacerte daño.

Respiraba de forma brusca y entrecortada. Podía sentir la sangre caliente bajándome por el cuello, mezclándose con el sudor. Seguí luchando a pesar de que la cabeza me daba vueltas, y el hecho de que Aiden me contuviera con tanta facilidad solo consiguió que mi mundo se tiñera de rojo por la rabia.

—¡Basta! —gritó Kain desde un lado—. ¡Nos conoces, Alex! ¿No te acuerdas de mí? No vamos a hacerte daño.

—¡Cállate! —Me liberé del agarre de Aiden, esquivando a Kain y a Míster Esteroides. Ninguno de ellos esperaba que huyera, pero eso fue lo que hice.

Llegué a la puerta que conducía a la salida de la fábrica, esquivé la tabla rota y me apresuré a salir. Mis pies me llevaron hacia el terreno de enfrente. Tenía la cabeza hecha un lío. ¿Por qué estaba huyendo? ¿Acaso no había estado intentando volver al Covenant desde el ataque daimon de Miami?

Mi cuerpo no quería hacer esto, pero seguí corriendo a través de la hierba alta y los arbustos llenos de espinas. Detrás de mí se escuchaban pasos pesados, que se acercaban cada vez más. Se me nubló un poco la vista y el corazón me retumbó en el pecho. Estaba tan confundida, tan...

Un cuerpo robusto se estrelló contra mí, dejándome sin aire en los pulmones. Caí en una espiral de piernas y brazos. De alguna manera, Aiden dio la vuelta y se llevó la peor parte de la caída. Aterricé sobre él, y me quedé allí hasta que me hizo rodar y me inmovilizó en la hierba del bosque.

El pánico y la rabia me atravesaron.

—¿Ahora? ¿Dónde estabais hace una semana? ¿Dónde estaba el Covenant cuando mi madre fue asesinada? ¿Dónde estabais?

Aiden se echó hacia atrás, con los ojos muy abiertos.

—Lo siento. Nosotros no...

Lo único que consiguió su disculpa fue que me enfadase aún más. Quería hacerle daño. Quería que me dejase ir. Quería... Quería... no sabía qué diablos quería, pero no podía parar de gritar, arañarle y darle patadas. Tan solo cuando Aiden apretó su largo y esbelto cuerpo contra el mío, me detuve. Su peso, la proximidad, hicieron que me quedase inmóvil.

No había ni un centímetro de espacio entre nosotros. Podía sentir la dura ondulación de los músculos de su abdomen contra mi estómago, podía sentir sus labios a escasos centímetros de los míos. De repente, una idea descabellada me pasó por la cabeza. Me pregunté si sus labios sabrían tan bien como se veían... porque se veían increíbles.

Era una mala idea. Tenía que estar loca, esa era la única excusa creíble para lo que estaba haciendo y pensando. La forma en que miré fijamente sus labios o el hecho de que deseaba con desesperación que me besara... todo estaba mal por múltiples razones. Además del hecho de que acababa de intentar arrancarle la cabeza, estaba hecha un desastre. La suciedad me cubría la cara hasta hacerla irreconocible; no me había duchado en una semana y estaba segura de que olía mal. *Así* de asquerosa estaba.

Pero por el modo en que bajó la cabeza, de verdad pensé que iba a besarme. Todo mi cuerpo se tensó de forma anticipada, como si estuviera esperando a que me besaran por primera vez, y claro que no era la primera vez que me besaban. Había besado a muchos chicos, pero no a él.

No a un *sangre pura*.

Aiden se movió, presionando aún más. Tomé aire con brusquedad y mi cabeza voló a mil kilómetros por hora, sin darme nada útil. Movió la mano derecha hacia mi frente. Las señales de alarma se dispararon.

Murmuró una compulsión, rápido y en voz baja, demasiado rápido para que pudiera distinguir las palabras.

Hijo de…

Una oscuridad repentina se apoderó de mí, libre de pensamiento y sin sentido. No se puede luchar contra algo tan poderoso, y sin emitir siquiera una palabra en señal de protesta, me hundí en sus oscuras profundidades.

Capítulo 2

Fuese lo que fuere aquello sobre lo que descansaba mi cabeza, era firme pero cómodo de una forma muy extraña. Me acurruqué más cerca, sintiéndome segura y arropada, algo que no había sentido desde que mamá sacó mi culo del Covenant tres años atrás. El ir de un lugar a otro rara vez permitía esa comodidad. Algo no estaba bien.

Abrí los ojos de golpe.

Hijo de puta.

Me aparté del hombro de Aiden tan rápido que me golpeé la cabeza contra la ventanilla.

—¡Mierda!

Se volvió hacia mí, con las cejas oscuras alzadas.

—¿Estás bien?

Ignoré la preocupación que reflejaba su voz y lo fulminé con la mirada. No tenía ni idea de cuánto tiempo había estado inconsciente. A juzgar por el azul intenso del cielo tras los cristales tintados, deduje que habían pasado horas. Se suponía que los puros no podrían utilizar las compulsiones en los mestizos que no fuesen sirvientes; se consideraba muy poco ético, ya que las compulsiones despojaban a las personas de su libre albedrío, de elección y de todo.

Malditos Hematoi. Nunca se han preocupado por la ética.

Antes de que los semidioses originales murieran junto a Hércules y Perseo, se mezclaron unos con otros de la forma que solo los griegos lo podían hacer. Esas uniones dieron lugar a los sangre pura, los Hematoi, una raza muy, muy poderosa. Podían controlar los cuatro elementos: aire, agua, fuego y tierra, y manipular ese poder salvaje en forma de hechizos y compulsiones. Los puros nunca debían usar sus dones contra otro puro. Hacerlo significaba la cárcel, o, en algunos casos, la muerte.

Al ser una mestiza, el resultado de la unión de un sangre pura y de un humano cualquiera (lo que viene a ser un perro sin raza según los estándares de los puros), no tenía control sobre los elementos. Mi especie estaba dotada de la misma fuerza y velocidad que los puros, pero teníamos un don especial que nos diferenciaba. Podíamos ver a través de la magia elemental que usaban los daimons. Los puros, no.

Había muchos mestizos por ahí, quizá más que sangre pura. Considerando que los puros se casaban para mejorar su posición en nuestra sociedad en lugar de hacerlo por amor, solían tontear por ahí, *mucho*. Como no eran sensibles a las enfermedades que afectaban a los mortales, supuse que asumieron que estaba bien no utilizar protección. Al fin y al cabo, esa descendencia mestiza ocupaba un lugar muy valioso en la sociedad de los sangre pura.

—Alex —Aiden frunció el ceño al mirarme—. ¿Estás bien?

—Sí. Estoy bien. —Fruncí el ceño mientras observaba el entorno. Estábamos en algo grande, lo más probable era que fuera uno de los Hummers enormes del Covenant, con capacidad para albergar a un pueblo entero. Los puros no se preocupaban por cosas como el dinero y el consumo de combustible. Su lema no oficial era: «Cuanto más grande, mejor».

El otro puro, el gigante, iba al volante y Kain estaba sentado en el asiento del copiloto, mirando por la ventanilla en silencio.

—¿Dónde estamos?

—Estamos en la costa, cerca de Bald Head Island. Estamos casi en Deity Island —respondió Aiden.

El corazón me dio un brinco.

—¿Qué?

—Estamos volviendo al Covenant, Alex.

El Covenant, el lugar en el que me entrené y al que consideraba mi hogar hasta hace tres años. Con un suspiro, me llevé la mano a la nuca.

—¿Os envió el Covenant? ¿O fue... mi padrastro?

—El Covenant.

Respiré con más tranquilidad. Mi padrastro sangre pura no iba a alegrarse de verme.

—¿Ahora trabajas para el Covenant?

—No. Solo soy un Centinela. Por ahora, es algo temporal. Tu tío nos envió a buscarte. —Aiden hizo una pausa y miró por la ventanilla—. Han cambiado muchas cosas desde que te fuiste.

Quería preguntar qué hacía un Centinela en la bien protegida Deity Island, pero supuse que no era asunto mío.

—¿Qué ha cambiado?

—Bueno, ahora tu tío es el decano del Covenant.

—¿Marcus? Espera. ¿Qué? ¿Qué le ha pasado al decano Nasso?

—Murió hace unos dos años.

—Oh. —No me sorprendió mucho. Era más viejo que Matusalén. No dije nada más mientras reflexionaba sobre el hecho de que ahora mi tío era el *decano* Andros. Uf. Hice una mueca. Apenas conocía al hombre, pero lo último que recordaba era que se había abierto camino en el mundo de la política de los sangre pura. No debería sorprenderme que hubiera encontrado el camino hacia una posición tan codiciada.

—Alex, siento lo de la compulsión de antes —Aiden rompió el silencio que se había creado entre nosotros—. No quería que te hicieras daño.

No respondí.

—Y… siento lo de tu madre. Os buscamos a las dos por todas partes, pero no os quedabais en un mismo sitio el tiempo suficiente. Llegamos demasiado tarde.

El corazón me oprimió el pecho.

—Sí, llegasteis demasiado tarde.

Otros minutos de silencio llenaron el Hummer.

—¿Por qué se fue tu madre hace tres años?

Me asomé a través de la cortina que formaba mi pelo. Aiden me observó mientras esperaba una respuesta a su pregunta llena de implicaciones.

—No lo sé.

Desde los siete años, me convertí en una mestiza en formación, una de las llamadas mestizas «privilegiadas». En la vida, teníamos dos opciones: asistir al Covenant o bien convertirnos en clase obrera. Los mestizos que tenían a un sangre pura dispuesto a hablar por ellos y a pagar el coste de una educación eran inscritos en el Covenant para entrenar como Centinelas o Guardias. Los otros mestizos no tenían tanta suerte.

Eran acogidos por los Maestros, un grupo de puros que sobresalían en el arte de la compulsión. Se había creado un elixir a partir de una mezcla especial de flores de amapola y té. El brebaje actuaba diferente en la sangre de un mestizo. En lugar de dejarlos atontados y somnolientos, la amapola refinada los hacía complacientes y estúpidos, dejándolos en un estado mental del que nunca salían. Los Maestros empezaban a suministrar el elixir a los mestizos cuando cumplían los siete años, la edad en que se alcanza la razón, y continuaban con dosis diarias. Sin educación. Sin libertad.

Los Maestros eran los máximos responsables de repartir el elixir y supervisar el comportamiento de los mestizos sometidos a la servidumbre. También eran los que les hacían la marca en la frente. Un círculo con una línea que lo atravesaba: el doloroso signo distintivo de la esclavitud.

Todos los mestizos temían ese futuro. Incluso si acabábamos entrenando en el Covenant, bastaba con un paso en falso para que nos dieran el elixir. Lo que hizo mi madre al sacarme del Covenant sin dar ninguna explicación fue un golpe duro en mi contra.

Además, estaba segura de que haberse llevado la mitad de la fortuna de su marido, mi padrastro, tampoco iba a ayudarme.

Luego estaban todas las veces que debería haber contactado con el Covenant y haber delatado a mi madre, hacer lo que se esperaba de mí. Una llamada, una mísera llamada, le habría salvado la vida.

El Covenant también usaría eso en mi contra.

El recuerdo de haber despertado y tropezado con mi peor pesadilla volvió a aparecer. El día anterior me había pedido que limpiara el jardín del balcón que tanto me había empeñado en tener, pero me había quedado dormida. Para cuando me levanté y agarré la pequeña bolsa con las herramientas de jardinería, ya era mediodía.

Pensaba que mamá ya estaría trabajando en el jardín y salí al balcón, pero el jardín estaba vacío. Me quedé allí un rato, mirando el callejón de enfrente, jugueteando con la pala de jardín. Entonces, de las sombras, salió un hombre, un daimon.

Estaba allí, a plena luz del día, mirándome fijamente. Había estado tan cerca que podría haber lanzado la pala y haberle golpeado. Con el corazón en la garganta, me aparté de la barandilla. Me apresuré a entrar en la casa, llamándola a gritos. No hubo respuesta. Las habitaciones se difuminaron mientras corría por el pequeño pasillo hacia su dormitorio y abría la puerta de un empujón. Lo que vi me perseguiría para siempre: sangre, mucha sangre, y los ojos de mamá, abiertos y vacíos, mirando a la nada.

—Hemos llegado —Kain se inclinó hacia delante con entusiasmo.

Todos mis pensamientos se desvanecieron mientras mi estómago daba un vuelco extraño. Me giré y miré por la ventana. Deity Island constaba en realidad de dos islas. Los puros vivían en sus lujosas casas en la primera isla. Para el mundo exterior, parecía una comunidad isleña normal. Pequeñas tiendas y restaurantes estaban alineados en las calles. Incluso había tiendas regentadas por mortales y hechas a su medida. Las playas vírgenes eran de otro mundo.

A los daimons no les gustaba viajar a través del agua. Cuando un puro se consumía en el lado oscuro, su magia elemental cambiaba y solo podían acceder a ella si estaban en tierra. El hecho de no estar en contacto con ella los debilitaba. Eso hacía que una isla fuera el escondite perfecto para los nuestros.

Era demasiado pronto para que hubiese alguien por la calle, y en cuestión de minutos pasamos por el segundo puente. En esta parte de Deity Island, entre marismas, playas y bosques que el hombre apenas había alterado, se erigía el Covenant.

Elevándose entre el mar sin fin y hectáreas de playas blancas, la enorme estructura de piedra caliza por la que pasamos era la academia en la que asistían a clase puros y mestizos. Las columnas de mármol gruesas y las estatuas de los dioses colocadas de forma estratégica hacían que fuese un lugar imponente y de otro mundo. Los mortales pensaban que el Covenant era una academia privada de élite a la que ninguno de sus hijos tendría el privilegio de concurrir. Tenían razón. Para llegar hasta aquí, la gente tenía que tener algo especial en la sangre.

Más allá del edificio principal se encontraban las residencias, que también contaban con más columnas y estatuas. Edificios más pequeños y viviendas salpicaban el paisaje, y los enormes gimnasios e instalaciones de entrenamiento habían sido construidos junto al patio. Siempre me habían recordado a los antiguos coliseos, salvo por que los nuestros estaban cerrados; por aquí los huracanes podían ser una auténtica putada.

Todo era precioso, un lugar que amaba y odiaba al mismo tiempo. Ahora, al verlo, me di cuenta de lo mucho que lo había echado de menos... y a mamá. Ella se quedaba en la isla principal mientras yo iba a la academia, pero había sido una constante en el campus: aparecía y me llevaba a comer después de las clases, y convencía al antiguo decano para que me permitiera quedarme con ella durante los fines de semana. Dioses, solo quería una oportunidad más, un segundo más para decirle...

Me controlé.

Control, ahora mismo necesitaba mantener el control, y sucumbir al dolor acumulado no me iba a ayudarme. Me armé de valor, salí del Hummer y seguí a Aiden hasta la residencia de las chicas. Éramos los únicos que caminaban por los pasillos sumidos en el silencio. Al ser principios de verano, habría pocos estudiantes por aquí.

—Aséate. Volveré a por ti en un rato —empezó a alejarse, pero se detuvo—. Te buscaré algo que ponerte y lo dejaré sobre la mesa.

Asentí, sin saber qué decir. Aunque intentaba reprimir las emociones, algunas de ellas se me escaparon. Tres años antes, mi futuro estaba perfectamente planeado. Todos los Instructores del Covenant habían alabado mis habilidades en las sesiones de entrenamiento. Incluso llegaron a decir que podría convertirme en Centinela. Los Centinelas eran los mejores, y yo *había sido* una de los mejores.

Tres años sin ningún tipo de entrenamiento me habían puesto por detrás de cualquier mestizo. Lo más probable era que me esperara una vida de servidumbre, un futuro que no podía aceptar. Estar sometida a la voluntad de los puros, no tener control ni voz sobre nada, esa posibilidad me aterraba.

Una posibilidad que se vio agravada por esa necesidad de cazar daimons que me consumía.

Luchar contra ellos era algo que llevaba en la sangre, pero después de ver lo que le había pasado a mamá, el deseo se incrementó. Solo el Covenant podía proporcionarme los medios para lograr mis objetivos, y ahora, mi tío sangre pura que nunca había estado ahí tenía mi futuro en sus manos.

Mientras me movía por unas estancias que me resultaban familiares notaba mis pasos pesados. Estaban bien amuebladas, parecían más grandes de lo que recordaba. La habitación tenía una zona de estar independiente y un dormitorio con un tamaño decente. Y tenía baño propio. El Covenant solo ofrecía lo mejor para sus estudiantes.

Me di una ducha más larga de lo normal, deleitándome en la sensación de estar otra vez limpia. La gente da por sentado cosas como las duchas. Sabía que yo lo había hecho. Tras el ataque daimon, me había marchado con poco dinero. Seguir con vida resultó ser más importante que una ducha.

Una vez que estuve segura de que toda la suciedad había desaparecido, encontré un montón de ropa en la mesita que había frente al sofá. Al tomarla, enseguida me di cuenta de que se trataba de ropa de entrenamiento del Covenant. Los pantalones eran al menos dos tallas más grandes, pero no iba a quejarme por eso. Me los llevé al rostro y aspiré. Olían tanto, tanto a limpio.

Volví al baño y moví un poco el cuello hacia un lado. El daimon me había marcado justo donde el cuello bajaba hasta la clavícula. La marca tendría un color rojo intenso durante un día o dos, y luego se desvanecería hasta convertirse en una cicatriz pálida y brillosa. La mordedura de un daimon nunca dejaba la piel indemne. Las hileras casi idénticas de pequeñas hendiduras me provocaron náuseas y también me recordaron a una de mis antiguas Instructoras. Era una mujer mayor y hermosa que se había retirado a enseñar tácticas básicas de defensa después de un desagradable encuentro con un daimon. Tenía los brazos cubiertos de marcas pálidas, en forma de medio círculo, un tono o dos más claro que el color de su piel.

Una sola marca ya había sido horrible. No podía imaginar lo que tuvo que ser para ella. Los daimons habían tratado de convertirla drenándole todo el éter. Cuando se trataba de convertir a uno puro, no había un intercambio de sangre.

Era un proceso muy sencillo.

Un daimon ponía los labios sobre los del puro drenado, le daba un poco de su éter y… *voilà!* Tenías un nuevo daimon. Como si fuese sangre contaminada, el éter contaminado que le daban convertía al puro y no se podía hacer nada para revertirlo. El puro se perdía para siempre. Por lo que sabíamos, esa era la única forma de crear un daimon, pero tampoco era que nos quedáramos a hablar con ellos. Se les mataba al verlos.

Siempre había pensado que esa política era estúpida. Nadie, ni siquiera el Consejo, sabía lo que los daimons buscaban al matar. Si capturáramos a uno y lo interrogáramos, podríamos aprender mucho sobre ellos. ¿Cuáles eran sus planes, qué objetivos tenían? ¿Acaso tenían alguno? ¿O era la simple necesidad de éter lo que les hacía seguir adelante? No lo sabíamos. Lo único que les importaba a los Hematoi era detenerlos y asegurarse de que ningún puro fuese convertido.

De todos modos, se decía que nuestra Instructora había esperado hasta el último momento para atacar, frustrando así los planes del daimon. Recuerdo haber mirado esas marcas y haber pensado en lo terrible que era que su cuerpo, por lo demás impecable, se hubiera echado a perder.

Mi reflejo en el espejo empañado me devolvía la mirada. Iba a ser difícil ocultar la marca, pero podría haber sido peor. Podría haberme marcado una parte de la cara: los daimons pueden ser crueles.

Los mestizos no podían ser convertidos, por lo que éramos unos luchadores excelentes contra los daimons. Morir era lo peor que nos podía pasar. ¿A quién le importaba que un mestizo muriese en la batalla? Para los puros, no valíamos ni un céntimo.

Suspiré, me eché el pelo por encima del hombro y me alejé del espejo justo cuando se escuchó un suave golpe. Un segundo después, Aiden abrió la puerta de mi dormitorio. Su metro noventa se detuvo de repente en el momento en que me vio. La sorpresa apareció en su rostro mientras observaba esta nueva versión de mí.

¿Qué puedo decir? Me había lavado muy bien.

Sin toda la suciedad y la mugre, me parecía a mi madre. El pelo largo y oscuro me caía por la espalda; tenía esos pómulos altos y los labios carnosos propios de la mayoría de las puras. Tenía más curvas que mi madre pero no sus impresionantes ojos. Los míos eran marrones, marrones de toda la vida.

Incliné la cabeza hacia atrás, mirándole directamente a los ojos por primera vez.

—¿Qué?

Se recuperó en un tiempo récord.

—Nada. ¿Estás lista?

—Eso creo. —Le eché otra mirada furtiva mientras salía de mi habitación.

Las ondas castaño oscuro de Aiden caían cada dos por tres sobre su frente, y rozaban unas cejas igual de oscuras. Los rasgos de su rostro eran casi perfectos, la curva de la mandíbula era firme y tenía los labios más expresivos que jamás había visto. Pero lo que me parecía especialmente atractivo eran esos ojos en plena tormenta. Nadie tenía esos ojos.

Tras el momento en que me sujetó en el suelo, estaba segura de que el resto de él era igual de impresionante. Lástima que fuera un sangre pura. Los puros eran sinónimo de prohibido para mí y para todos los mestizos. Se suponía que los dioses habían prohibido las interacciones divertidas entre mestizos y puros hacía siglos. Algo tenía que ver con que la pureza de la sangre de un puro no se viera alterada, con el temor de que un hijo de una pareja así fuese... Fruncí el ceño al ver la espalda de Aiden.

¿Fuese qué? ¿Un cíclope?

No sabía lo que podía pasar, pero sí sabía que estaba considerado como algo muy, muy malo. Los dioses se ofendían, cosa que no era buena. Así que desde que tuvimos la edad suficiente para entender cómo se hacían los bebés, a los mestizos se nos enseñó a no mirar a los puros con nada más que respeto y admiración. A los puros se les enseñaba a no dañar su linaje mezclándose con un mestizo, pero había ocasiones en las que los mestizos y los puros se mezclaban. No terminaba bien, y los mestizos solían llevarse la peor parte del castigo.

No era justo, pero este mundo funcionaba así. Los puros estaban en la cima de la cadena alimentaria. Dictaban las normas, controlaban el Consejo e incluso dirigían el Covenant.

Aiden me miró por encima del hombro.

—¿A cuántos daimons has matado?

—Solo a dos. —Aceleré el ritmo para poder seguirle el paso a sus piernas largas.

—¿Solo a dos? —El asombro tiñó su voz—. ¿Te das cuenta de lo increíble que es para un mestizo que no está entrenado del todo matar a un daimon, por no decir a dos?

—Supongo que sí. —Hice una pausa, sintiendo la burbuja de ira que amenazaba con desbordarse. Cuando el daimon me vio en la puerta de la habitación de mamá, se lanzó sobre mí... y justo sobre la pala que sostenía. *Idiota*. El otro daimon no había sido tan estúpido—. Habría matado al otro en Miami... pero estaba... no sé. No estaba pensando. Sé que debería haber ido tras él, pero entré en pánico.

Aiden se detuvo y me miró.

—Alex, que hayas derribado a un daimon sin entrenamiento es sorprendente. Fue valiente, pero también estúpido.

—Bueno, gracias.

—No estás entrenada. El daimon podría haberte matado con facilidad. ¿Y el que tumbaste en la fábrica? Otro acto audaz, pero imprudente.

Fruncí el ceño.

—Pensaba que habías dicho que fue increíble y sorprendente.

—Lo fue, pero podrías haber muerto. —Siguió caminando hacia adelante.

Me esforcé por seguirle el ritmo.

—¿Por qué te importa que me maten? ¿Por qué le importa a Marcus? Ni siquiera conozco a ese hombre, y, de todos modos, si no me permite volver a entrenar, es como si estuviera muerta.

—Eso sería una pena. —Me miró sin revelar emoción alguna—. Tienes todo el potencial del mundo.

Estreché los ojos a su espalda. El súbito impulso de empujarle era casi demasiado grande para dejarlo pasar. No hablamos después de eso. Una vez fuera, la brisa me acarició el pelo y absorbí el sabor de la sal del mar mientras el sol me calentaba la piel fría.

Aiden me condujo de vuelta al edificio principal de la academia y subimos la ridícula cantidad de escaleras que llevaban al despacho del decano. Las puertas dobles enormes se alzaron ante mí, y tragué saliva. Cuando el decano Nasso dirigía el Covenant, pasé mucho tiempo en ese despacho.

Cuando los Guardias nos abrieron las puertas, recordé la última vez que había estado en este despacho para una reprimenda. Tenía catorce años y estaba aburrida, así que convencí a uno de los puros para que inundara el ala de ciencias usando el elemento agua. Por supuesto, el puro me había delatado sin dudarlo.

A Nasso no le gustó nada.

La primera visión que tuve del despacho fue tal y como lo recordaba: perfecto y bien diseñado. Varias sillas de cuero se encontraban delante de un gran escritorio de roble de color cereza. Unos peces de colores salvajes iban y venían por el acuario que había en la pared detrás del escritorio.

Mi tío se interpuso en mi campo de visión y vacilé. Hacía tanto tiempo que no lo veía, años en realidad. Había olvidado lo mucho que se parecía a mamá. Compartían los mismos ojos color esmeralda, que cambiaban según el estado de ánimo. Unos ojos que solo compartían mi madre y mi tío.

Salvo la última vez que vi los ojos de ella, no brillaban. El malestar se apoderó de mí, presionándome el pecho. Di un paso adelante, empujándolo a lo más hondo.

—Alexandria. —La voz profunda y culta de Marcus hizo que volviese a la sala—. ¿Volver a verte después de todos estos años? No tengo palabras.

Si usaba el término a la ligera, «tío» no sonaba para nada a miembro de la familia más cercana. Su tono de voz parecía frío y escéptico. Cuando me encontré con sus ojos, supe de inmediato que estaba condenada. No había nada en su mirada que me uniera a él, ni felicidad ni alivio por ver a su única sobrina viva y de una pieza. Si acaso, parecía bastante aburrido.

Alguien se aclaró la garganta, llamando mi atención desde un rincón del despacho. No estábamos solos. Míster Esteroides estaba en la esquina, junto con una mujer pura. Era alta y esbelta, con una cascada de pelo de color negro como las alas de un cuervo. Supuse que era una Instructora.

Solo los puros que no tenían ambiciones para el juego de la política en su mundo enseñaban en el Covenant o se convertían en Centinelas; también estaban los puros como Aiden que vivían con motivos personales para hacerlo; digamos, como el hecho de que sus padres fueran asesinados por daimons delante de él cuando era un niño. Eso fue lo que le pasó. Supongo que esa fue la razón por la que Aiden eligió convertirse en Centinela. Es probable que quisiera algún tipo de venganza.

Algo que teníamos en común.

—Siéntate. —Marcus señaló una silla—. Tenemos mucho de qué hablar.

Aparté los ojos de los puros y avancé. La esperanza se encendió con su presencia. ¿Por qué otra cosa había puros aquí si no era para hablar de mi falta de entrenamiento y de las formas de solucionarlo?

Marcus se puso detrás de su escritorio y se sentó. Desde allí, cruzó los brazos y me miró. La inquietud me hizo sentarme más erguida y los pies me colgaron por encima del suelo.

—La verdad es que no sé por dónde empezar con... este lío que provocó Rachelle.

No respondí ya que no estaba segura de haberlo escuchado bien.

—En primer lugar, casi arruina a Lucian. Dos veces. —Habló como si yo hubiera tenido algo que ver—. El escándalo que armó cuando conoció a tu padre ya fue lo bastante malo. ¿Vaciar la cuenta bancaria de Lucian y huir contigo? Bueno, estoy seguro de que incluso tú puedes entender las consecuencias a largo plazo de una decisión tan imprudente.

Ah, Lucian. El perfecto marido sangre pura de mamá; mi padrastro. Podía imaginarme su reacción. Seguramente había implicado lanzar muchas cosas por los aires y lamentos por sus malas elecciones. Ni siquiera sabía si mamá lo había amado alguna vez, o si había amado a mi padre mortal con el que había tenido una aventura, pero sí sabía que Lucian era un auténtico cretino.

Marcus siguió enumerando cómo sus decisiones habían perjudicado a Lucian. Lo ignoré por completo. Lo último que recordaba era que Lucian estaba luchando por conseguir un puesto en el Consejo de los sangre pura. El Consejo, que recordaba a la antigua corte del Olimpo griego, contaba con doce figuras dirigentes y, de esas doce, dos eran los Ministros.

Los Ministros eran los más poderosos. Gobernaban sobre las vidas de los puros y de los mestizos de la misma forma que

Hera y Zeus gobernaban el Olimpo. No hacía falta decir que los Ministros tenían unos egos enormes.

Cada Covenant tenía un Consejo: Carolina del Norte, Tennessee, Nueva York y la universidad de los sangre pura, que estaba en Dakota del Sur. Los ocho Ministros controlaban el Consejo.

—¿Me estás escuchando, Alexandria? —Marcus me frunció el ceño.

Levanté la cabeza.

—Sí... estás hablando de lo mal que le ha ido todo a Lucian. Lo siento por él. De verdad que lo siento. Estoy segura de que no es nada en comparación con el hecho de que te hayan arrebatado la vida.

Una mirada extraña apareció en su rostro.

—¿Te refieres al destino de tu madre?

—¿Te refieres al destino de tu hermana? —Entrecerré los ojos al encontrarme con su mirada.

Marcus me miró, sin expresión alguna en el rostro.

—Rachelle selló su propio destino cuando abandonó la seguridad de nuestra sociedad. Lo que le ocurrió es una verdadera tragedia, pero no puedo lamentarme por ello. Cuando te apartó del Covenant, demostró que no le importaba la reputación de Lucian ni tu seguridad. Fue egoísta, irresponsable...

—¡Ella lo era todo para mí! —Me puse en pie de un salto—. ¡No hizo nada más que pensar en mí! Lo que le ocurrió fue *horrible*... ¡«Trágico» es para la gente que muere en accidentes de coche!

No cambió la expresión.

—¿No hizo nada más que pensar en ti? Me parece raro. Se alejó de la seguridad del Covenant y os puso a las dos en peligro.

Me mordí la parte interna de la mejilla.

—Exacto. —Su mirada se volvió glacial—. Siéntate, Alexandria.

Furiosa, me obligué a sentarme y a cerrar la boca.

—¿Te dijo por qué teníais que iros del Covenant? ¿Te dio algún motivo de por qué haría algo tan imprudente?

Miré a los puros. Aiden se había alejado para situarse al lado de los otros dos. Los tres observaban este culebrón con cara de póquer. Estaban demostrando ser de gran ayuda.

—Alexandria, te he hecho una pregunta.

La madera maciza se incrustó en las palmas de mis manos mientras me agarraba a los brazos de la silla.

—Te he oído. No. No me lo dijo.

Un músculo titiló a lo largo de la mandíbula de Marcus mientras me miraba en silencio.

—Pues es una pena.

Como no estaba segura de qué responder, lo vi abrir un archivo en su escritorio y extender los papeles en fila frente a él. Inclinándome hacia delante, traté de ver qué eran.

Aclarándose la garganta, tomó uno de los papeles.

—Como sea, no puedo hacerte responsable por lo que hizo Rachelle. Los dioses saben que ella está pagando las consecuencias.

—Creo que Alexandria es consciente de lo que sufrió su madre —interrumpió la mujer pura—. No hace falta ir más allá.

La mirada de Marcus era gélida.

—Sí. Supongo que tienes razón, Laadan. —Volvió al papel que sostenía entre sus dedos elegantes—. Cuando me comunicaron que por fin te había localizado, pedí que me enviasen informes sobre ti.

Hice una mueca de dolor y me acomodé en el asiento. Esto no iba a salir nada bien.

—Todos tus Instructores no tenían más que elogios cuando hablaban de tu entrenamiento.

Esbocé una pequeña sonrisa.

—Era bastante buena.

—Sin embargo —miró hacia arriba, encontrándose con mi mirada por un segundo—, cuando se trata de tu historial de comportamiento, estoy... asombrado.

Mi sonrisa se marchitó y murió.

—Varios expedientes por faltas de respeto a profesores y a otros alumnos —continuó—. Aquí hay una anotación concreta, escrita personalmente por el Instructor Banks, en la que afirma que tu nivel de respeto hacia tus superiores es muy escaso y ha sido un problema constante.

—El Instructor Banks no tiene sentido del humor.

Marcus alzó una ceja.

—Entonces imagino que tampoco lo tienen el Instructor Richards ni el Instructor Octavio. También escribieron que, a veces, eras incontrolable e indisciplinada.

Las protestas murieron en mis labios. No tenía nada que decir.

—Parece ser que tus problemas con el respeto no son lo único. —Tomó otro papel y enarcó las cejas—. Fuiste castigada varias veces por escabullirte del Covenant, peleas, interrupciones en clase, romper las reglas, y oh, sí, mi preferida... —Levantó la vista, sonriendo con dureza—. Acumulaste varias faltas por violar el toque de queda y por frecuentar la residencia masculina.

Me removí, incómoda.

—Todo antes de cumplir los catorce. —Formó una línea con los labios—. Estarás orgullosa.

Abrí los ojos de par en par mientras miraba su escritorio.

—Yo no diría «orgullosa».

—¿Acaso importa?

Levanté la vista.

—Yo... ¿supongo que no?

Volvió a aparecer la sonrisa tensa.

—Teniendo en cuenta tu comportamiento anterior, temo decirte que no hay forma de que pueda permitirte reanudar tu formación...

—¿Qué? —Mi voz se volvió más aguda—. ¿Entonces por qué estoy aquí?

Marcus volvió a colocar los papeles en la carpeta y la cerró.

—Nuestras comunidades siempre necesitan sirvientes. He hablado con Lucian esta mañana. Te ha ofrecido un lugar en su casa. Deberías estar agradecida.

—¡No! —Volví a ponerme en pie. El pánico y la rabia se apoderaron de mí—. ¡No vais a drogarme! ¡No seré una sirvienta en su casa ni en la de ningún puro!

—¿Entonces qué? —Marcus volvió a juntar las manos y me miró con calma—. ¿Vivirás nuevamente en la calle? No voy a permitirlo. La decisión ya está tomada. No volverás a entrar en el Covenant.

CAPÍTULO 3

Esas palabras hicieron que me callase de golpe. Todos mis sueños de venganza se evaporaron en la nada. Miré a mi tío, odiándolo tanto como odiaba a los daimons.

Míster Esteroides se aclaró la garganta.

—¿Puedo decir algo?

Marcus y yo nos giramos hacia él. Me sorprendió que pudiera hablar, pero Marcus le hizo un gesto con la mano para que continuara.

—Mató a dos daimons.

—Estoy al tanto de ello, Leon. —El hombre que estaba a punto de acabar con todo mi mundo no parecía demasiado interesado.

—Cuando la encontramos en Georgia, estaba enfrentándose con dos daimons más —continuó Leon—. Si entrena como es debido, su potencial es astronómico.

Sorprendida por el hecho de que este puro quisiera decir algo por mí, me senté poco a poco. Marcus seguía sin estar impresionado y esos ojos verdes y brillantes se mostraban tan duros como el hielo.

—Lo entiendo, pero su comportamiento antes del incidente con su madre no puede quedar en el olvido. Esto es una escuela, no una guardería. No tengo tiempo ni energía para vigilarla. No puedo tenerla corriendo por los pasillos e influenciando a otros estudiantes.

Revoleé los ojos. Hacía que pareciese una criminal muy astuta a punto de acabar con todo el Covenant.

—Entonces asígnale a alguien —dijo Leon—. Hay Instructores que están aquí en verano y que podrán echarle un ojo.

—No necesito una niñera. No es como si fuese a incendiar un edificio.

Todos me ignoraron.

Marcus suspiró.

—Aunque le asignemos a alguien, está retrasada en el entrenamiento. No hay forma de que pueda ponerse a la altura de los de su curso. Cuando llegue el otoño, se quedará muy atrás.

Esta vez fue Aiden el que habló.

—Tendríamos todo el verano para prepararla. Es posible que pueda estar lo suficientemente preparada como para asistir a clase.

—¿Quién tiene tiempo para una tarea así? —Marcus frunció el ceño—. Aiden, eres un Centinela, no un Instructor. Leon tampoco lo es. Y Laadan regresará a Nueva York en breve. Los otros Instructores tienen vidas, no puedo esperar que las dejen por una mestiza.

La expresión de Aiden era ilegible, y estoy segura de que no sabía qué iban a provocar las palabras que salieron de su boca a continuación.

—Yo puedo trabajar con ella. No interferirá en mis obligaciones.

—Eres uno de los mejores Centinelas. —Marcus sacudió la cabeza—. Sería un desperdicio de tu talento…

Se pelearon sobre lo que debían hacer conmigo. Intenté intervenir una vez, pero tras la mirada de advertencia que me dirigieron tanto Leon como Aiden, me callé. Marcus siguió afirmando que yo era una causa perdida mientras Aiden y

Leon sostenían que podía mejorar. La predisposición de mi tío a entregarme a Lucian me dolió. La servidumbre no era un futuro agradable. Todo el mundo lo sabía. Había oído rumores, terribles, sobre cómo los puros trataban a los mestizos, en especial a las mestizas.

Laadan dio un paso adelante cuando Aiden y Marcus llegaron a un punto muerto sobre qué hacer conmigo.

Con lentitud, agitó su larga cabellera por encima de un hombro.

—¿Qué tal si hacemos un trato, decano Andros? Si Aiden dice que puede entrenarla y seguir cumpliendo con sus obligaciones, entonces no tienes nada que perder. Si ella no está lista para el final del verano, no se queda.

Volví a mirar a Marcus, llena de esperanza.

Me miró durante lo que pareció una eternidad.

—Bien. —Se reclinó en su silla—. Pero esto es cosa tuya, Aiden. ¿Lo entiendes? Cualquier cosa, y me refiero a cualquier cosa, que ella haga se verá reflejada en ti. Y créeme, hará algo. Es igual que su madre.

De repente, Aiden parecía cauteloso mientras me devolvía la mirada.

—Sí, lo entiendo.

Una amplia sonrisa se dibujó en mi cara y la mirada prudente en la suya creció, pero cuando me volví hacia Marcus, mi sonrisa murió bajo su mirada gélida.

—Seré menos tolerante que el antiguo Decano, Alexandria. No hagas que me arrepienta de esta decisión.

Asentí, no confiaba del todo en mí misma como para hablar. Había muchas posibilidades de que lo estropeara todo si lo hacía. Después, Marcus me despidió con un gesto de la mano. Me levanté y salí de su despacho. Laadan y Leon se quedaron, pero Aiden me siguió.

Me volví hacia él.

—Gracias.

Aiden me miró.

—No me lo agradezcas aún.

Reprimí un bostezo y me encogí de hombros.

—Bueno, acabo de hacerlo. De verdad que creo que Marcus me habría mandado a Lucian si no fuera por vosotros tres.

—Lo habría hecho. Tu padrastro es tu tutor legal.

Me estremecí.

—Eso es alentador.

Captó mi reacción.

—¿Fue algo que hizo Lucian lo que provocó que tú y tu madre os fuerais?

—No, pero Lucian… no me tenía mucho cariño. Soy la niña de mamá, ¿sabes? Él solo es Lucian. De todos modos, ¿a qué se dedica ese imbécil?

Aiden elevó las cejas.

—Ese imbécil es el Ministro del Consejo.

Me quedé con la boca abierta.

—¿Qué? Estás bromeando, ¿verdad?

—¿Por qué iba a bromear sobre algo así? Así que es posible que quieras abstenerte de llamarlo «imbécil» en público. Dudo de que eso ayude a tu causa.

La noticia de que Lucian era ahora un Ministro hizo que se me revolviera el estómago, sobre todo teniendo en cuenta que tenía un «sitio» para mí en su casa. Sacudí la cabeza y alejé aquella idea de mis pensamientos. Ya tenía bastantes preocupaciones ahora mismo como para, además, tener que lidiar con él.

—Deberías descansar. Ven mañana, empezaremos a entrenar… si te ves capaz.

—Me veo capaz.

La mirada de Aiden se desvió hacia mi cara magullada y luego hacia abajo, como si pudiera ver los múltiples cortes y moretones que había acumulado desde que hui de Miami.

—¿Estás segura?

Asentí, y mi mirada se posó en el mechón de pelo que se apartó de la frente.

—¿Con qué empezamos? No llegué a practicar ninguna de las tácticas ofensivas ni el entrenamiento de Silat.

Sacudió la cabeza.

—Siento decepcionarte, pero no empezarás con el Silat.

Eso *era* una decepción. Me gustaban las dagas y todas las cosas que se clavan, y me gustaría mucho saber cómo usarlas bien. Empecé a dirigirme hacia mi habitación, pero la voz de Aiden me detuvo.

—Alex. No... me decepciones. Cualquier cosa que hagas se volverá en mi contra. ¿Lo entiendes?

—Sí. No te preocupes. No soy tan mala como Marcus me pinta.

Parecía tener sus dudas.

—¿Confraternizar en la residencia masculina?

Me sonrojé.

—Estaba visitando a *amigos*. No es que me haya enrollado con ninguno de ellos. Solo tenía catorce años. No soy una sinvergüenza.

—Bien, es bueno saberlo. —Se alejó.

Suspirando, me dirigí a mi habitación. Estaba cansada, pero toda la emoción de haber conseguido una segunda oportunidad me había puesto a cien. Después de haber estado mirando la cama durante un rato bastante largo, salí de mi habitación y atravesé los pasillos vacíos de la residencia de las chicas. Los puros y los mestizos solo compartían habitación en el Covenant. En todo lo demás, estábamos separados.

Intenté recordar cómo era estar aquí. Los rigurosos horarios de entrenamiento, el ridículo trabajo en clase para estudiar cosas que me habían aburrido hasta la saciedad, y toda la movida social de los puros y los mestizos. No hay nada como un grupo de adolescentes maliciosos que podrían darte una patada en el culo que cruzase todo el país o prenderte fuego con solo pensarlo. Por sí solo, eso cambiaba con quién se peleaban los estudiantes o de quiénes se hacían amigos. Y al final del día, siempre era bueno tener a alguien que encendiese fuegos en el bolsillo.

Todo el mundo tenía un papel que desempeñar. Teniendo en cuenta los estándares mestizos, yo era considerada alguien guay, pero ahora no tenía ni idea de dónde me encontraría cuando llegara el otoño.

Después de haber recorrido las salas comunes vacías, salí de la residencia de las chicas y me dirigí a uno de los edificios más pequeños cerca de las marismas. El edificio cuadrado de una sola planta albergaba la cafetería y las salas de recreo y rodeaba un patio lleno de color.

Reduje la velocidad al acercarme a una de las salas más grandes. Las risas y los ruidos que salían de la sala probaban que había algunos jóvenes que seguían aquí durante las vacaciones de verano. Algo se agitó en mi interior. ¿Me aceptarían de nuevo? ¿Me conocerían? Diablos, ¿les importaría siquiera?

Respiré hondo y abrí las puertas. Nadie pareció darse cuenta de mi presencia. Todos estaban ocupados animando a una pura que hacía flotar varios muebles en el aire. La joven era una novata en el control del elemento aire, lo que explicaba todo el ruido. Mamá también había manejado el aire. Después de todo, era el elemento más común. Los puros solo podían controlar uno, o a veces dos si eran muy poderosos.

Estudié a la chica. Con sus llamativos rizos rojos, sus enormes ojos azules y su bonito jersey parecía que tenía doce años, sobre todo al lado de las imponentes mestizas. En realidad, no estaba para hablar. Yo medía la friolera de un metro sesenta, que era el tamaño de un enano comparado con la mayoría de los mestizos.

Culpé a mi padre mortal.

Mientras tanto, la pura frunció los labios cuando otra silla cayó al suelo y se escucharon más risas de su público, todas excepto una. La de Caleb Nicolo. Alto, rubio y con una sonrisa encantadora, Caleb había sido mi compañero de travesuras cuando estaba en el Covenant. No debería haberme sorprendido tanto al verlo aquí durante el verano. Su madre mortal nunca había querido tener nada que ver con su hijo «bicho raro» y su padre de sangre pura estaba en la lista de los que se ausentan.

Caleb me miró boquiabierto y atónito.

—Madre... mía.

En ese momento todos se giraron, incluso los puros. Al romperse su concentración, todos los objetos cayeron al suelo. Varias de las mestizas se desplazaron cuando el sofá se desplomó, y luego la mesa de billar.

Moví los dedos.

—Mucho tiempo sin vernos, ¿eh?

Caleb se recompuso y en dos segundos cruzó la habitación y me abrazó con fuerza. Luego me levantó y me hizo girar.

—¿Dónde diablos has estado? —Me dejó en el suelo—. ¿Tres años, Alex? ¿Qué demonios? ¿Acaso sabes lo que la mitad de los estudiantes dijeron que os había pasado a tu madre y a ti? ¡Pensábamos que estabais muertas! Ahora mismo podría darte un puñetazo en la cara.

Apenas pude contener la sonrisa.

—Yo también te he echado de menos.

Siguió mirándome como si fuese un espejismo.

—No puedo creerme que estés aquí de pie de verdad. Más te vale tener una historia de lo más salvaje para mí.

Me reí.

—¿Como qué?

—Más vale que hayas tenido un bebé, que hayas matado a alguien o que te hayas acostado con un puro. Esas son tus tres opciones. Cualquier otra cosa es inaceptable.

—Vas a estar muy decepcionado, porque no ha sido nada emocionante.

Caleb me pasó el brazo por los hombros y me dirigió a uno de los sofás.

—Entonces tienes que decirme qué demonios has estado haciendo y cómo has vuelto aquí. ¿Y por qué no nos llamaste a ninguno? No hay un solo lugar en este mundo que no tenga cobertura.

—Yo diría que es probable que haya matado a alguien.

Incliné la cabeza hacia atrás y vi a Jackson Manos en un grupo de mestizos que no reconocía. Estaba igual que como lo recordaba. Pelo oscuro con la raya en medio, un cuerpo hecho para que las chicas babeasen por él y unos ojos tan oscuros como sexis. Le dediqué mi mejor sonrisa.

—Lo que tú digas, idiota. No he matado a nadie.

Jackson negó con la cabeza mientras se acercaba a nosotros.

—¿Te acuerdas de cómo dejaste que Nick cayese sobre el cuello durante la práctica de derribo? Casi lo matas. Menos mal que nos curamos tan rápido o lo habrías dejado sin entrenar durante meses.

Nos reímos al recordarlo. El pobre Nick se había pasado una semana en la enfermería después del incidente. Nuestro buen rato y la curiosidad general atrajeron a las otras mestizas hacia el sofá. Como sabía que tenía que responder a algunas de las preguntas sobre mi ausencia, se me ocurrió una historia bastante insulsa sobre que mamá quería vivir entre los mortales. Caleb me miró con duda, pero no insistió.

—Sea como fuere, ¿qué diantres llevas puesto? Parece el uniforme de entrenamiento de los chicos. —Caleb me tiró de una manga.

—Es todo lo que tengo. —Suspiré de forma dramática y apenada—. Dudo de que vaya a poder salir pronto, y no tengo dinero.

Él sonrió.

—Sé dónde guardan la ropa de entrenar aquí. Mañana puedo comprarte algunas cosas extra en la ciudad.

—No tienes por qué hacerlo. Y, además, no creo que quiera que me compres ropa. Acabaré pareciendo una *stripper*.

Caleb se rio y la piel alrededor de sus ojos azules se arrugó.

—No te preocupes por eso. Papá me envió casi una fortuna hace unas semanas. Supongo que se siente mal por ser una mierda de padre. De todos modos, conseguiré que una de las chicas me acompañe o algo así.

La pura, que se llamaba Thea, acabó acercándose a donde estábamos sentados. Parecía agradable y muy interesada en mí, pero me hizo la única pregunta que temía.

—Así que tu madre... ¿se ha reconciliado con Lucian? —preguntó con una voz pequeña e infantil.

Me obligué a no mostrar ninguna reacción.

—No.

Parecía sorprendida. También lo estaban los mestizos.

—Pero... no pueden divorciarse —dijo Caleb—. ¿Van a hacer lo de casas separadas, códigos postales diferentes?

Los puros nunca se divorciaban. Creían que sus parejas estaban predestinadas por los dioses. Siempre pensé que era una tontería, pero lo del «no divorcio» explicaba por qué muchos de ellos tenían aventuras.

—Eh... no —dije—. Mamá... no lo logró *ahí fuera*.

Caleb se quedó con la boca abierta.

—Oh. Colega, lo siento.

Me obligué a encogerme de hombros.

—No pasa nada.

—¿Qué le pasó? —preguntó Jackson, con tan poco tacto como siempre.

Respiré hondo y decidí decirles la verdad.

—Un daimon la atrapó.

Eso dio lugar a otra ronda de preguntas, a las que respondí con la verdad. Cada una de sus caras reflejaba sorpresa y asombro cuando llegué a la parte en la que había luchado y matado a dos de los daimons. Incluso Jackson parecía impresionado. Ninguno de ellos había visto a un daimon en la vida real.

No entré en detalles sobre mi encuentro con Marcus, pero sí les dije que mi verano no iba a ser todo diversión y juerga. Cuando mencioné que iba a entrenar con Aiden, se escuchó un quejido colectivo.

—¿Qué? —Miré al grupo.

Caleb apartó sus piernas de mi regazo y se puso de pie.

—Aiden es uno de los más duros…

—Severos —añadió Jackson con solemnidad.

—Mezquinos —añadió una chica mestiza con el pelo castaño muy corto. Creo que se llamaba Elena. La inquietud se apoderó de mí. ¿En qué me había metido con él? Y no habían terminado con su descripción.

—Fuertes —añadió otro chico.

Elena miró alrededor de la sala, curvó los labios.

—Sexis.

Hubo una ronda de suspiros por parte de las chicas, pero Caleb frunció el ceño.

—No se trata de eso. Es una bestia, colega. Ni siquiera es un Instructor. Es un Centinela hasta la médula.

—Han asignado a las últimas promociones en su área. —Jackson negó con la cabeza—. Ni siquiera es un Guía, pero eliminó a más de la mitad y los envió de vuelta como Guardias.

—Oh. —Me encogí de hombros. Eso no sonaba tan mal. Estaba a punto de decirlo cuando una nueva voz interrumpió.

—Bueno, mirad quién ha vuelto. Si no es nada más y nada menos que nuestra única e inigualable desertora de la educación secundaria —dijo Lea Samos.

Cerré los ojos y conté hasta diez. Me quedé en cinco.

—¿Te has perdido, Lea? Aquí no es donde reparten las pruebas de embarazo gratuitas.

—Oh, cielos. —Caleb se movió para colocarse detrás del sofá, apartándose del camino. Lea y yo teníamos una historia legendaria. En los informes que Marcus había revisado sobre las peleas Lea solía estar involucrada.

Se rio con esa risa ronca y gutural que me resultaba tan familiar. Entonces levanté la vista. No había cambiado nada.

Vale. Eso era mentira.

En todo caso, Lea se había vuelto más guapa en los últimos tres años. Con una larga melena cobriza, ojos color amatista y una piel bronceada de una manera que era imposible, parecía una especie de modelo llena de glamour. No pude evitar pensar en mis aburridos ojos marrones.

Mientras que mi propia reputación estelar hizo que mi nombre fuera susurrado por muchos labios durante el tiempo que estuve aquí, Lea había acechado literalmente el Covenant. No, se había adueñado de él.

Me miró de arriba abajo mientras cruzaba la sala de recreo, observando la camiseta de gran tamaño y los pantalones de deporte arrugados. Una ceja perfectamente arreglada se arqueó.

—¿No estás monísima?

Por supuesto, iba vestida con la falda más ajustada y corta conocida por el hombre.

—¿No es la misma falda que llevabas en tercero? Te queda un poco apretada. Tal vez quieras usar una talla más o tres.

Lea sonrió y se echó el pelo por encima del hombro. Se sentó en una de las sillas con forma de luna de color flúor que había enfrente de nosotros.

—¿Qué te ha pasado en la cara?

—¿Qué le ha pasado a la tuya? —contesté—. Pareces un maldito Oompa Loompa. Deberías dejar el bronceador en spray, Lea.

Hubo un par de risas por parte de nuestro improvisado público, pero Lea las ignoró. Estaba centrada en mí, su archienemiga. Llevábamos así desde los siete años. Enemigas desde el arenero, supuse.

—¿Sabes lo que he oído esta mañana?

Suspiré.

—¿Qué?

Jackson se puso a su lado, devorándole las piernas largas con los ojos oscuros. Se colocó detrás de ella y tiró de un mechón de su pelo.

—Lea, déjalo ya. Acaba de volver.

Alcé las cejas cuando ella le indicó que bajara con un movimiento de su dedo meñique. Él bajó su boca a la de ella. Despacio, me volví hacia Caleb. Con cara de aburrimiento, se encogió de hombros. Los Instructores no podían impedir que los estudiantes se enrollaran. Es que, venga ya. Con un montón de adolescentes juntos, sucedía, pero el Covenant no lo veía con buenos ojos. Por lo general, los estudiantes no alardeaban de ello.

Cuando terminaron de besarse, Lea volvió a mirarme a los ojos.

—He oído que el decano Andros no te quería de vuelta. Tu propio tío quería enviarte a la servidumbre. ¿No es triste?

La ignoré.

—Hicieron falta tres puros para convencer a su tío de que merecía la pena seguir con ella.

Caleb resopló.

—Alex es una de las mejores. Dudo de que haya costado mucho convencerle.

Lea abrió la boca, pero la corté.

—*Era* una de las mejores. Y así era. Al parecer, tengo mala reputación y le parece que he perdido demasiado tiempo.

—¿Qué? —Caleb me miró fijamente.

Me encogí de hombros.

—Tengo hasta que termine el verano para demostrarle a Marcus que puedo ponerme al día a tiempo para unirme al resto de los estudiantes. No es para tanto, ¿verdad, Lea? —Me encaré con ella, sonriendo—. Creo que recuerdas la última vez que nos enfrentamos. Fue hace mucho tiempo, pero estoy segura de que lo recuerdas con claridad.

Un rubor rosado recorrió sus mejillas bronceadas y se llevó la mano a la nariz en lo que me pareció un movimiento inconsciente, lo que hizo que me sonriera aún más. Al ser tan joven, se suponía que nuestro entrenamiento de combate debía ser sin contacto alguno. Pero un insulto llevó a otro, y le rompí la nariz.

En dos sitios.

También hizo que me expulsaran tres semanas.

Lea unió sus labios gruesos y los estrechó.

—¿Sabes qué más sé, Alex?

Me crucé de brazos.

—¿Qué?

—Aunque aquí todo el mundo se haya creído cualquier excusa poco convincente que hayas dado por la muerte de tu madre, yo sé la verdad. —Sus ojos brillaron con malicia.

La frialdad se apoderó de mí.

—¿Y cómo puedes saber eso?

Sus labios se curvaron en las comisuras al encontrarse con mi mirada. Noté que Jackson se alejaba de ella.

—Tu madre fue a ver a la abuela Piperi.

¿La abuela Piperi? Puse los ojos en blanco. Piperi era una vieja loca que se suponía que era un oráculo. Los puros creían que se comunicaba con los dioses. Yo creía que se comunicaba con un montón de licor.

—¿Y? —dije.

—Sé qué fue lo que le dijo la abuela Piperi para que tu madre se volviese loca. Estaba loca, ¿verdad?

Sin darme cuenta, me puse de pie.

—Lea, cállate.

Me miró, con los ojos muy abiertos y sin inmutarse.

—Bueno, Alex, es posible que quieras calmarte. Una pequeña pelea y estarás limpiando retretes el resto de tu vida.

Apreté los puños. ¿Había estado en la habitación, bajo el escritorio de Marcus o algo así? ¿Cómo, si no, iba a saber tanto? Pero Lea tenía razón, y eso era un asco. Ser una persona mejor significaba alejarse de ella. Fue más difícil de lo que nunca imaginé, como caminar por arenas movedizas. Cuanto más me movía, más exigía el aire que me rodeaba que me quedara y le rompiera la nariz otra vez. Pero lo hice, y conseguí pasar por delante de su silla sin golpearle.

Era una persona distinta, una mejor persona.

—¿No quieres saber qué le dijo a tu madre para que se volviese loca? ¿Para que se fuese? Te alegrará saber que todo tuvo que ver contigo.

Me detuve. Tal como Lea sabía que haría.

Caleb apareció a mi lado y me agarró del brazo.

—Vamos, Alex. Si lo que dice es cierto entonces no necesitas dejarte llevar por esta mierda. Sabes que ella no sabe nada.

Lea se dio la vuelta y puso uno de sus brazos delgados sobre el respaldo de la silla.

—Pero yo sí. Verás, tu madre y Piperi no estaban solas en el jardín. Alguien más escuchó la conversación.

Me zafé del agarre de Caleb y me di la vuelta.

—¿Quién las escuchó?

Se encogió de hombros, mientras se estudiaba las uñas pintadas. En ese momento supe que acabaría dándole un puñetazo.

—El oráculo le dijo a tu madre que tú serías quien la mataría. Considerando que no pudiste evitar que un daimon la drenase, supongo que Piperi lo decía en sentido figurado. ¿De qué sirve una mestiza que ni siquiera puede proteger a su madre? No es de extrañar que Marcus no te quiera de vuelta.

Hubo un instante en el que nadie en la sala se movió, ni siquiera yo. Entonces sonreí, justo antes de agarrar un puñado de pelo cobrizo y tirarla de la silla.

A la mierda lo de ser mejor persona.

CAPÍTULO 4

La forma en que abrió la boca mientras caía hacia atrás casi compensó la crueldad de sus palabras. Era evidente que no esperaba que yo hiciera nada, pues pensaba que la amenaza de ser expulsada era demasiado grande. Lea no conocía el poder de sus propias palabras.

Eché el brazo hacia atrás, con la intención de deshacer lo que fuera que los médicos habían hecho para arreglarle esa naricita respingona, pero mi puño no alcanzó a impactar. De hecho, Caleb llegó a mí antes de que pudiera dar otro paso hacia ella. Literalmente, me sacó de la sala de recreo, y luego me dejó en el suelo y bloqueó el camino de vuelta a Lea. Tenía una sonrisa salvaje en la cara cuando intenté esquivarlo.

—Déjame pasar, Caleb. ¡Juro por los dioses que voy a romperle la cara!

—No ha pasado ni un día, Alex. Vaya.

—Cállate. —Lo fulminé con la mirada.

—Alex, olvídalo. Si te metes en una pelea te echarán. ¿Y entonces qué? ¿Quieres ser una criada el resto de tu vida? De todos modos, sabes que está mintiendo. Así que déjalo pasar.

Me miré la mano y vi varios mechones de pelo rojo enredados en mis dedos. Genial.

Caleb vio el brillo malicioso en mis ojos y pareció darse cuenta de que permanecer cerca de esta sala no iba a terminar bien. Me agarró del brazo y casi me arrastró por el pasillo.

—Tan solo es una chica estúpida. Sabes que lo único que decía eran tonterías, ¿verdad?

—¿Quién sabe? —refunfuñé— Tiene razón, ¿sabes? No tengo ni idea de por qué se fue mamá. Puede que haya hablado con la abuela Piperi. No lo sé.

—Dudo mucho de que el oráculo haya dicho que matarías a tu madre.

Sin estar muy convencida, abrí la puerta principal de golpe.

Caleb me siguió de cerca.

—Olvídate de eso, ¿vale? Tienes que concentrarte en el entrenamiento, no en Lea y en lo que el oráculo pudiera haber dicho.

—Es más fácil decirlo que hacerlo.

—De acuerdo. Entonces podrías preguntarle al oráculo lo que le dijo a tu madre.

Le miré fijamente.

—¿Qué? Puedes preguntárselo al oráculo si tanto te molesta.

—Esa mujer no puede seguir viva. —Hice una mueca de disgusto cuando me cegó el sol—. Han pasado tres años desde que mi madre tal vez haya hablado con ella.

Ahora Caleb me lanzó la misma mirada.

—¿Qué? No puede ser. Ahora tendría que tener… como ciento cincuenta años.

Los puros tenían mucho poder y un oráculo tendría aún más, pero nadie era inmortal.

—Alex, es el oráculo. Estará viva hasta que el siguiente asuma el cargo.

Rodé los ojos en dirección a Caleb.

—Solo es una vieja loca. ¿Se comunica con los dioses? Las únicas cosas con las que se comunica son los árboles y su club de bridge.

Emitió un sonido de exasperación.

—No deja de sorprenderme que, siendo lo que eres, lo que somos, sigas sin creer en los dioses.

—No. Sí que creo en ellos. Pero creo que son señores ausentes. Ahora mismo, tal vez estén pasando el rato en algún punto de Las Vegas, acostándose con coristas y haciendo trampas al póquer.

Caleb se alejó de mí de un salto y sus pies aterrizaron sobre guijarros blancos y tostados.

—No dejes que esté a tu lado cuando uno de ellos te fulmine.

Me reí.

—Sí, están vigilando y cuidando el negocio. Por eso tenemos daimons corriendo por ahí, drenando puros y matando mortales por diversión.

—Para eso nos tienen los dioses. —Caleb sonrió como si acabara de explicarlo todo.

—Lo que tú digas. —Nos detuvimos al final del camino de piedras. Desde aquí, íbamos a la residencia de las chicas o a la de los chicos.

Los dos miramos a través de la marisma anegada. Las plantas leñosas y los arbustos bajos salpicaban el agua salobre, lo que hacía casi imposible cruzar la zona. Más allá estaba el bosque, tierra de nadie. Cuando era más pequeña pensaba que los monstruos vivían en los bosques oscuros. Cuando me hice mayor, aprendí que seguir los pantanos conducía a la isla principal, lo que me proporcionaba una ruta de escape perfecta cuando quería escabullirme.

—¿La vieja bruja aún vive allí? —pregunté al final—. ¿Y si pudiera hablar con Piperi?

Caleb asintió.

—Supongo que sí, pero ¿quién sabe? Viene al campus de vez en cuando.

—Oh. —Entorné los ojos bajo la luz intensa—. ¿Sabes lo que estaba pensando?

Me miró.

—¿Qué?

—Mamá nunca me dijo por qué teníamos que irnos, Caleb. Ni una sola vez durante estos tres años. Creo que estaría… mejor si supiera por qué mamá se fue en primer lugar. Sé que no cambiará nada de lo que pasó, pero al menos sabría qué demonios era tan importante para que nos fuéramos de aquí.

—El oráculo es la única que lo sabe y ¿quién sabe cuándo volverá a venir aquí? Y no puedes ir a buscarla. Vive muy lejos. Ni siquiera yo me aventuro a ir tan lejos en las marismas. Así que ni se te ocurra.

Curvé los labios en las comisuras.

—Tantos años, y todavía me conoces muy bien.

Se rio.

—Tal vez podamos hacerle una fiesta y atraerla. Creo que estuvo aquí para el equinoccio de primavera.

—¿En serio? —Si hablaba con el oráculo, tal vez me daría algunas respuestas… o me diría mi futuro.

Caleb se encogió de hombros.

—No me acuerdo, pero hablando de fiestas, va a haber una este fin de semana en la isla principal. La organiza Zarak. ¿Te apuntas?

Reprimí un bostezo.

—¿Zarak? Vaya. Hace mucho que no lo veo, pero dudo de que las fiestas sean algo a lo que vaya a poder ir pronto. Estoy castigada indefinidamente.

—¿Qué? —Caleb se quedó con la boca abierta—. Puedes escabullirte. Eras como la reina cuando se trataba de escaparse a escondidas.

—Sí, pero eso era antes de que mi tío se convirtiese en el decano y yo estuviera a un paso de ser expulsada.

Caleb resopló.

—Alex, te han expulsado al menos tres veces. ¿Desde cuándo eso ha sido un impedimento para ti? De todas formas, seguro que se nos ocurre algo. Además, será algo así como una fiesta de bienvenida para ti.

Era una mala idea, pero sentí la emoción que siempre me daba un subidón en la barriga.

—Bueno… no voy a entrenar por la noche.

—No —secundó Caleb.

Una sonrisa se me dibujó en los labios.

—Y salir a escondidas nunca ha matado a nadie.

—O hizo que lo expulsaran.

Nos sonreímos y, así, las cosas volvieron a ser como antes de que todo se fuera a la mierda.

Caleb y yo tuvimos una pequeña aventura en la sala de suministros en el edificio principal de la academia después de la cena. Nos llevamos toda la ropa que me quedaba bien y Caleb prometió, una vez más, que se llevaría a una de las otras mestizas e iría de compras para mí al día siguiente. No podía imaginarme con qué regresaría.

Con los brazos cargados, volvimos a mi habitación. Me sorprendí un poco cuando vi el formidable cuerpo de Aiden junto a las gruesas columnas de mármol del amplio porche. Los ojos de Caleb se abrieron de par en par.

Gruñí.

—Atrapados.

A medida que nos acercábamos a él, nuestros pasos se volvieron más lentos. No pude leer nada en su expresión estoica ni en el modo en que inclinó la cabeza hacia Caleb de forma respetuosa. Por una vez en su vida, Caleb se quedó sin palabras cuando Aiden se acercó y le quitó la ropa que llevaba entre las manos.

—¿Hace falta que te recuerde que los chicos no pueden entrar en la residencia de las chicas, Nicolo?

Caleb negó con la cabeza en silencio.

Levantó las cejas a la vez que se volvía hacia mí.

—Tenemos que hablar.

Miré a Caleb pidiéndole ayuda, pero se marchó con una media sonrisa de disculpa. Por un segundo, consideré la posibilidad de ir detrás de él. No lo hice.

—¿De qué tenemos que hablar?

Aiden me indicó que me acercara con un movimiento de cabeza brusco.

—No has descansado nada hoy, ¿verdad?

Cambié la carga de un brazo al otro.

—No. He estado poniéndome al día con mis amigos.

Pareció reflexionar sobre ello mientras nos dirigíamos hacia la entrada. Gracias a los dioses me habían dado una habitación en la planta baja. Odiaba las escaleras, y aunque el Covenant tenía más dinero del que yo podía llegar a comprender, no había ni un solo ascensor en todo el campus.

—Deberías haber descansado. Mañana no será un día fácil para ti.

—Siempre puedes ponérmelo fácil.

Aiden se rio. Era un sonido intenso y profundo que en otra situación me habría hecho sonreír. Como una en la que no estuviera riéndose de mí.

Fruncí el ceño mientras abría la puerta de mi habitación.

—¿Por qué tú puedes estar en mi habitación y Caleb no?

Arqueó una ceja.

—Yo no soy un estudiante.

—Sigues siendo un chico. —Metí el montón de ropa en el dormitorio, donde lo dejé caer en el suelo—. Ni siquiera eres un Instructor o un Guía. Así que creo que, si te permiten entrar aquí, Caleb también debería poder hacerlo.

Aiden me estudió durante un momento, y se cruzó de brazos sobre el pecho.

—Me han dicho que una vez estuviste interesada en convertirte en Centinela en lugar de en Guardia.

Me senté en la cama y le sonreí.

—Has estado investigando sobre mí.

—Decidí que era mejor estar preparado.

—Estoy segura de que te han contado cosas maravillosas sobre mí.

Puso los ojos en blanco.

—La mayor parte de lo que dijo el decano Andros era verdad. Eres popular entre los Instructores. Alabaron tu talento y tu ambición. Lo demás… bueno, era de esperar. Eras solo una niña, sigues siendo una niña.

—No soy una niña.

Los labios de Aiden se movieron como si quisiera sonreír.

—Sigues siendo una niña.

Me ruboricé. Una cosa era que cualquier persona mayor te dijera que eras una niña. ¿A quién le importaba? Pero cuando era un chico guapísimo el que lo decía, no era algo que me resultara encantador.

—No soy una niña —repetí.

—¿De verdad? ¿Entonces eres una adulta?

—Pues claro. —Le dediqué mi mejor sonrisa, la que solía sacarme de los problemas.

Aiden no se inmutó.

—Interesante. Un adulto sabría cuándo alejarse de una pelea, Alex. Sobre todo, después de que se le advirtiera que cualquier comportamiento cuestionable podría resultar en su expulsión del Covenant.

Mi sonrisa se desvaneció.

—No sé de qué estás hablando, pero estaría de acuerdo.

Aiden inclinó la cabeza hacia un lado.

—¿No?

—No.

Una pequeña sonrisa apareció en sus labios. Debería haber servido de advertencia, pero me encontré mirándole los labios en lugar de estar prestándole atención. De repente, se agachó frente a mí a la altura de los ojos.

—Entonces debería estar tranquilo al saber que lo que me han dicho hace una hora es falso. Que no fuiste tú quien tiró a una chica, por el pelo, de una silla en la sala común.

Abrí la boca para negarlo, pero las protestas murieron. Mierda. Siempre había alguien dispuesto a delatar a la gente.

—¿Eres consciente de la precariedad de la posición en la que estás? —Me sostuvo la mirada con firmeza—. ¿Cuán insensato es permitir que unas simples palabras te lleven a la violencia?

Arrancar a Lea de la silla había sido una estupidez, pero me había cabreado.

—Estaba hablando de mi madre.

—¿Acaso importa? Piénsalo. Son palabras y las palabras no significan nada. Lo único significativo son los actos. ¿Vas a enfrentarte a cada persona que diga algo de ti o de tu madre? Si es así, deberías ir y hacer las maletas ya mismo.

—Pero...

—Va a haber rumores, rumores ridículos sobre por qué se fue tu madre. Por qué no regresaste. No puedes enfrentarte a cada persona que te moleste.

Incliné la cabeza hacia un lado.

—Podría intentarlo.

—Alex, tienes que centrarte en volver a entrar en el Covenant. Ahora mismo, estás aquí por pura cortesía.

—Quieres vengarte de los daimons, ¿verdad?

—¡Sí! —El tono de mi voz se volvió feroz mientras apretaba los puños.

—¿Quieres ser capaz de salir ahí fuera y luchar contra ellos? Entonces tienes que centrarte en entrenar en lugar de centrarte en lo que la gente diga sobre ti.

—¡Pero ella dijo que yo era el motivo de la muerte de mi madre! —Al oír cómo se quebraba mi voz, tuve que apartar la mirada. Fue débil por mi parte. Vergonzoso. «Débil» y «vergonzoso» no estaban en el vocabulario de un Centinela.

—Alex, mírame.

Dudé antes de hacerlo. Por un momento, la dureza de su expresión se suavizó. Cuando me miró así, de verdad creí que entendía mi reacción. Quizá no estuviera de acuerdo, pero al menos entendía por qué lo había hecho.

—Sabes que no podrías haber hecho nada para evitar lo que le pasó a tu madre. —Sus ojos buscaron mi rostro—. Lo sabes, ¿verdad?

—Debería haber hecho algo. Tuve todo ese tiempo y debería haber llamado a alguien. Tal vez entonces... —Me pasé la mano por el pelo y respiré hondo—. Tal vez entonces nada de esto habría sucedido.

—Alex, no podías saber que acabaría así.

—Pero lo sabía. —Cerré los ojos, sentí cómo se me contraía el estómago—. Todos lo sabemos. Es lo que pasa cuando dejas la seguridad de la comunidad. Sabía que pasaría, pero tenía miedo de que no la dejaran volver a entrar después de haberse ido. No podía... dejarla allí sola.

Aiden permaneció en silencio durante tanto tiempo que pensé que se había ido de la habitación, pero entonces sentí cómo posaba una mano en mi hombro. Abrí los ojos, giré la cabeza para mirar su mano. Tenía unos dedos largos y elegantes. Mortales, imaginé. Pero en este momento, eran suaves. Como si no tuviera voluntad propia, miré en sus ojos plateados. No pude evitar recordar lo que había pasado entre nosotros en la fábrica.

De repente, Aiden me soltó. Pasándose una mano por el pelo, parecía no estar seguro de lo que hacía.

—Mira. Descansa. Pronto serán las ocho de la mañana. —Se giró para irse, pero se detuvo—. Y no vuelvas a salir de la habitación esta noche. No quiero descubrir por la mañana que has quemado un pueblo mientras yo dormía.

Tenía preparadas varias contestaciones, todas ellas ingeniosas y sarcásticas, pero las rechacé y me levanté de la cama. Aiden se detuvo en la puerta y miró el pasillo vacío.

—Alex, lo que le pasó a tu madre no es culpa tuya. Cargar con ese tipo de culpa no hará más que perjudicarte. No te llevará a ninguna parte. ¿Lo entiendes?

—Sí —mentí.

Aunque quería creer que lo que Aiden decía era verdad, sabía que no lo era. Si hubiera contactado con el Covenant, mamá seguiría viva. Así que sí, en cierto modo, Lea tenía razón.

Era responsable de la muerte de mi madre.

Capítulo 5

El día siguiente fue como si volviese atrás en el tiempo: me estaba levantando demasiado pronto como para pensar y con ropa confeccionada para que me dieran una paliza. Sin embargo, esta vez hubo algunas cosas distintas.

Por ejemplo, solo con ver a Aiden quedó claro que no iba a ser como los Instructores que había tenido antes. Habían sido Centinelas o Guardias que se habían lesionado en el trabajo, o que habían querido asentarse. Por aquel entonces, siempre acababa con Instructores que eran tan viejos como la mugre, o bien eran unos aburridos.

Aiden no era ninguna de esas cosas.

Llevaba el mismo estilo de pantalones de entrenamiento que yo había robado del armario de los materiales, pero mientras yo me había puesto una modesta camiseta blanca, la de él era una camiseta de tirantes. Y vaya si tenía brazos que enseñar. La piel no se le hundía; estaba lejos de ser aburrido, y en realidad estaba ahí fuera cazando daimons.

Pero tenía una cosa en común con mis antiguos Instructores. En el momento en que entré en el gimnasio, fue todo trabajo. Desde la forma en que me dirigió a través de varios ejercicios de calentamiento y me ordenó que desenrollara todas las colchonetas, supe que al final del día me dolería todo.

—¿Cuánto recuerdas de tu anterior entrenamiento?

Miré a mi alrededor y vi cosas que no había visto en tres años: colchonetas de entrenamiento para facilitar las caídas, maniquíes de piel que parecían reales y un botiquín de primeros auxilios en cada esquina. La gente solía sangrar en algún momento durante el entrenamiento. Pero la pared más alejada era la que más me interesaba. Estaba cubierta con cuchillos de aspecto diabólico con los que nunca había llegado a practicar.

—Lo normal: cosas de manual, entrenamientos ofensivos, técnicas para dar patadas y puñetazos. —Me dirigí a la pared de las armas; era como un impulso.

—Entonces no mucho.

Tomé una de las finas dagas de titanio que solían llevar los Centinelas y asentí con la cabeza.

—Lo bueno empezaba justo...

Aiden me rodeó, me quitó la daga de las manos y la colocó de nuevo en la pared.

Detuvo los dedos en la hoja con un gesto de reverencia.

—No te has ganado el derecho a tocar estas armas, en especial *esa*.

Al principio, pensé que se estaba burlando, pero con una mirada a su rostro me di cuenta de que no era así.

—¿Por qué?

No contestó.

Tenía ganas de volver a tocarla, pero retiré la mano y me alejé de la pared.

—Era buena en todo lo que aprendí. Podía golpear y patear con fuerza. Podía correr más rápido que cualquiera de mi clase.

Volvió al centro de la habitación y colocó las manos sobre sus caderas estrechas.

—Entonces, no mucho —repitió.

Le seguí con los ojos.

—Se podría decir que sí.

—Deberías acostumbrarte a esta sala. Vamos a pasar aquí ocho horas al día.

—Estás bromeando, ¿verdad?

No parecía que estuviese bromeando.

—Al final del pasillo hay un gimnasio. Deberías visitarlo... a menudo.

Me quedé con la boca abierta.

Aiden me miró con desdén.

—Estás demasiado delgada. Tienes que ganar algo de peso y músculo. —Extendió la mano y tocó mi brazo escuálido—. Tienes velocidad y fuerza por naturaleza. Pero ahora mismo, un niño de diez años podría acabar contigo.

Cerré la boca. Tenía razón. Esa mañana, había tenido que hacer el nudo de los cordones dos veces para conseguir que se quedaran sujetos.

—Bueno, no era como si pudiera hacer tres comidas diarias. Hablando de eso, tengo un poco de hambre. ¿No me dan el desayuno?

La mirada dura en sus ojos se suavizó un poco, y por un momento parecía la misma que cuando había estado en mi habitación la noche anterior.

—Te he traído un batido de proteínas.

—Puaj —me quejé, pero cuando levantó el envase de plástico y me lo dio, lo tomé.

—Bébetelo. Primero vamos a hablar de algunas reglas básicas. —Aiden dio un paso atrás—. Acércate y siéntate. Quiero que escuches.

Y ahí quedó la mirada más gentil y amable. Puse los ojos en blanco, me senté y me llevé con cuidado la botella a los labios. Olía a chocolate rancio y sabía a batido aguado. Qué asco.

Se puso delante de mí con esos brazos marcados de manera imposible sobre el pecho.

—Lo primero: nada de beber o fumar.

—Vaya. Eso significa que tengo que dejar la adicción al crack.

Me miró fijamente, sin impresionarse.

—No podrás salir del Covenant sin permiso o… no me mires así.

—Dios, ¿cuántos años tienes? —Sabía perfectamente cuántos años tenía, pero quería picarle.

Aiden se crujió el cuello.

—Cumplo veintiún años en octubre.

—Bah. —Agité la botella—. ¿Siempre has sido tan… maduro?

Frunció las cejas.

—¿Maduro?

—Sí, pareces un padre. —Endurecí la voz y traté de parecer seria—. «No me mires así» o si no…

Aiden parpadeó despacio.

—Yo no hablo así y no digo «o si no».

—Pero si lo hicieras, ¿qué sería el «o si no»? —Escondí la sonrisa tras la botella.

Miró hacia un lado, frunciendo el ceño.

—¿Puedes dejar de hablar así?

—Como quieras. —Di un sorbo—. Entonces, ¿por qué no puedo salir de la isla?

—Es por tu seguridad y por mi paz mental. —Aiden volvió a su postura original, con los brazos sobre el pecho y las piernas abiertas—. No saldrás de esta isla si no vas acompañada por alguien.

—¿Mis amigos cuentan? —pregunté, medio segura.

—No.

—Entonces, ¿quién puede acompañarme?

Aiden cerró los ojos y suspiró.

—Uno de los otros Instructores o yo.

Agité el líquido en la botella.

—Conozco las reglas, Aiden. No tienes que repasarlas de nuevo.

Parecía como si quisiera señalar el hecho de que me vendría bien un repaso, pero desistió. Cuando terminé, tomó el vaso del batido y lo llevó hasta donde había varios sacos de boxeo apoyados contra la pared.

Me puse de pie y me desperecé.

—Entonces, ¿qué voy a aprender hoy? Creo que deberíamos empezar con cualquier cosa que no implicase que me patees el culo.

Sus labios se movieron como si estuviera intentando evitar sonreír.

—Lo básico.

—Lo básico. —Hice un puchero—. Tienes que estar bromeando conmigo. Sé lo básico.

—Sabes lo suficiente como para que no te maten de inmediato. —Frunció el ceño mientras yo saltaba de un lado a otro—. ¿Qué estás haciendo?

Me detuve, encogiéndome de hombros.

—Me aburro.

Aiden puso los ojos en blanco.

—Entonces vamos a empezar. No estarás aburrida durante mucho tiempo.

—Sí, maestro.

Frunció el ceño.

—No me llames así. No soy tu maestro. Solo podemos llamar «maestros» a nuestros dioses.

—Sí… —Hice una pausa cuando le brillaron los ojos y tensó la mandíbula— señor.

Aiden me miró un momento, y entonces asintió.

—Vale. Quiero ver cómo caes.

—Casi te doy un buen puñetazo en la fábrica. —Tuve la necesidad de aclararlo.

Volviéndose hacia mí, señaló una de las alfombras.

—Casi no cuenta, Alex. Nunca cuenta.

Me arrastré y me detuve frente a él mientras me rodeaba.

—Los daimons no solo usan la fuerza cuando atacan, sino también la magia elemental.

—Ya. Ya.

Los daimons pueden ser muy fuertes en función de la cantidad de puros o mestizos que hayan drenado. Que uno de ellos te golpee con el elemento aire equivale a que te atropelle un tren de carga. El único momento en que los daimons no son un peligro es cuando están drenando éter.

—La clave es que nunca dejes que te tumben, pero pasará, les pasa hasta a los mejores. Cuando ocurre, tienes que ser capaz de volver a ponerte de pie. —Sus ojos grises se centraron en mí.

Esto era un aburrimiento.

—Aiden, recuerdo mi entrenamiento. Sé cómo caer.

—¿Sí?

—Caer es lo más fácil…

Mi espalda impactó contra la colchoneta. El dolor me atravesó. Me quedé allí, aturdida.

Aiden se inclinó sobre mí.

—Eso solo ha sido un golpecito cariñoso, y no has caído bien para nada.

—Ay. —No estaba segura de poder moverme.

—Deberías haber caído sobre la parte superior de la espalda. Es menos doloroso y más fácil de maniobrar. —Me ofreció una mano—. Pensaba que sabías cómo caer.

—Dioses —dije—. ¿No podrías habérmelo dicho antes? —Ignoré su mano y me di cuenta de que podía moverme. Me levanté, fulminándole con la mirada.

Una sonrisa ladeada apareció en sus labios.

—Incluso sin aviso, tienes un segundo antes de caer. Tienes tiempo más que suficiente para posicionar tu cuerpo de forma correcta.

—Rotar las caderas y mantener la barbilla hacia abajo. —Fruncí el ceño, frotándome la espalda—. Sí, lo recuerdo.

—Entonces demuéstramelo. —Se detuvo, mirándome como si fuera una especie de espécimen extraño—. Pon los brazos aquí. Así. —Colocó mis brazos para que bloquearan mi pecho—. Mantenlos firmes. No dejes los brazos como espaguetis.

—De acuerdo.

Hizo una mueca al ver mis brazos enclenques.

—Bueno, mantenlos tan fuertes como puedas.

—Muy gracioso.

Volvió a sonreír.

—De acuerdo.

Entonces me golpeó los brazos con la parte ancha de los suyos. En realidad, no me golpeó con fuerza, pero aun así me caí. Y fue en la dirección equivocada. Me di la vuelta, haciendo una mueca de dolor.

—Alex, sabes lo que tienes que hacer.

Me di la vuelta otra vez y gruñí.

—Bueno… al parecer se me ha olvidado.

—Levántate. —Me ofreció la mano, pero seguí sin aceptarla. Me puse de pie—. Alza los brazos.

Lo hice y me preparé para la inevitable bofetada. Caí, una y otra vez. Pasé las siguientes dos horas tumbada, y no en el buen sentido. Llegó el momento en que Aiden repasó la mecánica del aterrizaje como si yo tuviera diez años.

Pero al final, entre toda la mierda inútil que flotaba en mi cerebro, tiré de la técnica que me habían enseñado hacía años y lo clavé.

—Ya era hora —murmuró Aiden.

Hicimos un descanso para comer, que consistió en que yo comiera sola mientras Aiden se iba a hacer lo que fuese que tenía que hacer.

A los quince minutos más o menos, se presentó ante mí una sangre pura con bata blanca de laboratorio. Me tragué el bocado de comida.

—¿Hola?

—Por favor, sígame —dijo.

Miré mi bocadillo a medio comer y suspiré. Dejé mi comida y seguí a la pura hasta el edificio médico detrás de las instalaciones de entrenamiento.

—¿Me van a hacer un examen físico o algo así?

No contestó.

Ignoró todo intento de conversación y me di por vencida cuando me subí a la camilla. La vi dirigirse al armario y rebuscar durante unos segundos. Se dio la vuelta, agitando el extremo de la jeringa.

Abrí los ojos de par en par.

—Eh... ¿qué es eso?

—Por favor, levántese la manga de la camiseta.

Desconfiada, hice lo que me pidió.

—Pero que me estás dando... ¡¡joder! —La piel me ardía en el lugar en que me había pinchado en la parte superior del brazo—. Duele como el infierno.

Curvó los labios en una ligera sonrisa, pero sus palabras destilaban repugnancia.

—Le pondrán una dosis de recordatorio en seis meses. Durante las próximas cuarenta y ocho horas, trate de abstenerse de realizar actividades sexuales sin protección.

¿Qué trate de abstenerme? ¿Como si tuviera impulsos animales incontrolables y saltara sobre cada mestizo que viese?

—No soy una perra loca por el sexo, señora.

La pura me dio la espalda, despidiéndose de mí de forma evidente. Salté de la camilla y me bajé la manga. No podía creer que hubiera olvidado el anticonceptivo obligatorio del Covenant para las mestizas. Después de todo, los hijos de dos mestizos eran como simples mortales y no servían para los puros. Eso nunca me había molestado, ya que dudaba de que alguna vez fuera a desarrollar el deseo de ser madre. Pero la pura al menos podría haberme avisado antes de pincharme.

Cuando volví a la sala de entrenamiento, Aiden me vio frotándome el brazo, pero no le di explicaciones. A partir de ahí, pasó a otro de mis favoritos: que te derriben y te pongas de pie de un salto.

También lo hice de pena.

Al final del entrenamiento, me dolía cada uno de los músculos de la espalda y sentía los muslos como si alguien me hubiera machacado. Fui un poco lenta al enrollar las colchonetas. Tanto que Aiden acabó por tomar el relevo.

—Irá haciéndose más fácil. —Levantó la vista cuando me acerqué cojeando a donde estaba apilando las colchonetas—. Tu cuerpo volverá a acostumbrarse.

—Eso espero.

—No deberías ir al gimnasio durante unos días.

Podría haberle abrazado.

—Pero desde luego deberías estirar por la noche. Te ayudará a soltar los músculos. Así no te dolerá tanto.

Le seguí hasta la puerta. Parecía un buen consejo. Fuera de la sala de entrenamiento, esperé mientras Aiden cerraba las puertas dobles.

—Mañana trabajaremos un poco más los saltos. Luego pasaremos a las técnicas de bloqueo.

Empecé a señalar que había aprendido varias técnicas de bloqueo, pero recordé lo rápido que el daimon me había marcado en Georgia. Me llevé la mano al hombro y a la cicatriz algo irregular.

—¿Estás bien?

Dejé caer la mano y asentí.

—Sí.

Como si de alguna forma pudiese leer mentes, se acercó y me pasó la coleta por encima del hombro. El leve toque me provocó un escalofrío.

—No está mal. Pronto desaparecerá.

—Va a dejarme cicatriz, ya la tengo.

—Algunos dirían que esas cicatrices son medallas de honor.

—¿En serio?

Aiden asintió.

—Sí. Demuestra lo fuerte y lo valiente que fuiste. No es nada de lo que haya que avergonzarse.

—Claro. —Forcé una sonrisa rápida y brillante.

Por su cara, me di cuenta de que no me creía, pero no me presionó. Me fui cojeando y me dirigí a mi habitación. Caleb me esperaba en la puerta con un puñado de bolsas y una mirada nerviosa en el rostro.

—Caleb, no tenías por qué hacer todo esto. Y te van a ver aquí.

—Entonces déjame entrar en tu habitación antes de que me pesquen. Y no te preocupes por las compras, conseguí a algunas chicas impresionantes para que se probasen la ropa. Confía en mí, ha sido un día mutuamente beneficioso.

Resoplé mientras cojeaba hasta el sofá y me acomodaba.

—Gracias. Te debo una.

Caleb empezó a contarme todas las cosas que me había perdido durante mi ausencia (así me refería a ello ahora), mientras yo sacaba varios vaqueros y pantalones cortos que dudaba de que cumplieran con el código de vestimenta del Covenant. Sacudí la cabeza. ¿Dónde demonios se suponía que iba a ponerme esto? ¿En la esquina de una calle?

Al parecer, no habían cambiado muchas cosas. Todos seguían escabulléndose y enrollándose con todo el mundo. Lea había conseguido confrontar a dos o tres chicos con la esperanza de meterse entre sus piernas. Por lo de ayer, Jackson parecía ser el ganador. Dos mestizos un año mayor que nosotros, Rosalie y Nathaniel, se habían graduado y ahora eran Centinelas, y me moría de envidia. Después del entrenamiento de hoy, dudaba de que Aiden siguiera pensando que tenía alguna clase de potencial sin explotar.

Luke, un mestizo con el que solía quedar, había salido del armario el año pasado, y no era que ser gay o bisexual fuese siquiera un problema sin importancia por aquí. Ser los hijos de un grupo de dioses cachondos que seguro que no discriminaban a la hora de elegir a sus parejas sexuales no dejaba mucho margen para el escándalo cuando se trataba de actividades relacionadas con el sexo.

Parecía que la única virgen por aquí era yo. Suspiré.

—¿Tan mal ha ido el entrenamiento?

—Creo que hoy me he roto la espalda —dije, inexpresiva.

Parecía que quería reírse.

—No te has roto la espalda. Solo estás… desentrenada. En un par de días, estarás pateándole el trasero a Aiden.

—Lo dudo.

—¿Y qué quería ayer? Colega, te seré sincero. Estoy esperando a que aparezca aquí y me dé una paliza por estar en tu habitación.

—Si tienes miedo, entonces no deberías estar aquí.

Caleb me ignoró.

—¿Qué quería ayer Aiden?

—Creo que Lea me delató. Aiden sabía lo que había pasado en la sala de recreo. En realidad, no me echó la bronca, pero podría haberse ahorrado el sermón.

—De verdad, a veces es una perra. —Se sentó en la silla y se pasó una mano por el pelo.

—Quizá podríamos quemarle las cejas o algo así. Seguro que a Zarak le parecerá bien.

Me reí.

—Estoy segura de que eso no ayudaría a mi causa.

—Sabes, me acosté…

—¿Qué? —exclamé, casi cayéndome del sofá. Mal movimiento. Me dolió—. Por favor, dime que no te acostaste con Lea.

Se encogió de hombros.

—Estaba aburrido. Ella estaba disponible. No estuvo tan mal...

Asqueada, le lancé una almohada a la cabeza y le corté.

—No quiero saber los detalles. Voy a fingir que nunca admitiste eso.

Una sonrisa apareció en sus labios.

—Parece que Lea está decidida a meterte en problemas si te ha delatado.

Me volví a tumbar, pensando en el resto de las personas que había en la sala.

—No sé. ¿Qué hay de la pura que estaba en la sala?

—¿Quién? ¿Thea? —Sacudió la cabeza—. Es imposible que se lo haya dicho a alguien.

—De todos modos, ¿qué está haciendo Thea aquí?

Era raro ver a algún puro en el Covenant en verano. Se quedaban durante el año escolar, pero cuando llegaba el verano se iban con sus padres, a viajar por el mundo y a hacer cosas ridículamente caras. Cosas divertidas y muy guays. Por supuesto, tenían Guardias que los acompañaban en sus aventuras, por si a algún daimon se le ocurría algo.

—Sus padres están en el Consejo y no tienen tiempo para ella. Es muy simpática, pero súper tranquila. Creo que le gusta Deacon.

—Deacon, ¿el hermano de Aiden?

—Sí.

Podría decir que había algo detrás del hecho de que a Thea le gustaba.

—¿Cuál es el problema? Los dos son puros.

Caleb arqueó una ceja en mi dirección, pero luego pareció recordar que yo no llevaba tres años aquí.

—Deacon tiene una reputación.

—Vale. —Intenté aliviar una torcedura repentina que tenía en la espalda.

—Y Thea también. Y digamos que Thea gana el premio a la pureza.

Me gustó saber que no era la única virgen.

—¿Y?

—La reputación de Deacon es… más bien del tipo… ¿cómo puedo decirlo para que suene bien? —Hizo una pausa, con un aspecto pensativo—. Deacon se parece a Zeus, ese tipo de reputación.

—Bueno… los polos opuestos se atraen, supongo.

—No *esos* opuestos.

Me encogí de hombros e hice una mueca.

—Casi se me olvida. No te vas a creer lo que he escuchado hoy en el pueblo. Una de las tenderas estaba ocupada hablando mientras yo estaba mirando, sin importarle quién pudiera oírla, pero… oh, sí, por cierto, esa vendedora seguramente piensa que soy un travesti.

Me reí.

Entrecerró los ojos ante mi apatía.

—Como sea, ¿te acuerdas de Kelia Lothos?

Fruncí los labios. Kelia Lothos… el nombre me resultaba familiar.

—¿No era Guardia aquí?

—Sí, es unos diez años mayor que nosotros. Se ha echado novio.

—Bien por ella.

—Espera, Alex. Espera a oír esto. Se llama Héctor, no sé cuál es su apellido. Da igual, es un puro de una de las otras comunidades. —Se detuvo para crear dramatismo.

Me pasé una mano por la coleta, sin saber a dónde quería llegar con todo esto.

—Es un maldito sangre pura. —Levantó las manos—. ¿Lo recuerdas? No está permitido.

Abrí los ojos de par en par.

—Oh, no, eso no es bueno.

Sacudió la cabeza y unos mechones de pelo rubio le cayeron sobre los ojos.

—No puedo creer que hayan sido tan estúpidos como para siquiera pensar en algo así.

El hecho de que no se nos permitiera tener ningún tipo de relación romántica con un puro era una regla que se nos inculcaba desde que nacíamos. La mayoría de los mestizos ni siquiera se lo cuestionaban, pero, una vez más, la mayoría de los mestizos no se cuestionaba mucho. Estábamos entrenados para obedecer desde el principio.

Intenté adoptar una posición cómoda.

—¿Qué crees que le pasará a Kelia?

Caleb resopló.

—Es probable que la destituyan de sus funciones como Guardia y la envíen a trabajar a una de las casas.

Eso me llenó de rabia y resentimiento.

—Y Héctor recibirá un golpecito en la mano. ¿Es eso justo?

Me miró extrañado.

—No lo es, pero es lo que ocurre.

—Es una estupidez. —Sentí que algo se tensaba en mi mandíbula—. ¿A quién le importa que un mestizo y un puro estén juntos? ¿De verdad es tan importante como para que Kelia tenga que perderlo todo?

Los ojos de Caleb se abrieron de par en par.

—Es lo que hay, Alex. Ya lo sabes.

Me crucé de brazos, preguntándome por qué me sentía tan afectada. Así habían sido las cosas durante eones, pero me parecía tan injusto…

—Está mal, Caleb. Kelia va a acabar siendo una esclava porque se ha enrollado con un puro.

Se quedó callado un momento y luego me miró a los ojos.

—¿Tu reacción tiene algo que ver con el hecho de que tu nuevo entrenador personal sea el puro por el que babean todas las chicas?

Hice una mueca.

—De ninguna manera, ¿estás loco? Va a acabar matándo-me. —Hice una pausa y me hundí en el sillón—. Creo que lo tiene planeado.

—Lo que tú digas.

Estirando las piernas, le fulminé con la mirada.

—Olvidas que pasé tres años en el mundo real, un mundo en el que ni siquiera existen los puros ni los mestizos. Nadie comprueba el pedigrí divino de alguien antes de salir con él.

Se quedó unos instantes mirando a la nada.

—¿Cómo era?

—¿Cómo era el qué?

Caleb se movió en el borde de la silla.

—Estar ahí fuera, lejos de todo… ¿esto?

—Oh. —Me apoyé sobre el codo. La mayoría de los mesti-zos no tenían ni idea de lo que era. Claro que se mezclaban con el mundo exterior (la palabra clave es «mezclarse»), pero nunca formaban parte de él, ni siquiera durante un tiempo. Tampoco los puros. Para los nuestros, la vida de los mortales resultaba violenta, y los daimons no eran las únicas criaturas diabólicas de las que había que preocuparse.

Sí, nosotros también teníamos nuestros demonios. Los chi-cos que no tenían la palabra «no» en su vocabulario, las chicas que te daban una puñalada por la espalda, y la gente que haría *cualquier cosa* para conseguir lo que quería. Pero no se parecía en nada al mundo de los mortales, y no sabía si eso era bueno o malo.

—Bueno, es diferente. Hay mucha gente diferente. Me in-tegré hasta cierto punto.

Caleb escuchaba con demasiada emoción para su propio bien mientras yo trataba de explicarle cómo era aquello. Cada vez que nos mudábamos, mamá utilizaba las compulsiones para inscribirme en el sistema escolar local sin expediente aca-démico. Caleb mostró demasiado interés por el sistema escolar de los mortales, pero era diferente al del Covenant. Aquí, pasábamos la mayor parte de nuestros días peleando en clase. En el mundo de los mortales, me pasaba la mayor parte de las clases mirando la pizarra.

Tener curiosidad por el mundo exterior no tenía por qué ser algo bueno. Por lo general, eso llevaba a alguien a salir corriendo. Mamá y yo habíamos tenido más suerte que la mayoría de los que se habían aventurado a huir. El Covenant siempre encontraba a la gente que intentaba vivir en el mundo exterior.

A nosotras nos encontraron un poco tarde.

Caleb inclinó la cabeza hacia un lado mientras me estudiaba.

—¿Cómo llevas lo de haber regresado aquí?

Me volví a tumbar, mirando el techo.

—Bien.

—¿En serio? —Se levantó—. Porque has pasado por muchas cosas.

—Sí, estoy bien.

Caleb se acercó y se sentó, casi empujándome hacia un lado.

—Auch.

—Alex, la mierda por la que has pasado tiene que haberte afectado. A mí me habría afectado.

Cerré los ojos.

—Caleb, valoro tu preocupación, pero estás prácticamente sentado encima de mí.

Se movió, pero se quedó a mi lado.

—¿Vas a contármelo?

—Mira. Lo estoy llevando bien. No es que no me haya afectado. —Abrí los ojos y lo encontré mirándome con expectación—. Está bien. Me ha afectado. ¿Contento?

—Por supuesto que no estoy contento.

Una cosa en la que no era buena era en hablar de cómo me sentía. Joder, ni siquiera se me daba bien *pensar* en cómo me sentía. Pero no parecía que Caleb fuera a irse pronto.

—Yo… procuro no pensar en ello. Es mejor así.

Frunció el ceño.

—¿De verdad? ¿Tengo que usar la psicología básica contigo y decir «a lo mejor no es bueno que no pienses en ello»?

Gruñí.

—Odio la psicología, así que por favor no empieces.

—¿Alex?

Me senté, sin hacer caso a cómo lloraba mi espalda, y le eché del sofá. Se sujetó con facilidad.

—¿Qué quieres que te diga? ¿Que echo de menos a mi madre? Sí. La echo de menos. ¿Que fue una mierda ver cómo la drenaba un daimon? Sí, fue una mierda. ¿Luchar contra los daimons y pensar que iba a morir fue divertido? No. No fue divertido. Eso *también* fue una mierda.

Asintió, aceptando mi pequeño desvarío.

—¿Pudiste hacerle un funeral o algo así?

—Esa es una pregunta estúpida, Caleb. —Me eché hacia atrás el pelo que se me había escapado de la coleta—. No pude hacerle un funeral. Después de que maté al daimon, apareció otro. Salí corriendo.

Palideció.

—¿Alguien volvió a por su cuerpo?

Me estremecí.

—No lo sé. No he preguntado.

Parecía estar reflexionando sobre el tema.

—Tal vez si le hicieras una ceremonia, ayudaría. Ya sabes, una pequeña ceremonia para conmemorarla.

Le dirigí una mirada severa.

—No vamos a hacer un funeral. Lo digo en serio. Si se te ocurre algo así, me arriesgaré a que me expulsen solo para darte una paliza. —Hacer un funeral significaba afrontar que mi madre estaba muerta. El muro, la fortaleza que había construido a mi alrededor, se derrumbaría y yo… No podía lidiar con eso.

—Vale. Vale. —Levantó las manos—. Solo pensé que te serviría para darle un final.

—Tengo un final. ¿Lo recuerdas? La vi morir.

Esta vez fue él quien se estremeció.

—Alex… lo siento mucho. Dioses, ni siquiera sé cómo te habrás sentido. No puedo ni imaginarlo.

Entonces dio un paso hacia delante, como si pretendiera abrazarme, pero le hice un gesto para que no lo hiciera. Caleb pareció entender que no quería seguir hablando del tema y volvió a hablar de cosas más sencillas: más cotilleos, más rumores, más historias sobre las aventuras del Covenant.

Me quedé en el sofá cuando él se escabulló nuevamente del dormitorio. Debería tener hambre o querer ir a socializar, pero no era así. Nuestra conversación —la parte que había sido sobre mi madre— se abrió como una herida infectada. Traté de concentrarme en los cotilleos que había descubierto. Incluso traté de pensar en lo bien que estaba Jackson ahora —incluso Caleb, porque había ganado volumen en los últimos tres años—, pero sus imágenes fueron sustituidas enseguida por las de Aiden y sus brazos.

Y eso estaba *muy* mal.

Volví a tumbarme y a mirar el techo. Yo estaba bien. De hecho, estaba muy bien. Estar de vuelta en el Covenant era mucho mejor que estar ahí fuera, en el mundo real, o limpiando retretes en la casa de algún puro. Me froté debajo de los ojos, frunciendo el ceño. Estaba bien.

Tenía que estar bien.

CAPÍTULO 6

Quería encerrarme en un agujero y morirme.

—Ya lo tienes. —Aiden asintió mientras esquivaba uno de sus golpes—. Usa el antebrazo. Muévete con un propósito.

¿Moverme con un propósito? ¿Qué tal si me muevo a un sitio donde pueda tumbarme? Ese era un propósito que podía conseguir. Aiden se lanzó contra mí y yo bloqueé el golpe. Claro que sí, era buena en eso. A continuación, dio un giro, y para ser alguien tan alto, podía mover el cuerpo como un ninja.

Deslizó el talón del pie por encima de mis brazos y lo estrelló contra mi costado. Apenas registré el impacto en mi escala de dolor. Ya me había acostumbrado a la fuerte descarga de dolor y a las palpitaciones que le siguieron. Inhalé muy despacio y traté de respirar en medio de la agonía. Los mestizos no muestran el sufrimiento ante el enemigo. Al menos eso era lo que recordaba.

Aiden se enderezó, con la preocupación reflejada en su rostro.

—¿Estás bien?

Apreté los dientes.

—Sí.

Se acercó a mí, parecía dudar.

—Ha sido un golpe muy fuerte, Alex. Está bien si te duele. Vamos a tomarnos unos minutos.

—No. —Me lo quité de encima mientras él me miraba—. Estoy bien. Vamos a intentarlo de nuevo.

Y lo hicimos. Fallar unos cuantos golpes y patadas era mucho mejor que tener que dar vueltas como ayer o pasar toda la tarde en el gimnasio.

Eso fue lo que pasó la última vez que me quejé de que me dolían la espalda y los costados. Aiden repasó varias técnicas de bloqueo más que un niño de diez años podría dominar mientras yo observaba de forma obsesiva sus movimientos. En los últimos días, me había dado cuenta de lo retrasada que iba y hasta yo estaba sorprendida por el hecho de que hubiera conseguido matar a dos daimons.

Ni siquiera podía bloquear la mayoría de las patadas de Aiden.

—Obsérvame. —Me rodeó, con el cuerpo en tensión—. Siempre hay algo que delata mi próximo movimiento. Puede ser un fino temblor muscular o una breve mirada, pero siempre hay algo. Cuando un daimon te ataca, ocurre lo mismo.

Asentí y nos pusimos en guardia de nuevo. Aiden se acercó dando un golpe seco con la mano. Le aparté un brazo, y luego el otro. No tenía ningún problema con sus golpes o con sus puñetazos. El problema eran sus patadas… giraba tan rápido. Pero esta vez, vi sus ojos caer sobre mi cintura.

Me giré hacia la patada y bajé el brazo con un movimiento de barrido limpio un segundo después. Su pie conectó con mi espalda magullada. Me doblé de inmediato, agarrándome las rodillas mientras respiraba despacio.

Aiden no tardó en llegar a mi lado.

—¿Alex?

—Eso… ha dolido un poco.

—Si te sirve de consuelo, esta vez casi lo consigues.

Levanté la vista y solté una pequeña carcajada al ver esa sonrisa ladeada.

—Me alegra oír eso.

Empezó a decir algo, pero borró la sonrisa a la vez que me advertía en voz baja.

—Alex. Levántate.

Mi espalda protestó por aquel movimiento brusco, pero en cuanto vi a Marcus en la puerta, comprendí por qué. No tenía que dar la impresión de que me acababan de dar una paliza delante de él.

Marcus se apoyó en la puerta, con los brazos cruzados.

—Me preguntaba qué tal iría el entrenamiento. Ya veo que va tal y como esperaba.

Auch. Respiré hondo.

—¿Te gustaría intentarlo?

Marcus alzó las cejas y sonrió, pero Aiden me puso una mano en el brazo a modo de advertencia.

—No.

Aparté su mano. Estaba bastante segura de que podía con mi tío. Con el pelo peinado a la perfección y los pantalones chinos que llevaba, parecía el ejemplo perfecto del niño que aparecía en el póster promocional del mes de un club náutico.

—Me apunto si tú te apuntas —volví a sugerir con una sonrisa radiante.

—Alex, te estoy diciendo que no lo hagas. Él era…

Marcus se apartó de la pared.

—Está bien, Aiden. De normal no aceptaría una oferta tan ridícula, pero me siento caritativo.

Me reí de forma exagerada.

—¿Caritativo?

—Marcus, esto no es necesario. —Aiden se puso delante de mí—. Apenas está empezando a aprender a hacer bloqueos de la forma correcta.

Fruncí el ceño en dirección a Aiden. *Vaya. Menuda forma de cubrirme las espaldas, colega.* Mi ego volvió a cobrar vida y aparté a Aiden.

—Creo que puedo con él.

Marcus echó la cabeza hacia atrás y se rio, pero Aiden no parecía estar divirtiéndose en absoluto con la situación.

—Alex, te estoy diciendo que *no* hagas esto. Cállate y escúchame.

Miré a Aiden con inocencia.

—¿Hacer el qué?

—No. *Lo tiene todo controlado*, Aiden. Veamos qué ha aprendido. Ya que me está desafiando, asumo que está preparada.

Planté las manos en las caderas.

—No sé. Me sentiría mal por darle una paliza a un viejo.

La brillante mirada esmeralda de Marcus se clavó en mí.

—Atácame.

—¿Qué?

Parecía estupefacto, pero entonces chasqueó los dedos.

—¡Es verdad! No has aprendido ningún movimiento de ataque. Entonces yo te atacaré. ¿Sabes técnicas de bloqueo defensivas?

¿Marcus sabía técnicas de bloqueo defensivas? Cambié de posición y miré a Aiden. No parecía estar contento con nada de esto.

—Sí.

—Entonces deberías estar lo bastante bien entrenada como para defenderte. —Marcus hizo una pausa y se le escapó una sonrisa—. Tú solo imagina que soy el enemigo, Alexandria.

—Oh, eso no será difícil, *decano Andros*. —Levanté las manos y le indiqué que se acercara. Era la mejor.

Marcus no me dio ningún aviso más allá de un fino temblor en el brazo justo antes de moverse. Levanté el brazo, tal y como me había enseñado Aiden, y bloqueé el golpe. No pude contener una sonrisa salvaje cuando esquivé otro golpe devastador. Entrecerré la mirada en dirección a mi tío mientras se enderezaba y se preparaba para otro ataque.

—Retrocede. —La voz de Aiden provenía de un lado, en voz baja y con dureza—. Estás demasiado cerca.

Avancé, bloqueando otro de los golpes de Marcus. La arrogancia se apoderó de mí.

—Tienes que ser más rápido…

En vez de seguir con lo que yo esperaba que fuera una muy buena patada giratoria, Marcus me agarró del brazo y me lo retorció. Mientras me hacía girar, me rodeó el cuello con el otro brazo, dejándome servida en bandeja para un estrangulamiento brutal.

El corazón me azotaba las costillas. Lo único que conseguiría con cualquier movimiento que hiciese sería una posición aún más antinatural. En cuestión de segundos, me había inmovilizado. En cualquier otra situación, como una en la que no fuera *mi tío* el que estuviera estrangulándome *a mí*, le habría felicitado por una maniobra tan rápida.

Agachó la cabeza y habló sin tapujos en mi oído.

—Ahora imagina que fuese un daimon —dijo Marcus—. ¿Qué crees que pasaría a continuación?

Me negué a responder y apreté los dientes.

—Alexandria, te he hecho una pregunta. ¿Qué pasaría si yo fuera un daimon? —Su agarre se endureció.

Me encontré con la mirada de Aiden. Lo observaba todo con una ira llena de impotencia grabada en el rostro. Podría decir que había una parte de él que quería intervenir, pero sabía que no podía.

—¿Hace falta que volvamos a intentarlo? —preguntó Marcus.

—¡No! Estaría… muerta.

—Sí. Estarías muerta. —Marcus me soltó y avancé a trompicones. Pasó por delante de mí, dirigiéndose a Aiden—. Si esperas que esté lista para el otoño, tal vez deberías trabajar su actitud y asegurarte de que la próxima vez siga tus instrucciones. Si continúa así, fracasará.

Sin apartar los ojos de mí ni un segundo, asintió a Marcus.

Me enfadé en silencio hasta el momento en que Marcus desapareció.

—¿Qué demonios le he hecho? —Me froté el cuello de forma distraída—. ¡Podría haberme roto el brazo!

—Si hubiera querido romperte el brazo, lo habría hecho. Te dije que te quedaras callada, Alex. ¿Qué esperabas de Marcus? ¿Pensabas que solo era un sangre pura vago con necesidad de protección? —Su voz estaba impregnada de sarcasmo.

—Bueno, ¡lo parece! ¿Cómo iba a saber que en secreto es Rambo con pantalones de marca?

Aiden se acercó a mí, extendió la mano y me tomó de la barbilla.

—Deberías haberlo sabido porque te dije que no lo presionaras. Y, aun así, lo hiciste. No me escuchaste. Era un Centinela, Alex.

—¿Qué? ¿Marcus era un Centinela? ¡Yo no sabía eso!

—Intenté decírtelo. —Aiden cerró los ojos y dejó mi barbilla. Se giró y se pasó una mano por el pelo—. Marcus tiene razón. En otoño no estarás preparada si no me escuchas. —Suspiró—. Es por esto que nunca podría ser Instructor o Guía. No tengo paciencia para esta mierda.

Esta era una de esas ocasiones en las que sabía que tenía que cerrar la boca, pero no podía. Enfadada a más no poder, lo seguí a través de la colchoneta.

—¡Te estoy escuchando!

Se dio la vuelta.

—¿Qué parte has escuchado, Alex? Te dije bien claro que no lo presionaras. Si no puedes hacerme caso, ¿cómo va a esperar alguien, incluso Marcus, que atiendas a tus Instructores en otoño?

Tenía razón, pero estaba demasiado avergonzada y enfadada para admitirlo.

—Lo ha hecho solo porque no le caigo bien.

Hizo un sonido de exasperación.

—No tiene nada que ver con que le caigas bien o no, Alex. ¡Tiene que ver con el hecho de que no escuchas! Has pasado demasiado tiempo ahí fuera donde podías defenderte con facilidad de los mortales, pero ya no estás en el mundo de los mortales.

—Ya lo sé. ¡No soy estúpida!

—¿De verdad? —Sus ojos destellaban plata furiosa—. Vas por detrás de cualquier persona que haya aquí. Incluso los sangre pura que asistirán a clase en otoño tendrán los conocimientos básicos para poder defenderse a ellos mismos. ¿Todavía quieres ser una Centinela? Después de lo que he visto hoy, lo dudo. ¿Sabes por qué destaca un Centinela? Obediencia, Alex.

Noté que me sonrojaba. El súbito torrente de lágrimas cálidas me ardía en los ojos. Parpadeé y me aparté de él.

Aiden maldijo en voz baja.

—No estoy... intentando avergonzarte, Alex. Pero estos son los hechos. Solo llevamos una semana de entrenamiento y tienes un largo camino por delante. Tienes que escucharme.

Una vez que estuve del todo segura de que no iba a ponerme a llorar, le encaré.

—¿Por qué diste la cara por mí? Cuando Marcus quiso entregarme a Lucian.

Aiden apartó la mirada y frunció el ceño.

—Porque tienes potencial, y no podemos permitirnos que ese potencial se desperdicie.

—Si... si no hubiera perdido tanto tiempo, sé que habría sido buena.

Se giró hacia mí, sus ojos se volvieron de un gris más suave.

—Lo sé, pero has perdido mucho tiempo. Ahora tenemos que hacer que vuelvas a estar donde tienes que estar. Luchar contra tu tío no va a ayudarte.

Hundí los hombros y miré hacia otro lado.

—Me odia. Me odia de verdad.

—Alex, no te odia.

—Oh, no, yo creo que sí. Esta ha sido la primera vez que lo he visto desde mi primera mañana aquí, y estaba ansioso por demostrar que soy una inútil. Es obvio que no quiere que me entrenen.

—No es eso.

Lo miré.

—¿De verdad? ¿Entonces qué *es*?

Aiden abrió la boca, pero la volvió a cerrar.

—Ya. Exacto.

Estuvo callado durante un rato.

—¿Alguna vez estuvisteis unidos?

Solté una risa corta.

—¿Antes? No. Solo lo veía cuando visitaba a mamá. Nunca me prestó atención alguna. Siempre pensé que era de esa clase de puros que no mostraba simpatía por… los míos.

Había un montón de puros que miraban con desprecio a los mestizos, viéndonos más como ciudadanos de segunda clase que otra cosa. Eran conscientes de que nos necesitaban, pero eso no cambiaba la forma de vernos como algo que no era puro.

—Marcus nunca ha pensado así de los… mestizos.

Me encogí de hombros, de repente cansada de hablar.

—Supongo que, si es así, debo ser yo. —Miré hacia arriba y forcé una débil sonrisa—. Entonces… ¿me vas a decir qué he hecho mal?

—¿Qué parte? —Apretó los labios.

—¿Todo?

Por fin sonrió, pero las habituales bromas que nos lanzábamos durante nuestras sesiones de entrenamiento desaparecieron.

Las instrucciones directas y formales que me dio dejaron claro que estaba decepcionado conmigo. Pero ¿qué podía hacer? No sabía que Marcus era Chuck Norris. Había perdido los nervios. ¿Y qué? Entonces, ¿por qué me sentía mal?

Después del entrenamiento, seguía sin librarme de la sensación de que era un completo fracaso. Ni siquiera cuando Caleb apareció en mi puerta horas después.

Con el ceño fruncido, me hice a un lado y lo dejé entrar.

—Se te da muy bien colarte en esta residencia, Caleb.

Sonrió, pero la sonrisa se desvaneció al ver mi ropa sudorosa.

—La fiesta de Zarak. Esta noche. ¿Te acuerdas?

—Mierda. No. —Cerré la puerta de una patada.

—Bueno, será mejor que te prepares. Como ahora mismo. Ya llegamos tarde.

Me planteé decirle que no me encontraba bien, pero la idea de quedarme malhumorada en mi habitación no me parecía muy atractiva. Pensé que me merecía una noche de diversión después del día que había tenido, y no era como si Aiden o Marcus fuesen a enterarse si decidía ir a lo de Zarak.

—Necesito darme una ducha rápida antes. Ponte cómodo.

—Claro. —Se dejó caer en el sofá y tomó el mando a distancia—. Habrá un montón de puros por allí. Los cuales no te han visto desde que volviste. Saben que has vuelto, claro está. Todo el mundo habla de ti.

Rodé los ojos, empujé la puerta del baño y me quité la ropa. No me preocupaba que Caleb me viera. Sería como ver a su hermana desnuda; dudaba de que quisiera verme así. Cuando giré frente al espejo, vi una mezcla de manchas azuladas que me cubrían la espalda y los costados. Agh. Me di la vuelta.

Caleb siguió hablando desde la sala de estar.

—Lea y Jackson se han peleado de lo lindo hoy, justo en la playa, para que todo el mundo se enterara. Fue muy gracioso verlo.

No estaba muy segura de eso. Después de una ducha rápida, me sequé el pelo para que cayera en ondas que pudiese dominar. ¿Y ahora qué me ponía?

—¿Ya estás terminando ahí dentro? Dios, me aburro.

—Casi. —Saqué unos vaqueros y una camisa, aunque quería ponerme el vestidito negro que Caleb había elegido, pero la espalda baja dejaría a la vista todos los moratones.

Caleb se levantó cuando entré en la sala de estar.

—Estás muy guapa.

Arrugué la cara.

—¿Crees que esto es sexi?

Se rio mientras se volvía hacia la puerta.

—No.

Para cuando nos reunimos con otros mestizos en los límites del campus, el monólogo permanente de Caleb sobre quién iba a ir a la fiesta había sacado lo peor de mi mal genio. Caleb no dejaba de mirar con disimulo a una de las chicas que se había unido a nosotros mientras cruzábamos el puente hacia la isla principal. Era fácil olvidarse de los entrenamientos y de todo lo que me había perdido en los últimos años.

No nos costó mucho pasar por delante de los Guardias. Ninguno de ellos me reconoció, o si lo hicieron, no les importó lo suficiente como para enviarme de vuelta a mi habitación. Estaban acostumbrados a que los chicos fueran y vinieran entre las dos islas, sobre todo en verano.

—Vaya. —Una de las chicas dejó escapar una exhalación baja mientras bordeábamos las dunas—. Sin duda, la fiesta está a otro nivel.

Tenía razón. En cuanto giramos la curva, puros y mestizos salían de la casa grande que había en la playa. Hacía años que no iba a casa de Zarak. Al igual que Thea, sus padres ocupaban puestos en el Consejo, tenían mucho dinero, y tenían poco tiempo para sus hijos de sangre pura.

Con unas vistas increíbles al mar, el revestimiento azul pálido y las plataformas encaladas, la casa en la playa de los padres de Zarak era idéntica a aquella en la que había vivido mamá. Supuse que su casa seguía estando en el lado opuesto de la isla. Me invadió una mezcla de dolor y felicidad. Me vi a mí misma de pequeña, jugando en el porche, corriendo por las dunas, riendo, y vi a mamá, sonriéndome. Siempre sonreía.

—Ey. —Caleb se me acercó por detrás—. ¿Estás bien?

—Sí.

Pasó el brazo por mis hombros y me dio un apretón.

—Vamos, aquí vas a ser como una estrella de rock. Todo el mundo se alegrará de verte.

Al llegar a la casa de la playa, me sentí como una estrella de rock. Dondequiera que mirara, alguien me llamaba por mi nombre o venía corriendo a darme un abrazo y un acogedor «bienvenida de nuevo». Durante un rato, me perdí en un mar de caras conocidas. Alguien me puso un vaso de plástico en la mano; otro lo rellenó de una botella abierta, y antes de darme cuenta, estaba revoloteando contenta entre viejos amigos.

Subí los escalones con la esperanza de encontrar a Zarak en algún lugar de la casa. Después de todo, era uno de mis sangre pura favoritos. Esquivando a dos mestizos que se besaban sin soltar sus vasos de plástico rojos (una habilidad *asombrosa*, eso sí), me deslicé hacia la cocina, que estaba menos concurrida. Por fin, divisé la inconfundible mata de rizos rubios. Parecía estar ocupado con una rubia muy guapa.

Estaba bastante segura de que interrumpiría, pero no creía que a Zarak le importara. Tenía que haberme echado de menos. Me acerqué y le di unos golpecitos con los dedos en la curva del hombro. Tardó un momento en levantar la cabeza y darse la vuelta. Un par de sorprendentes ojos grises (que claramente no eran los de Zarak) se encontraron con los míos.

CAPÍTULO 7

Di un paso atrás. Nunca antes había visto a ese chico, pero había algo que me resultaba muy familiar en esos ojos y en los rasgos de su cara.

—¿Qué tenemos aquí? —me dedicó una sonrisa perezosa—. ¿Una mestiza ansiosa por conocerme? —Volvió a mirar a la otra chica y luego a mí.

—Oh, bueno... pensaba que eras otra persona. Lo siento.

La diversión brillaba en sus ojos.

—Supongo que estaba siendo presuntuoso, ¿verdad?

No pude evitar sonreír.

—Sí, lo estabas siendo.

—¿Pero acaso tú no estabas siendo presuntuosa al asumir que era otra persona? ¿Acaso importa? —Sacudí la cabeza—. Bueno, debería presentarme. —Dio un paso adelante y se inclinó (literalmente, se dobló por la cintura y se inclinó)—. Soy Deacon St. Delphi, ¿y tú eres?

La mandíbula casi me llegó al suelo. La verdad es que debería haberlo sabido en el instante en que vi sus ojos. Eran casi idénticos a los de Aiden.

Los labios de Deacon se convirtieron en una sonrisa de satisfacción.

—Veo que has oído hablar de mí.

—Sí, conozco a tu hermano.

Alzó las cejas.

—¿Mi hermano el perfecto conoce a una mestiza? Interesante. ¿Cómo te llamas?

Claramente molesta por la falta de atención, la chica que estaba detrás de él resopló y pasó por nuestro lado. La seguí con la mirada, pero él no la miró ni una sola vez.

—Me llamo Alexandria Andros, pero…

—Pero todo el mundo te llama Alex. —Deacon suspiró—. Sí. Yo también he oído hablar de ti.

Le di un sorbo a mi bebida, mirándole a través del vaso.

—En ese caso, bueno. Me da miedo preguntar.

Se acercó a la encimera, agarró una botella y luego le dio un buen trago.

—Tú eres la persona que mi hermano estuvo meses persiguiendo y ahora le han endosado su entrenamiento.

Mi sonrisa se tiñó de amargura.

—¿Que le han endosado mi entrenamiento?

Se rio por lo bajo, balanceando la botella de licor entre los dedos.

—Tampoco es que me hubiese importado que me lo hubieran endosado a mí. Pero mi hermano… bueno, pocas veces tiende a disfrutar de lo que tiene delante. Tómame como ejemplo. Él se pasa la mayor parte de su tiempo libre asegurándose de que me comporte como un buen puro en lugar de disfrutar. Ahora… se pasará todo el tiempo asegurándose de que te portes bien.

Eso no tenía mucho sentido.

—No creo que tu hermano me tenga mucho cariño en este momento.

—Lo dudo. —Me ofreció la botella. Negué con la cabeza. Se sirvió un trago y sonrió ampliamente—. Estoy seguro de que mi hermano te aprecia mucho.

—¿Por qué pensarías…?

Dejando la botella a un lado, tomó un vaso y colocó un dedo en el borde. Las llamas salieron disparadas alrededor del vaso. Un segundo después, apagó el fuego y se bebió el contenido. Otro maldito encendedor de fuegos, cosa que también debería haber sabido. Las afinidades de los puros hacia ciertos elementos tendían a venir de familia.

—¿Que por qué iba a pensar eso? —Deacon se inclinó como si estuviera a punto de compartir un secreto muy importante—. Porque conozco a mi hermano, y sé que no se presentaría voluntario para poner al día a un mestizo cualquiera. No es que sea la persona más paciente.

Fruncí el ceño.

—Conmigo es bastante paciente. —Excepto hoy, quizá, pero no iba a compartir eso con él.

Deacon me miró con complicidad.

—¿Hace falta que diga más?

—Supongo que no.

Aparentemente, esto le parecía divertido. Me rodeó los hombros con el brazo que tenía libre y me dirigió hacia el porche y hacia el lugar donde se encontraban Lea y Elena, la chica que había conocido en la sala de descanso el día que volví. La única razón por la que recordaba su nombre era por su pelo excesivamente corto.

Suspiré.

Deacon me miró de reojo.

—¿Amigas tuyas?

—En realidad, no —murmuré.

—Hola, pelirroja —susurró—. Te veo bien.

Tuve que reconocérselo a dicha pelirroja. Lea estaba espectacular con el vestido rojo que se ajustaba a cada curva de su cuerpo. Estaba guapísima, lástima que fuera una auténtica zorra.

Su mirada se desvió hacia mí y luego hacia el brazo de Deacon, que aún descansaba sobre mi hombro.

—Por todos los dioses, dime que te has derramado la bebida en la camiseta y que estás caminando con ella de forma temporal para ocultar la mancha, por favor. Porque, Deacon, prefiero pasarme como hilo dental un pelo de la espalda de un daimon a pasear por ahí con un tumor así.

Deacon alzó las cejas en mi dirección.

—Supongo que tienes razón en lo de «en realidad, no».

Le miré, aburrida.

Le dirigió a Lea una sonrisa cargada de intensidad. Incluso tenía hoyuelos, unos que estaba seguro de que Aiden tendría si alguna vez sonriera de verdad.

—Tienes una boca muy bonita para decir palabras tan feas.

Lea se burló.

—Nunca te ha importado cómo he usado mi boca, Deacon.

Me quedé boquiabierta mirando a Deacon.

—Oh… guau.

Curvó los labios en una media sonrisa, pero no respondió. Me aparté de él y arrastré a Caleb de nuevo al porche. Ya no había demasiada gente. Mirando por encima del hombro, me di cuenta de que Lea y Deacon habían vuelto a entrar en la casa.

—Bien. ¿Me he perdido algo en mi ausencia? —pregunté.

Caleb frunció el ceño.

—¿De qué estás hablando?

—¿Lea y Deacon se están acostando?

Se echó a reír.

—No, pero les gusta mucho la palabrería.

Le pegué en el brazo.

—No te rías de mí. ¿Y qué pasaría si la gente pensase que sí? Lea podría meterse en problemas serios.

—No se están acostando, Alex. Lea es estúpida, pero tampoco tanto. Aunque están intentando cambiar las leyes de la Orden de Razas, ningún mestizo de por aquí va a tontear con un puro.

—¿Van a cambiar la Orden de Razas?

—«Intentar» es la palabra clave. Que lo consigan es otra historia.

Los ojos de Caleb se abrieron de par en par ante una voz inesperada. Me giré y casi se me cayó el vaso. Kain Poros se sentó en el borde de la barandilla, vestido con el uniforme del Covenant.

—¿Qué haces aquí?

—Hago de niñera —refunfuñó Kain—, y no me importa lo que estéis bebiendo, así que dejad de buscar un sitio para tirar el vaso.

Una vez que superé el asombro por su actitud de indiferencia hacia el consumo de alcohol en menores de edad, sonreí con ganas.

—Así que ¿están intentando cambiar la Orden de Razas?

—Sí, pero está habiendo mucha resistencia. —Se detuvo y entrecerró los ojos en dirección a un mestizo que se estaba acercando demasiado a la hoguera que alguien había decidido encender—. ¡Oye! ¡Sí! ¡Tú! Aléjate de ahí ahora mismo.

Caleb se acercó a mí, apoyando su vaso de forma discreta.

—Odio que incluso lo llamen Orden de Razas. Suena tan ridículo.

—Estoy de acuerdo. —Asintió Kain—. Pero así es como la han llamado siempre.

A estas alturas ya habíamos reunido un poco de público.

—¿Podría alguien informarme qué demonios están intentando cambiar?

—Es una petición para eliminar la orden que prohíbe la mezcla de dos razas. —Un chico con el pelo castaño y rapado sonrió.

—¿Una petición para permitir que mestizos y puros estén juntos? —Abrí los ojos de par en par—. ¿Qué es lo que la ha originado?

El chico puro resopló.

—No tengas tantas esperanzas. No va a suceder. Permitir que mestizos y puros puedan estar juntos no es lo único que pretenden. El Consejo no va a ir en contra de los dioses y por supuesto no van a permitir que haya mestizos en el Consejo. No es nada por lo que emocionarse.

Era difícil ignorar las ganas que tenía de lanzarle mi vaso a la cara, pero dudaba de que Kain lo permitiera.

—¿Quién eres tú?

Se fijó en mí, estaba claro que no le gustaba mi tono.

—¿No debería hacer yo esa pregunta, mestiza?

Caleb interrumpió antes de que pudiera responder.

—Se llama Cody Hale.

Ignoré a Caleb y fruncí el ceño en dirección al puro.

—¿Debería saber quién eres?

—Ya basta, Alex. —Kain se bajó de la barandilla, recordándome mi lugar en el sistema. Si Cody decía «salta», yo tendría que preguntar a qué altura. Hablarle mal no era la forma en que un mestizo trataba a un puro, nunca—. De todas formas, escuché a los miembros del Consejo hablar de ello. Los mestizos del Covenant de Tennessee tienen muchos seguidores. Están pidiendo estar en el Consejo.

—Dudo de que allí lleguen a alguna parte —dijo Caleb.

—No lo sabemos —respondió Kain—. Hay muchas posibilidades de que el Consejo los escuche en noviembre, y puede que estén de acuerdo.

Alcé las cejas.

—¿Cuándo empezó todo esto?

—Hace un año, más o menos. —Kain se encogió de hombros—. Ha adquirido mucha fuerza. El Covenant de Dakota del Sur también se está involucrando. Ya era hora.

—¿Y aquí y en Nueva York? —pregunté.

Caleb resopló.

—Alex, la sede de Carolina del Norte sigue viviendo en los tiempos de los griegos y, como el Consejo principal se encuentra en Nueva York, van a mantener todas las reglas y procedimientos tradicionales. La parte norte del estado es un mundo totalmente diferente. Es brutal.

—Si el movimiento es tan grande, ¿por qué Héctor y Kelia están teniendo tantos problemas? —Fruncí el ceño, acordándome de que Caleb me había contado su historia.

—Porque no hay nada en claro, y creo que nuestros Ministros quieren dar ejemplo con ellos. —Kain tensó los labios.

—Así es, una forma de recordarnos el lugar al que pertenecemos y lo que sucede si no seguimos las reglas. —Jackson se abrió paso en el pequeño grupo con una sonrisa, a pesar de lo deprimentes que eran sus palabras.

—Oh, por el amor de los dioses —espetó Kain. Se dio la vuelta y salió del porche corriendo. Dos mestizos estaban tratando de poner en marcha un coche pequeño—. Será mejor que estéis bien lejos de esa cosa para cuando llegue allí. ¡Sí! ¡Vosotros dos!

La conversación sobre la petición se redujo a medida que se iban pasando más vasos de plástico. Al parecer, la discusión sobre política solo era socialmente aceptable antes del tercer vaso. Todavía estaba reflexionando sobre la Orden de Razas y lo que podría significar cuando Jackson se sentó a mi lado en el columpio.

Levanté la vista y sonreí.

—Hola.

Esbozó una sonrisa encantadora.

—¿Has visto a Lea?

—¿Quién no? —me reí.

A él no le hizo tanta gracia como a mí, pero mi comentario mordaz sirvió para dos cosas. Jackson se pegó a mi cintura el resto de la noche, y cuando Lea reapareció, se puso roja al ver lo cerca que estábamos Jackson y yo. Y la verdad es que estábamos súper cerca en el columpio del porche. Yo estaba prácticamente en su regazo.

Incliné mi vaso hacia ella.

La mirada entrecerrada que me dirigió lo decía todo. Satisfecha conmigo misma, me volví hacia Jackson con una sonrisa burlona.

—Tu novia no parece muy contenta.

—No lo ha estado desde que volviste. —Me pasó un dedo por el brazo—. De todas formas, ¿qué pasa entre vosotras dos?

Lea y yo siempre habíamos sido así. Me imaginaba que tenía mucho que ver con el hecho de que ambas fuéramos agresivas, conflictivas y bastante alucinantes. Pero había más; solo que no podía recordarlo. Me encogí de hombros.

—¿Quién sabe?

Por fin apareció Zarak y estaba muy contento de verme. Gracias a Cody y a él, todo el mundo estaba entusiasmado con la idea de trasladar la fiesta a otro sitio llevándose los Porsche de papá y mamá a Myrtle.

Como tenía las manos ocupadas con Jackson, le había perdido la pista a Caleb en algún momento, y escondí mi vaso de plástico medio lleno detrás del columpio. Estaba bien con el puntillo de felicidad, pero estaba a solo unos tragos de pasar al mareo y a punto de caerme de culo.

—¿Vas con ellos?

Con el ceño fruncido, miré a Jackson.

—¿Eh?

Sonrió, inclinándose para que sus labios casi me rozaran la oreja cuando habló.

—¿Vas a Myrtle?

—Oh. —Balanceé los pies de un lado a otro—. No lo sé, pero suena divertido.

Jackson me agarró de las manos, poniéndome en pie.

—Zarak se va. Podemos ir con él.

Debí perderme la parte en la que él y yo nos habíamos convertido en «nosotros», pero no protesté cuando me llevó escaleras abajo y al otro lado de la playa. La mayoría ya se había ido, y enseguida vi a Lea deslizándose en el asiento de atrás con Deacon. No tenía ni idea de dónde estaba Kain; no lo había visto desde el incidente con el coche.

Zarak se deslizó en el asiento del conductor del único otro coche que quedaba; al menos parecía estar lo bastante bien como para ir al volante. La chica que había visto antes con Deacon se estaba tomando su tiempo para decidir qué coche era el más guay.

Aburrida, me apoyé en el lateral de la casa mientras la chica charlaba con Lea. Jackson se apoyó a mi lado.

Incliné la cabeza hacia atrás, disfrutando de la forma en que la brisa cálida me acariciaba las mejillas.

—¿No deberías ir con ella?

Hizo una pausa, y miró por encima del hombro.

—Es evidente que tiene otros planes.

—Pero te está mirando —señalé. Tenía la cara pegada a la ventana.

—Déjala que mire. —Se acercó, mostrando una sonrisa malvada—. Ha tomado su decisión, ¿no es así?

—Supongo que sí.

—Yo he tomado la mía. —Jackson se inclinó para besarme.

Aunque me hubiera encantado ver la cara de Lea después de haber besado a Jackson, me aparté a un lado. Jackson era de los que jugaban con igualdad de condiciones y no me apetecía ser parte de ese juego.

Se rio y me agarró de manera juguetona. Me sujetó bien el brazo y me obligó a retroceder.

—¿Vas a hacer que te persiga?

Mi puntillo de borrachera feliz tenía el potencial de convertirse en una muy mala si seguía con esta mierda. Tirando de mi brazo, forcé una sonrisa.

—Será mejor que te vayas. Zarak va a irse sin ti.

Volvió a alcanzarme, pero esquivé aquellas manos demasiado cariñosas.

—¿No vienes?

Negué con la cabeza.

—No. Creo que voy a dar por terminada la noche.

—Puedo hacerte compañía si quieres. Podemos seguir la fiesta en mi residencia o en la habitación de Zarak. —Empezó a caminar hacia atrás, hacia el coche—. No creo que le importe. Última oportunidad, Alex.

Hizo falta todo mi autocontrol para no reírme. Sacudí la cabeza y retrocedí, sabiendo que parecía una auténtica calientapollas.

—Quizá la próxima vez. —Entonces me di la vuelta, sin darle a Jackson otra oportunidad para meterme en el coche.

Preguntándome si Caleb se había ido a Myrtle, volví a cruzar la playa y me dirigí hacia el puente; pasé por delante de varias casas de la playa que estaban en silencio. A mi alrededor, el aire olía a sal marina. Me encantaba ese olor. Me recordaba a mamá y a los días que pasábamos en la arena. Atrapada por esos recuerdos, solo retorné a la realidad cuando un ligero escalofrío me recorrió la columna vertebral al acercarme al puente.

Los arbustos desiguales y la maleza de gran altura se balanceaban con la brisa. Algo extraño, ya que la brisa era agradable hacía apenas unos minutos. Di un paso más, escudriñando la marisma. La oscuridad cubría la ciénaga, pero una sombra más espesa se alejaba del resto, haciéndose más sólida a medida que pasaban los segundos.

El viento arrastraba un susurro.

Lexie…

Tenía que estar oyendo cosas. Solo mamá me llamaba Lexie, no podía haber nada ahí fuera, pero el miedo seguía enroscándoseme en el estómago como resortes bien apretados.

Sin previo aviso, unas manos fuertes me agarraron por los hombros y tiraron de mí hacia atrás. Se me paró el corazón, y por un momento, no supe quién me había agarrado por detrás.

Tuve el instinto de atacar, pero entonces percibí el familiar olor a jabón y a océano.

Aiden.

—¿Qué estás haciendo? —Su voz tenía un tono exigente.

Me giré y le miré a los ojos. Tenía los ojos entornados. Por un segundo, verlo me dejó sin palabras.

—Yo… hay algo ahí fuera.

Aiden apartó las manos de mis hombros mientras se giraba hacia donde yo señalaba. Claro que no había nada allí, solo las sombras habituales que la luna proyectaba sobre la marisma. Se enfrentó a mí.

—No hay nada allí. ¿Qué haces aquí sola? No puedes salir de la isla sin supervisión, Alex. Nunca.

Vaya. Di un paso atrás, sin saber qué responder.

Entonces se inclinó, olfateando el aire.

—Has estado bebiendo.

—No he bebido.

Alzó las cejas y frunció los labios.

—¿Qué haces fuera del Covenant?

Jugueteé con el borde de la camiseta.

—Estaba… estaba visitando a unos amigos, y según recuerdo, me dijeron que no podía salir de la isla. Técnicamente, sigo en Deity Island.

Inclinó la cabeza hacia un lado, cruzando los brazos.

—Estoy bastante seguro de que estaba asumido que era la isla controlada por el Covenant.

—Bueno, ya sabes lo que dicen sobre asumir cosas.

—Alex. —Bajó la voz en señal de advertencia.

—¿Qué estás haciendo aquí, arrastrándote en la oscuridad como una especie de… mirón? —Una vez que esa última palabra salió por mi boca, me dieron ganas de abofetearme.

Aiden se rio con incredulidad.

—No es que tengas que saberlo, pero estaba en proceso de seguir a un grupo de imbéciles a Myrtle Beach.

Abrí la boca de par en par.

—¿Los estabas siguiendo?

—Sí, un puñado de Centinelas. —Los labios de Aiden se curvaron en una sonrisa irregular—. ¿Qué? Pareces sorprendida. ¿De verdad crees que dejaríamos salir a un grupo de adolescentes de esta isla sin protección? Puede que no se den cuenta de que siempre les estamos siguiendo, pero nadie sale de aquí sin que lo sepamos.

—Bueno… eso es fantástico. —Guardé bien ese pedacito de información—. Entonces, ¿por qué sigues aquí?

No respondió enseguida, ya que estaba ocupado llevándome de nuevo hacia el puente.

—Vi que no ibas con ellos.

Me tropecé.

—¿Qué… qué viste exactamente?

Me miró, enarcando una ceja.

—Suficiente.

Se me sonrojó hasta la raíz del pelo y gruñí.

Aiden se rio por lo bajo y entre dientes, pero le oí.

—¿Por qué no fuiste con ellos?

Me debatí en señalar que él ya sabía por qué, pero decidí que ya estaba metida en bastantes problemas.

—Yo… supuse que ya había hecho bastantes tonterías por esta noche.

Esta vez se rio con más fuerza. Era una risa grave y generosa. Bonita. Miré hacia arriba rápido, con la esperanza de ver *sus* hoyuelos. No hubo suerte.

—Me alegra oírte decir eso.

Hundí los hombros.

—Entonces, ¿en qué lío me he metido?

Aiden pareció considerarlo durante un rato.

—No voy a decírselo a Marcus, si eso es lo que estás insinuando.

Sorprendida, le sonreí.

—Gracias.

Apartó la mirada, sacudiendo la cabeza.

—No me des las gracias todavía.

Recordé la primera vez que me había dicho eso. Me pregunté cuándo debía darle las gracias.

—Pero no quiero volver a verte con una bebida en la mano.

Puse los ojos en blanco.

—Vaya, ya estás otra vez sonando como un padre. Tienes que empezar a sonar como una persona de veinte años.

Me ignoró y saludó a los Guardias con los que nos cruzamos en el extremo opuesto del puente.

—Ya tengo bastante con ir detrás de mi hermano. Por favor, no seas un problema más.

Me atreví a mirarle. Miraba al frente, con un músculo moviéndose a lo largo de su mandíbula.

—Sí... parece un chico complicado.

—Es más que eso.

Recordé lo que Deacon había dicho sobre que ahora Aiden se aseguraría de que me comportase.

—Lo... lo siento. No quiero que te sientas como si... como si tuvieras que cuidar de mí.

Aiden me miró con atención.

—Vaya... gracias.

Me retorcí los dedos, y por alguna razón sentí como si tuviese la lengua trabada.

—Debió ser duro tener que criarlo, prácticamente solo.

Resopló.

—No tienes ni idea.

La verdad es que no la tenía. Aiden era apenas un niño cuando sus padres fueron asesinados. ¿Y si yo hubiera tenido un hermano o hermana pequeños y fuera responsable de ellos? Sería imposible. Ni siquiera podía ponerme en esa situación.

Pasó un rato antes de que preguntara:

—¿Cómo… lo hiciste?

—¿Hacer qué, Alex?

Cruzamos el puente y el Covenant se cernió ante nosotros. Caminé más despacio.

—¿Cómo te hiciste cargo de Deacon después… de que sucediese algo tan terrible?

Esbozó una sonrisa forzada.

—No tenía opción. Me negaba a dejar a Deacon con otra familia. Creo… creo que mis padres hubiesen querido que fuese yo quien lo criase.

—Pero eso es mucha responsabilidad. ¿Cómo lo hiciste mientras ibas a la academia? Diablos, ¿mientras te entrenabas?

Graduarse en el Covenant no significaba que el entrenamiento terminara para un Centinela. El primer año de trabajo era el más duro. El tiempo se dividía entre seguir a Centinelas entrenados, los llamados Guías, y continuar entrenando en las clases de artes marciales de alto rendimiento y en las pruebas de resistencia.

Metió las manos en los bolsillos de su uniforme negro del Covenant.

—Hubo veces en las que consideré hacer lo que mi familia hubiera querido para mí. Ir a la universidad y volver, involucrarme en la política de nuestro mundo. Sé que mis padres habrían querido que cuidara de Deacon, pero lo último que habrían elegido es que me convirtiera en Centinela. Ellos nunca entendieron… este tipo de vida.

Muchos puros no lo hacían, y yo no lo entendí del todo hasta que vi cómo atacaban a mi madre. En ese momento comprendí plenamente la necesidad de los Centinelas. Alejé ese pensamiento perturbador y traté de pensar en lo que recordaba de sus padres.

Eran jóvenes, como la mayoría de los puros, y por lo que sabía, eran poderosos.

—Estaban en el Consejo, ¿verdad?

Asintió con la cabeza.

—Pero después de su muerte, quise ser Centinela.

—Lo *necesitabas* —corregí en voz baja.

Sus pasos disminuyeron y pareció estar sorprendido.

—Tienes razón. Convertirme en Centinela era algo que necesitaba, todavía lo necesito. —Hizo una pausa y desvió la mirada—. Tú lo sabrás. Es lo que necesitas.

—Sí.

—¿Cómo sobreviviste? —me devolvió la pregunta.

Cada vez más incómoda, me concentré en la quietud del agua del océano. Por la noche, bajo la luz de la luna, parecía tan oscura y espesa como el aceite.

—No lo sé.

—No tenías otra opción, Alex.

Me encogí de hombros.

—Supongo que así es.

—No te gusta hablar de ello, ¿verdad?

—¿Tan obvio es?

Nos detuvimos donde el camino se dividía hacia las residencias.

—¿No crees que sea una buena idea hablar de ello? —Al hablar, su voz mostraba un tono serio que le hacía parecer mucho mayor—. Apenas has tenido tiempo para asimilar lo que le pasó a tu madre… lo que presenciaste y luego tuviste que hacer.

Sentí que algo se tensaba en mi mandíbula.

—Lo que tuve que hacer es lo que tienen que hacer todos los Centinelas. Me estoy entrenando para matar daimons. Y no puedo hablar con nadie. Si Marcus sospechara siquiera que tengo problemas para lidiar con ello, me entregaría a Lucian.

Aiden se detuvo, y cuando me miró, había una cantidad infinita de paciencia en su rostro. Una vez más, me sorprendió lo que había dicho Deacon.

—Solo tienes diecisiete años. La mayoría de los Centinelas no matan por primera vez hasta un año después de la graduación.

Suspiré; era un buen momento para cambiar de tema.

—¿Sabes lo que has dicho sobre que tus padres no querían que tuvieras este tipo de vida?

Aiden asintió, con una mirada curiosa en el rostro. Es probable que se preguntase a dónde demonios quería llegar con esto.

—Creo… no, *sé* que aun así estarían orgullosos de ti.

Alzó una ceja.

—¿Piensas eso porque me ofrecí a entrenarte?

—No. Lo pienso porque me acuerdo de ti.

Parecía que mis palabras le habían sorprendido con la guardia baja.

—¿Cómo? No compartimos clases ni horarios.

—Te vi por ahí algunas veces. Siempre sabía cuándo estabas cerca —solté.

Los labios de Aiden se inclinaron en las comisuras mientras me miraba con atención.

—¿Qué?

Retrocedí un paso, sonrojada.

—Quiero decir, tenías fama de ser increíble. A pesar de que aún estabas en la academia, todo el mundo sabía que ibas a ser un Centinela increíble.

—Oh. —Volvió a reírse, relajándose un poco—. Supongo que debería sentirme halagado.

Asentí con vigor.

—Deberías estarlo. Los mestizos te admiran. Bueno, los que quieren ser Centinelas. Justo el otro día me contaban la cantidad que has matado. Es legendario. Sobre todo, para ser un puro… lo siento. No quiero decir que matar a muchos daimons sea algo necesariamente bueno o algo de lo que estar orgulloso, pero… tengo que cerrar la boca.

—No. Entiendo lo que dices. Matar es algo necesario para nuestro mundo. Cada uno paga un precio, porque el daimon solía ser una buena persona. Alguien a quien puede que conocieses. Nunca es fácil quitarle la vida a alguien, pero mirar fijamente a alguien que una vez consideraste un amigo es... mucho más difícil.

Hice una mueca.

—No sé si podría hacerlo... —Vi que la diversión se desvanecía de su rostro. Esa no debía ser la respuesta correcta—. Quiero decir, cuando los mestizos vemos a un daimon, advertimos cómo son en realidad. Al menos, al principio, y luego los vemos como lo que solían ser. La magia elemental los cambia para que se vean como antes. Ya lo sabes, claro está, aunque no veas a través de la magia oscura como nosotros. Yo podría hacerlo. Estoy segura de que podría matar a alguien a quien una vez conocí.

Aiden frunció los labios y apartó la mirada.

— Es difícil cuando es alguien que conocías.

—¿Has luchado alguna vez con uno que conocías antes de que se pasara al lado oscuro?

—Sí.

Tragué saliva.

—¿Lo...?

—Sí. No fue fácil. —Me miró a la cara—. Se está haciendo tarde, ya ha pasado tu toque de queda, y no te vas a librar esta noche. Espero verte en el gimnasio mañana a las ocho.

—¿Qué? —Había asumido que tenía el fin de semana libre.

Se limitó a alzar las cejas.

—¿Hace falta que enumere las reglas que has roto?

Quería señalar que yo no era la única que había roto las reglas esta noche y que algunas personas que no eran yo seguían quebrantando las normas, pero me las arreglé para mantener la boca cerrada. Incluso yo podía reconocer que el castigo podría ser mucho peor. Al asentir, comencé a caminar hacia mi residencia.

—¿Alex?

Me di la vuelta, creyendo que había cambiado de opinión y que me iba a ordenar que fuese a ver a Marcus por la mañana y que confesase mi mal comportamiento.

—¿Sí?

Se apartó un mechón de pelo oscuro de la frente y esbozó esa sonrisa ladeada.

—Me acuerdo de ti.

Fruncí el ceño.

—¿Qué?

La mueca creció hasta convertirse en una amplia sonrisa. Y… oh, colega. Tenía hoyuelos. El aire que había en mis pulmones se desvaneció.

—Yo también me acuerdo de ti.

CAPÍTULO 8

Me estaban castigando.

Parecía que la parte de la conversación de anoche sobre no poder salir de la isla controlada por el Covenant no era una mera conjetura. Vale. Lo sabía de sobra, pero para ser sinceros, ¿de verdad era para tanto?

Lo era para Aiden.

Condujo mi trasero al gimnasio a primera hora de la mañana y pasamos la mayor parte del día allí. Me enseñó algunos ejercicios que quería que hiciera, un par de repeticiones con pesas, y luego toda una serie de ejercicios de cardio.

Odiaba el cardio.

Mientras yo corría de una máquina de ejercicios a otra, Aiden se sentó, estiró esas piernas largas, y abrió un libro que seguramente pesaba tanto como yo.

Me acerqué a la máquina de prensa de piernas.

—¿Qué estás leyendo?

No levantó la vista.

—Si puedes hablar mientras haces ejercicio, entonces no estás entrenando lo suficiente.

Hice una mueca ante su cabeza gacha y me subí a la máquina. Cuando terminé las repeticiones me di cuenta de que no había una forma elegante de bajarme de esa cosa. Preocupada por quedar como una idiota, le lancé una mirada rápida antes de salir disparada de la máquina.

Había unas cuantas máquinas más con las que quería que trabajara y estuve callada durante los siguientes cinco minutos más o menos.

—¿Quién lee libros tan gordos para divertirse?

Aiden levantó la cabeza, dirigiéndome una mirada aburrida.

—¿Quién habla para escucharse a sí mismo?

Abrí los ojos de par en par.

—Hoy estás de un humor encantador.

Con el libro excesivamente grande sobre una rodilla, pasó una página.

—Tienes que trabajar tu fuerza de la parte superior del cuerpo, Alex. No las habilidades motrices del habla.

Miré la mancuerna y me la imaginé volando por la sala… hacia su cara. Pero era una cara tan bonita, y detestaría destrozarla. Las horas pasaron así. Él leía el libro, yo lo molestaba; me gritaba, y luego me subía a otra máquina.

Por muy triste que fuera, me divertía molestándole, y creo que él también. De vez en cuando, una pequeña (y quiero decir *realmente* pequeña) sonrisa aparecía en sus labios cada vez que le hacía una pregunta irritante. Ni siquiera estaba segura de que estuviera prestando atención al libro de…

—Alex, deja de mirarme y haz algo de cardio. —Pasó otra página.

Parpadeé.

—Espero que ese libro que tienes sea sobre la simpatía y la personalidad.

¡Ajá! Ahí estaba esa sonrisa fantasmal.

—Cardio, haz cardio. Eres rápida, Alex. Los daimons también son rápidos, y los daimons hambrientos serán aún más rápidos.

Eché la cabeza hacia atrás y refunfuñé mientras me arrastraba hacia la cinta de correr que él había señalado antes.

—¿Cuánto?

—Sesenta minutos.

¡Por todas las almas de Hades! ¿Estaba loco? Cuando se lo pregunté, no le hizo ninguna gracia. Me llevó varios intentos conseguir que la cinta de correr funcionara a una velocidad a la que pudiera trotar.

Cinco minutos después, Aiden levantó la vista y vio lo rápido que iba. Exasperado conmigo, se puso de pie y caminó hacia donde yo estaba trotando. Sin decir nada, aumentó la velocidad por encima de cuatro (la tenía en dos) y luego volvió a su pared y a su libro.

Podía irse a la mierda.

Sin aliento y sin estar aún en forma, casi me caí de la cinta de correr cuando el tiempo llegó a sesenta minutos y disminuyó la velocidad a modo enfriamiento. Miré hacia donde Aiden estaba apoyado en la pared, absorto en su libro de tamaño descomunal.

—¿Qué… estás leyendo?

Levantó la vista y suspiró.

—Fábulas y leyendas griegas.

—¡Oh! —Siempre me había gustado leer lo que los mortales escribían sobre nuestros dioses. Algunas cosas eran más o menos ciertas, mientras que el resto eran locuras.

—Lo saqué de la biblioteca. Ya sabes, ese lugar que deberías visitar en tu tiempo libre en vez de irte a beber.

Me estremecí y sacudí los brazos.

—Odio la biblioteca. Aquí todo el mundo odia la biblioteca.

Al negar con la cabeza, cerró el libro.

—¿Por qué los mestizos creéis que hay perros del infierno, arpías y furias que viven en la biblioteca? No lo entiendo.

—¿De verdad has estado en la biblioteca? Uf. Es espeluznante y se oyen cosas todo el tiempo. Cuando era pequeña, una vez oí que algo gruñía ahí dentro. —Me bajé de la cinta de correr y me detuve frente a él—. Caleb escuchó el batir de unas alas, cerca del nivel inferior. No estoy de broma.

Aiden se rio con ganas.

—Sois de lo más graciosos. No hay nada en la biblioteca. Y todas esas criaturas hace tiempo que se fueron del mundo de los mortales. De todos modos —levantó el libro y lo agitó—, es uno de tus libros de texto.

Me tiré al suelo junto a él.

—Oh. Qué aburrido. No puedo creer que leas libros de texto por gusto. —Hice una pausa, considerándolo—. Olvídalo. Pensándolo mejor, puedo creerme que leas libros de texto por gusto.

Volvió la cabeza hacia mí.

—Los estiramientos de enfriamiento.

—¡Sí, señor! —Hice un saludo militar, luego estiré las piernas y me agarré los dedos de los pies—. Entonces, ¿qué leyenda estás leyendo? ¿La de que Zeus era el dios más promiscuo de todos?

Esa era una leyenda en la que los mortales habían acertado. Fue responsable de la mayoría de los semidioses originales de hace tantos años.

—No. —Me entregó el libro—. Toma. ¿Por qué no lo tomas y lees un poco? Tengo la sensación de que después de hoy vas a pasar algunas tardes largas en tu habitación.

Revoleé los ojos, pero acepté el libro. Después del entrenamiento, fui a ver a Caleb y estuve quejándome durante una hora de que Aiden estaba insoportable. Luego me quejé de cómo había desaparecido la noche anterior, dejándome con Jackson.

Los amigos no dejan que sus amigos se comporten como si fueran idiotas.

Poco después, volví a mi habitación en vez de escabullirme con Caleb. Tenía la sospecha de que, si lo hacía, me atraparían, y la verdad era que no quería pasar otro día en el gimnasio. Ya tenía bastante con pasar una o dos horas allí cada noche.

Aburrida como una ostra, agarré el libro que olía a moho y hojeé aquella cosa tan vieja. La mitad del libro estaba escrita en griego antiguo y no podía descifrarlo. Me parecían un montón de líneas con garabatos. Cuando encontré la parte que estaba en inglés, descubrí que no se trataba de leyendas o de fábulas. En realidad, era un relato detallado de cada uno de los dioses, lo que representaban y su ascenso al poder. Incluso había una sección sobre los sangre pura y sus inferiores: nosotros. Literalmente, este libro nos mencionaba así.

No era una broma:

Los sangre pura y sus inferiores, los mestizos.

Hojeé las páginas y me detuve en un pequeño bloque de texto con el nombre «Ethos Krian». Incluso yo recordaba ese nombre. Todos los mestizos lo recordábamos. Fue el primero de un grupo muy selecto de mestizos que podían controlar los elementos. Pero... oh, era más que eso. Fue el primer *Apollyon*: el único mestizo con la habilidad de controlar los elementos y utilizar el mismo tipo de compulsión que los puros podían usar en los mortales.

En otras palabras, el Apollyon era un mestizo alucinante.

Ethos Krian, fruto de una sangre pura y un mortal, nacido en Nápoles en el año 2848 de la era de Cristo (1256 d.C.), fue el primer mestizo registrado que mostró las habilidades de un auténtico Hematoi. Según lo predicho por el oráculo de Roma, a los dieciocho años, la palingenesia despertó el poder de Ethos.

Hay corrientes de pensamiento contradictorias sobre el origen del Apollyon y su propósito. La creencia popular afirma que los dioses de la corte de Olimpia otorgaron a Ethos el don de los cuatro elementos y el poder de akasha, el quinto y último elemento, como medida para asegurarse de que ningún poder de sangre sustituyera al de sus maestros. El Apollyon tiene un vínculo directo con los dioses y actúa como el Destructor. El Apollyon es conocido como «el que camina entre los dioses».

Desde el nacimiento de Ethos, ha nacido un Apollyon cada generación, tal y como dicta el oráculo…

La sección procedió a enumerar los nombres de los demás Apollyons, deteniéndose en el año 3517 del calendario Hematoi; 1925 d.C.

Teníamos que actualizar los libros de texto.

Pasé por alto esa parte y di vuelta la página. Había otra parte que describía las características del Apollyon y otro pasaje que no conocía.

Se me cortó la respiración al leerlo una vez, y luego dos.

—No puede ser.

Desde entonces, solo ha nacido un Apollyon en cada generación, a excepción de lo que se conoce como «La Tragedia de Solaris». En el año 3203 (1611 d.C.), se descubrió un segundo Apollyon en el Nuevo Mundo. La palingenesia elevó a Solaris (de apellido y linaje desconocidos) al poder al cumplir los dieciocho años, desencadenando así una serie de acontecimientos sorprendentes y dramáticos. Hasta la fecha, no se ha podido explicar cómo es posible que existieran dos Apollyons en la misma generación ni por qué.

Volví a leer el apartado. *Nunca* había habido dos Apollyons. Nunca. Cuando era pequeña había oído leyendas sobre la posibilidad de que hubiera dos, pero consideré que eran… bueno, leyendas. Continué, y enseguida me di cuenta de que no sabía nada.

Se cree que el Primero sintió la señal de otro Apollyon al cumplir los dieciocho y, sin ser consciente de las consecuencias, se unió a ella en el Nuevo Mundo. Los efectos de su unión fueron descritos como enormes y dañinos tanto para los sangre pura como para sus señores, los dioses. Al encontrarse, como si fueran dos mitades destinadas a ser una, los poderes de Solaris pasaron al Primer Apollyon, por lo que el Primero se convirtió en lo que siempre se había temido: el Asesino de Dioses. El poder del Primero se volvió inestable y destructivo.

La reacción de los dioses, sobre todo de la Orden de Thanatos, fue rápida y justa. Ambos Apollyons fueron ejecutados sin juicio.

—Guau… —Cerré el libro de golpe y me senté. Cuando los dioses se ven amenazados, no se andan con rodeos. Un Apollyon tenía la función de ser un sistema de control y equilibrio, capaz de luchar contra cualquier cosa, pero ¿si había dos a la vez?

Ahora había un Apollyon, pero no lo conocía. Era una especie de celebridad. Sabíamos que estaba en algún sitio, pero nunca lo habíamos visto en persona. Sabía que ahora el Apollyon se centraba en los daimons en lugar de llevar a cabo la justicia contra los sangre pura. Desde la creación del Consejo, los puros ya no pensaban que podían enfrentarse a los dioses… o, al menos, no lo decían de forma pública.

Dejé el libro a un lado y apagué la lámpara.

Pobre Solaris.

En algún momento, los dioses metieron la pata y crearon dos. No fue su culpa. Es probable que ella ni siquiera lo viera venir.

Mientras la emoción por el solsticio de verano se extendía por el Covenant, volví a adaptarme a la vida de un mestizo en formación. La emoción por mi presencia se había desvanecido, y la mayoría de los estudiantes que se quedaban en el Covenant durante el verano se acostumbraron a tenerme cerca. Por supuesto, el hecho de que hubiera matado a dos daimons aseguró mi popularidad. Hasta los comentarios maliciosos de Lea se volvieron menos frecuentes.

Lea y Jackson rompieron, volvieron a estar juntos y, por lo que yo sabía, habían vuelto a romper.

Durante las épocas en que Jackson era un hombre libre, creé una rutina para evitarlo. Sí, era pura sensualidad, pero también era súper rápido con las manos, y en más de una ocasión había tenido que quitármelas del culo. Caleb siempre se encargaba de señalar que no tenía derecho a quejarme, ya que me lo había buscado yo solita.

Aiden y yo también desarrollamos una especie de rutina extraña. Como siempre estaba malhumorado por la mañana, solíamos empezar el entrenamiento haciendo estiramientos y dando algunas vueltas, básicamente cualquier cosa que evitase que hablásemos. A última hora de la mañana, estaba menos dispuesta a arrancarle la cabeza y más receptiva a profundizar en la materia. Nunca mencionó la noche en que me había sorprendido en la fiesta y habíamos hablado de la necesidad del otro de convertirse en Centinela. Tampoco me explicó lo que había querido decir con «me acuerdo de ti».

Por supuesto, se me ocurrieron un montón de explicaciones ridículas. Mi talento era tan sorprendente que todo el mundo sabía quién era. O mis travesuras dentro y fuera de las salas de entrenamiento me habían convertido en una leyenda por derecho propio. O mi belleza era tan impresionante que no pudo evitar fijarse en mí. Esta última era la más absurda. Por aquel entonces, era torpe y bastante estúpida. Sin mencionar que alguien como Aiden nunca miraría a una mestiza de esa manera.

Cuando entrenábamos, Aiden era severo y riguroso en sus métodos. Pocas veces se le escapaba una sonrisa cuando creía que yo no miraba. Pero yo siempre estaba atenta.

¿Quién podía culparme? Aiden era... la sensualidad en persona. Iba alternando entre mirar aquellos brazos marcados y envidiar cómo se movía con una gracia tan natural, pero había algo más que la capacidad que tenía para hacerme babear. En la vida había conocido a alguien tan paciente y tolerante conmigo. Dios sabe que soy muy irritante, pero Aiden me trataba como si fuera su igual. Ningún puro lo hacía. El día en que me había avergonzado al desafiar a mi tío parecía haber quedado en el olvido, y Aiden hacía todo lo posible para asegurarse de que yo saliera adelante según lo planeado.

Con su ayuda, me fui acostumbrando a las exigencias del entrenamiento y a los efectos que tenían en mi cuerpo. Incluso gané algo de peso. Lo de mi tontería seguía igual. Aiden insistía en no dejar que me acercara a menos de tres metros de cualquiera de las armas que parecían tan chulas.

El día del solsticio de verano, intenté acercarme al muro de la destrucción al final del entrenamiento.

—Ni se te ocurra. Te cortarías la mano... o la mía.

Me congelé, con una mano a escasos centímetros de la daga impía. Maldita sea.

—Alex. —Aiden parecía un poco divertido—. Nos queda poco tiempo. Tenemos que trabajar en tu bloqueo.

Gruñí y me aparté de lo que de verdad quería aprender.

—¿Bloqueo otra vez? Es lo único que hemos hecho durante semanas.

Aiden se cruzó de brazos sobre el pecho. Hoy llevaba una camiseta blanca lisa. Le quedaba bien, muy bien.

—Eso no es todo lo que hemos hecho.

—Bien. Estoy lista para pasar a otra cosa, como practicar con cuchillos o defensa contra las artes oscuras. Cosas chulas.

—¿Acabas de citar a *Harry Potter*?

Sonreí.

—Tal vez.

Sacudió la cabeza.

—Hemos estado practicando patadas y puñetazos, Alex. Y todavía hay que trabajar en tu bloqueo. ¿Cuántas de mis patadas has podido bloquear hoy?

—Bueno… —Hice una mueca. Él ya sabía la respuesta. Solo había conseguido bloquear unas pocas—. Un par, pero es que eres rápido.

—Y los daimons son más rápidos que yo.

—No sé si eso es así. —Nada era tan rápido como Aiden. La mitad del tiempo se movía como si fuera algo borroso. Pero me puse en posición y esperé.

Aiden me dirigió a través de los movimientos una vez más, y podría jurar que redujo la velocidad de sus patadas un poco, porque bloqueé más de las que había bloqueado nunca. Nos separamos, a punto de empezar otra ronda de patadas, cuando sonó un silbido desde el pasillo. El culpable (un Luke de pelo castaño) estaba en la puerta de la sala de entrenamiento. Sonreí y saludé.

—No estás prestando atención —espetó Aiden.

La sonrisa desapareció de mi cara tan pronto como Luke y un par de mestizos desparecieron de mi vista.

—Perdón.

Exhaló despacio y me indicó que me acercara. Lo obedecí sin rechistar.

—¿Es otro de tus chicos? Siempre estás con ese otro.

Dejé caer las manos a los lados.

—¿Qué?

Aiden levantó la pierna con rapidez. Apenas tuve tiempo de bloquearlo.

—¿Es otro de tus chicos?

No sabía si reírme, cabrearme o alegrarme de que se hubiera dado cuenta de que siempre estaba con el *otro chico*. Al pasar la coleta que llevaba por encima del hombro, le agarré el antebrazo antes de que impactara en mi estómago.

—No es que sea de tu incumbencia, pero no me estaba silbando *a mí*.

Retiró la mano y frunció el ceño.

—¿Qué se supone que significa eso?

Alcé las cejas y esperé a que lo entendiera. Cuando lo hizo, abrió los ojos de par en par y formó un círculo perfecto con la boca. En lugar de caerme de culo de risa como hubiera querido hacer, le asesté una patada de lo más cruel. Me dirigí al punto vulnerable bajo la caja torácica y casi chillé por lo perfecta que iba a ser mi patada.

Nunca llegué a hacer contacto.

Con un hábil movimiento del brazo, me tiró a la colchoneta. De pie sobre mí, sonrió.

—Buen intento.

Me apoyé sobre los codos, con el ceño fruncido.

—¿Por qué sonríes cuando me tiras al suelo?

Me ofreció una mano.

—Las cosas pequeñas son las que me hacen feliz.

Acepté la mano y me levantó.

—Es bueno saberlo. —Me encogí de hombros, pasé por delante de él y aferré mi botella de agua—. Entonces… ¿vas a ir a la celebración de esta noche?

El solsticio era un gran día para los puros. Se trata del inicio de más de un mes de eventos sociales hasta la sesión del Consejo en agosto. Esta noche sería la celebración más grande, y si los dioses fueran a bendecirlos con su presencia, esta sería la noche. Dudaba de que alguno lo hiciera, pero los puros se vestían con túnicas vistosas por si acaso.

También habría un montón de fiestas en la isla principal, los mestizos no estaríamos invitados, y me refiero a ninguna de ellas. Y como los padres de los puros estarían a casa, no habría fiestas en casa de Zarak. Sin embargo, se rumoreaba que habría una fiesta en la playa organizada por el único e inigualable Jackson. No estaba segura de si iba a hacer acto de presencia o no.

—Es probable. —Aiden se desperezó, y mostró una franja de piel firme a lo largo de la cinturilla de sus pantalones—. No soy muy aficionado a esas cosas, pero tengo que ir a algunas.

Me obligué a concentrarme en su rostro, lo cual fue más difícil de lo que creía.

—¿Por qué tienes que hacerlo?

Él esbozó una sonrisa.

—Es lo que tenemos que hacer los adultos, Alex.

Rodé los ojos y tomé mi bebida.

—Puedes ir y salir con tus amigos. Será divertido.

Aiden me miró con cara rara.

Bajé la botella de agua.

—Sabes cómo divertirte, ¿verdad?

—Claro que sí.

Y de repente me di cuenta. No creía que Aiden pudiera divertirse. Al igual que yo en realidad no podía soportar pensar en lo que le había pasado a mamá. La culpa del que sobrevive… o al menos así era como creía que lo llamaban.

Aiden se acercó y me tocó el brazo.

—¿En qué estás pensando?

Levanté la vista, y me encontré con su mirada fija en mí.

—Solo estaba… pensando.

Se echó hacia atrás, se apoyó en la pared y me miró con curiosidad.

—¿Pensando en qué?

—Para ti es difícil… divertirte, ¿verdad? Quiero decir, nunca te veo haciendo nada. Solo te he visto con Kain o Leon y nunca con una chica. Una vez te vi en pantalones vaqueros… —me interrumpí, sonrojada. ¿Qué tenía que ver haberlo visto en vaqueros? No obstante, había sido un espectáculo *increíble*—. En fin, supongo que es difícil después de lo que les pasó a tus padres.

Aiden se apartó de la pared, con los ojos de repente de un gris intenso.

—Tengo amigos, Alex, y sé cómo divertirme.

Me sonrojé aún más. Estaba claro que había dado en el clavo. Ups. Me sentí como una idiota, terminé de entrenar y me apresuré a volver a mi residencia. A veces me preguntaba en qué pensaba cuando abría la boca.

Disgustada, me di una ducha rápida y me puse unos pantalones cortos. Poco después, me dirigí al centro del campus para reunirme con Caleb en la cafetería, decidida a olvidar mi torpeza.

Caleb ya estaba allí, en medio de una conversación profunda con otro mestizo sobre quién había sacado mejores notas en la prueba de campo al final del semestre pasado. Como yo aún no había participado en ninguna prueba de campo, me quedé bastante al margen de la conversación. Me sentí como una perdedora.

—¿Vas a la fiesta de esta noche? —preguntó Caleb.

Miré hacia arriba.

—Supongo. Tampoco es que tenga nada mejor que hacer.

—Tú solo no hagas como la última vez.

Le dediqué una mirada malévola.

—No me dejes tirada mientras te largas a Myrtle, imbécil.

Caleb se rio.

—Deberías haber venido. Lea estuvo despotricando hasta que vio aparecer a Jackson sin ti. Prácticamente nos arruinó la noche a todos. Bueno, en realidad fue Cody quien nos arruinó la noche a todos.

Levanté las piernas y me recosté en el asiento. Era la primera vez que oía eso.

—¿Qué pasó?

Puso una mueca.

—Alguien volvió a sacar la mierda de la Orden de Razas, y a Cody se le fue la olla. Empezó a hablar con maldad del tema. Decía cosas como que los mestizos no pertenecemos al Consejo.

—Seguro que os gustó lo que dijo.

Sonrió.

—Ya, luego dijo algo sobre que las dos razas no deberían mezclarse y todo el rollo de la pureza de su sangre. —Hizo una pausa, mirando a alguien detrás de mí con gran interés.

Me giré, pero solo alcancé a ver la piel color caramelo y el pelo largo y rizado. Me volví hacia él con una ceja enarcada.

—Entonces, ¿qué pasó?

—Eh… un par de mestizos se enfadaron. Lo siguiente que sabemos es que Cody y Jackson se estaban peleando. Se estaban pegando pero bien, colega.

Abrí los ojos de par en par.

—¿Qué? ¿Cody le ha denunciado?

—No —dijo Caleb sonriendo—. Zarak convenció a Cody de que no lo hiciera, pero le dio una paliza. Fue bastante impresionante. Por supuesto, los dos idiotas se reconciliaron después. Ahora están bien.

Aliviada, me acomodé en mi asiento. Pegar a un puro (incluso en defensa propia) era la forma más rápida de que te echaran del Covenant. Matar a un puro, en cualquier situación, te llevaría a una ejecución, incluso si estaba intentando cortarte la cabeza. Por muy injusto que fuera, teníamos que tener cuidado al movernos por la política del mundo de los puros. Podíamos golpearnos unos a otros, pero cuando se trataba de los puros, eran intocables en más de un sentido. Y si por casualidad rompíamos una de las reglas… bueno, estábamos a un paso de una vida de servidumbre, o de la muerte.

Temblando, pensé en mi situación tan delicada. Si no me aceptaban en otoño, lo que me esperaba era la servidumbre. No podía permitirlo. Tendría que irme, pero ¿a dónde iría? ¿Qué haría? ¿Viviría en la calle? ¿Buscaría un trabajo y fingiría ser una mortal otra vez?

Alejé aquellos pensamientos perturbadores y me centré en la fiesta de Jackson, a la que al final accedí a asistir, y un par de horas más tarde, allí estaba. La pequeña fiesta en realidad no era tan pequeña; parecía que todos los mestizos que se habían quedado en el Covenant durante el verano se habían esparcido por la playa. Algunos estaban tumbados en mantas; otros, recostados en sillas. No había nadie en el agua.

Opté por una manta al lado de Luke que parecía bastante cómoda. Ritter, un mestizo más joven con el pelo rojo más brillante que jamás había visto, me ofreció un vaso de plástico amarillo, pero lo rechacé. Rit estuvo con nosotros un rato, nos habló de cómo se estaba preparando para viajar a California durante el resto del verano. Sentí un poco de envidia.

—¿No bebes? —me preguntó Luke.

Incluso yo estaba sorprendida por mi decisión, pero me encogí de hombros.

—No me apetece esta noche.

Se apartó un largo mechón de pelo color bronce de los ojos.

—¿Te metí en algún lío durante el entrenamiento de hoy?

—No. Suelo distraerme con facilidad, así que no fue nada nuevo.

Luke me dio un codazo, riéndose.

—Comprendo por qué te distraes tanto. Lástima que sea un puro. Daría mi nalga izquierda por un bocado de él.

—Le gustan las chicas.

—¿Y qué? —Luke se rio de mi expresión—. ¿Qué le gusta? Parece tan reservado. Como si supieras que sería bueno en…

—¡Para! —Me reí y levanté la mano. El movimiento tiró de los músculos de mi espalda dolorida.

Luke inclinó la cabeza hacia atrás y se rio.

—No dirás que nunca lo has pensado.

—Es… es un puro —volví a decir, como si eso no le hiciese sexi.

Luke me lanzó una mirada cómplice.

—Vale. —Suspiré—. En realidad, es… muy bueno y paciente. La mayor parte del tiempo… y me siento rara hablando de él. ¿Podemos hablar de algún otro chico guapo?

—Oh, sí. Por favor. ¿Podemos hablar de otro chico guapo? —Caleb resopló—. Es justo de lo que quiero hablar.

Luke le ignoró, recorrió la playa con la mirada y se detuvo cerca de un par de neveras.

—¿Qué tal Jackson?

Me recosté sobre mi espalda.

—No digas su nombre.

Se rio ante mi patético intento de hacerme invisible.

—Acaba de aparecer *sin* Lea. Ahora que lo pienso, ¿dónde diablos está esa pequeña bruja?

Me negué a levantar la vista y llamar la atención de Jackson.

—No tengo ni idea. No la he visto.

—¿Eso es malo? —preguntó Caleb.

—Oh, Alex, ahí viene tu hombre —anunció Luke.

No tenía dónde ir y miré con impotencia a Caleb y a Luke. Ninguno de los dos hizo nada para ocultar que estaban divirtiéndose.

—Alex, ¿dónde te has metido? —dijo Jackson—. No te he visto por ningún lado.

Estreché los ojos y murmuré más de una maldición.

—He estado ocupada con el entrenamiento.

Jackson se inclinó hacia la derecha, hacia un Caleb distraído.

—Aiden debería saber que tienes que salir y divertirte un poco.

Luke se giró y me lanzó un guiño socarrón antes de ponerse en pie. Me senté, pero hasta ahí llegué. Jackson se dejó caer en el espacio vacío y me rodeó con el brazo, casi hizo que me cayera.

Tenía el aliento demasiado caliente y olía a cerveza.

—Sabes que eres más que bienvenida a pasar el rato aquí después de la fiesta.

—Oh… no sé yo.

Jackson sonrió y se acercó aún más. De normal, veía a Jackson atractivo, pero ahora me daba asco. Algo estaba mal conmigo. Tenía que estarlo.

—No puedes entrenar mañana. No después de las fiestas. Hasta Aiden estará durmiendo.

Lo dudaba, y me vi pensando en si Aiden estaría pasándoselo bien. ¿Iría a la celebración y se quedaría? ¿O llegó, hizo acto de presencia y se marchó? Esperaba que se quedara y se divirtiera. Le vendría bien después de haber pasado todo un día encerrado conmigo.

—¿Alex?

—¿Eh?

Jackson se rio y deslizó una mano sobre mi hombro. Lo agarré y la dejé caer en su regazo. Impertérrito, volvió a alcanzarme.

—Te preguntaba si querías algo de beber. A Zarak se le fueron de las manos las compulsiones y nos ha abastecido para el resto del verano.

Era bueno saber *eso*.

—No. Estoy bien. No tengo sed.

Al final, Jackson se aburrió con mi falta de interés y se marchó. Agradecida, me volví hacia Caleb.

—Pégame una bofetada la próxima vez que se me ocurra hablar con un chico. En serio.

Se quedó mirando su vaso, con el ceño fruncido.

—¿Qué ha pasado? ¿Se ha pasado de la raya? —Una mirada feroz apareció en su rostro mientras estrechaba los ojos en dirección a la espalda de Jackson—. ¿Tengo que hacerle daño?

—¡No! —me reí—. Es solo que… no sé. — Me giré y le vi de pie con la mestiza que le había visto mirar antes. Era una morena muy mona, con unas curvas espectaculares, y tenía la piel lisa, de color caramelo—. Jackson no me convence.

—¿Y quién sí? —Posó la mirada en la acompañante de Jackson.

—¿Quién es esa chica? —pregunté.

Se volvió y suspiró.

—Es Olivia. Tiene un apellido griego, de esos que son imposibles de pronunciar. Su padre es mortal; su madre, pura.

Seguí mirando a la chica. Llevaba unos vaqueros de diseño por los que habría matado. También seguía esquivando las manos curiosas de Jackson.

—¿Cómo es que es la primera vez que la veo?

—Ha estado con su padre. Creo. —Se aclaró la garganta—. En realidad, es bastante… simpática.

Lo miré con avidez.

—Te gusta, ¿verdad?

—¡No! No, por supuesto que no. —Su voz parecía como ahogada.

Mi curiosidad aumentó cuando los ojos de Caleb parecieron volver a dirigirse a Olivia. Un tono rojizo coloreó sus mejillas.

—Claro. No estás interesado en ella, para nada.

Caleb le dio un largo trago a su bebida.

—Cállate, Alex.

Abrí la boca, pero lo que iba a decir se vio interrumpido cuando Deacon St. Delphi apareció de la nada.

—¿Qué demonios?

Caleb siguió mi mirada.

—Esto sí que es interesante.

Ver a Deacon en la playa no era nada sorprendente, pero verlo en la noche del solsticio, cuando todos los puros se reunían, era impactante.

Era muy… *impuro* de su parte.

Deacon recorrió a los mestizos con una mirada serena y una sonrisa socarrona se dibujó en su rostro cuando nos vio. Se acercó y sacó del bolsillo de sus vaqueros una petaca de color plata brillante.

—¡Feliz solsticio de verano!

Caleb se atragantó con la bebida.

—Lo mismo digo.

Ocupó el lugar que Jackson había dejado vacío, sin darse cuenta de las miradas de asombro. Me aclaré la garganta.

—¿Qué... estás haciendo aquí?

—¿Qué? Me aburría en la isla principal. Toda esa fastuosidad es más que suficiente para que un hombre se vuelva sobrio.

—No podemos permitir eso. —Me fijé en los bordes rojos de sus ojos—. ¿Alguna vez estás sobrio?

Parecía que se lo estaba pensando.

—No si puedo evitarlo. Las cosas son... más fáciles así.

Sabía que estaba hablando de sus padres. Sin saber cómo responder, esperé a que continuara.

—Aiden odia que beba tanto. —Miró su petaca—. Tiene razón, sabes.

Jugueteé con mi pelo, enrollándolo en una cuerda gruesa.

—¿Tiene razón en qué?

Deacon inclinó la cabeza hacia atrás, mirando las estrellas que cubrían el cielo nocturno.

—En todo, pero en especial en el camino que eligió. —Se detuvo y se rio—. Si tan solo lo supiera, ¿eh?

—¿No van a darse cuenta de que te has ido? —Caleb interrumpió mis palabras.

—¿Y venir aquí y arruinaros la diversión? —La mirada seria de Deacon desapareció—. Claro. En una hora, cuando empiecen con sus cánticos rituales y esas mierdas, alguien, lo más probable es que sea mi hermano, se dará cuenta de que he desaparecido y vendrá a buscarme.

Me quedé con la boca abierta.

—¿Aiden sigue ahí?

—¿Has venido aquí sabiendo que te seguirían? —Caleb frunció el ceño.

Deacon parecía entretenido con ambas expresiones.

—Sí a todo. —Se apartó un rizo brillante de la frente.

—¡Mierda! —Caleb empezó a levantarse mientras yo reflexionaba sobre el hecho de que Aiden seguía de fiesta—. Alex, deberíamos irnos.

—Siéntate. —Deacon levantó una mano—. Tenéis al menos una hora. Les daré a los chicos de la fiesta suficiente tiempo para irse. Confiad en mí.

Caleb no parecía escucharle. Volvió a mirar a la orilla del mar, donde Olivia y otro mestizo estaban cerca, muy cerca. Pasaron unos segundos en los que se le endureció la expresión. Me incliné y tiré del dobladillo de su camiseta.

Me dedicó una amplia sonrisa.

—¿Sabes qué? Estoy bastante cansado. Creo que voy a volver a la residencia.

—Buuh. —Deacon sacó el labio inferior.

Me levanté.

—Lo siento.

—Doble buuh. —Sacudió la cabeza—. Y la diversión acababa de empezar.

Despidiéndome rápido de Deacon, seguí a Caleb por la playa. Pasamos junto a Lea, que bajaba por el paseo marítimo de madera.

—¿Te gusta ir detrás de mis sobras? —Lea arrugó la nariz—. Qué mona.

Un segundo después, rodeé su antebrazo con la mano.

—Ey.

Lea trató de apartar su brazo, pero yo era más fuerte que ella.

—¿Qué?

Esbocé mi mejor sonrisa.

—Tu novio acaba de meterme mano. Está claro que no eres la única para él.

Entonces la solté, dejando a una Lea muy infeliz de pie, sola.

—¡Caleb! —Avancé para alcanzarlo.

—Sé lo que vas a decir, así que no quiero oírlo.

Me coloqué el pelo detrás de las orejas.

—¿Cómo sabes lo que iba a decir? Lo único que quería decirte es que si te gusta la chica que está allí atrás, podrías...

Me miró de soslayo y levantó las cejas.

—La verdad es que no quiero hablar de esto.

—Pero... no entiendo por qué no lo admites. ¿Cuál es el maldito problema?

Suspiró.

—Pasó algo la noche que fuimos a Myrtle.

Me tropecé con mis propios pies.

—¿Qué?

—*Eso no.* Bueno... no del todo, pero casi.

—¿*Qué*? —Exclamé, dándole un puñetazo en el brazo—. ¿Cómo es que no me lo has contado? ¿Con Olivia? Joder, ¿soy tu mejor amiga y no me lo has dicho?

—Los dos habíamos bebido, Alex. Estábamos discutiendo sobre quién había sido el primero en pedir ir en el asiento de delante del coche... y lo siguiente que sé es que nos lo estábamos montando a tope.

Me mordí el labio.

—Que sensual. Entonces, ¿por qué no quieres hablar con ella?

El silencio se instauró entre nosotros antes de que él respondiera.

—Pues porque me gusta, me gusta de verdad, y a ti también te gustaría. Es inteligente, divertida, fuerte y tiene un culo tan...

—Caleb, vale. Lo capto. Te gusta de verdad. Así que habla con ella.

Nos dirigimos hacia el patio que se encontraba entre las dos residencias.

—No lo entiendes. Y deberías entenderlo. No va a salir bien. Ya sabes cómo son las cosas para nosotros.

—¿Eh? —Me quedé mirando los diseños tan elaborados que tenía el sendero. Eran runas y símbolos tallados en mármol. Algunos representaban a varios dioses mientras que otros parecía que algún niño se había puesto a dibujar con un rotulador. En realidad, parecía algo que yo dibujaría.

—No importa. Solo tengo que salir con otra persona. Sacarme esta tontería del cuerpo.

Aparté la vista de las marcas extrañas.

—Eso parece un plan sólido.

—Tal vez debería volver a enrollarme con Lea o con alguien más. ¿Qué tal tú?

Le lancé una mirada soez.

—Vaya, gracias. Pero, ahora en serio, no quieres enrollarte con cualquiera. Quieres algo… que sea significativo. —Me detuve, sin saber de dónde había sacado *eso*.

Estaba claro que él tampoco lo sabía.

—¿Algo significativo? Alex, has estado en el mundo de los mortales demasiado tiempo. Ya sabes cómo son las cosas para nosotros. No tenemos «algo significativo».

Suspiré.

—Ya, lo sé.

—Somos Guardias o Centinelas, no maridos, esposas o padres. —Se detuvo, con el ceño fruncido—. Ligues y novias. Eso es lo que tenemos. Nuestro deber no nos permite mucho más.

Tenía razón. El hecho de haber nacido mestizo eliminaba cualquier posibilidad de mantener una relación normal y sana. Como decía Caleb, nuestro deber no nos permitía formar vínculos, nada que lamentáramos abandonar o dejar atrás. Una vez graduados, nos podían asignar en cualquier sitio y en cualquier momento podían agarrarnos y enviarnos a otro lugar.

Era una vida dura y solitaria, pero con un propósito.

Le di una patada a un pequeño guijarro, haciéndolo volar hacia la espesa maleza.

—Solo porque no podamos tener un jardincito con valla, no significa... —Se me erizó la piel de la frente al sentir un repentino escalofrío. Salió de la nada, y por la expresión de desconcierto en la cara de Caleb, supe que él también lo había sentido.

—Un chico y una chica, uno con un futuro brillante y corto, y otro cubierto de sombras y dudas.

La voz ronca y antigua hizo que nos detuviéramos. Caleb y yo nos giramos. El banco de piedra estaba vacío hacía un momento, pero allí estaba ella. Y era vieja, al nivel más vieja que Matusalén.

Tenía una abundante melena de color blanco puro sobre la cabeza, y la piel oscura como el carbón y con muchas arrugas. El estar encorvada hacía que pareciese mayor, pero tenía una mirada perspicaz. Inteligente.

No la había visto nunca antes, pero por instinto supe quién era.

—¿Abuela Piperi?

Inclinó la cabeza hacia atrás y se echó a reír. Casi esperaba que el peso de la melena la hiciera caer, pero se mantuvo erguida.

—Oh, Alexandria, pareces tan sorprendida. ¿Acaso pensabas que no era real?

Caleb me clavó el codo un par de veces, pero no podía dejar de mirarla.

—¿Sabes quién soy?

Sus ojos oscuros se dirigieron a Caleb.

—Por supuesto que sí. —Pasó las manos por encima de lo que parecía ser una bata de estar por casa—. También me acuerdo de tu madre.

La incredulidad hizo que me acercara un paso más al oráculo, pero la estupefacción me dejó sin palabras.

—Me acuerdo de tu madre —continuó, moviendo la cabeza de un lado a otro—. Vino a verme hace tres años. Le dije

la verdad, ¿sabes? Lo cierto es que solo ella podía entenderlo.
—Hizo una pausa, y su mirada volvió a dirigirse a Caleb—.
¿Qué estás haciendo aquí, niño?

Con los ojos muy abiertos, él se movió con incomodidad.

—Estábamos… caminando de vuelta a nuestras residencias.

La abuela Piperi sonrió y se le estiró la piel de papel que tenía alrededor de la boca.

—¿Deseas escuchar la verdad, tu verdad? Lo que los dioses tienen preparado para ti.

Caleb palideció. Lo que pasa con las verdades es que por lo general te trastornan la cabeza. No importaba si se trataba de una locura o no.

—Abuela Piperi, ¿qué le dijiste a mi madre? —le pregunté.

—¿Qué cambiaría si te lo dijera? El destino es el destino, ya lo sabes. Así como el amor es el amor. —Se rio como si hubiera dicho algo gracioso—. Lo que está escrito por los dioses se cumplirá. La mayoría ya lo ha hecho. Qué triste es que los niños se vuelvan contra sus creadores.

No tenía ni idea de lo que estaba diciendo y estaba segura de que estaba loca, pero necesitaba saber qué había dicho Piperi, si era que había dicho algo. Tal vez Caleb tuviera razón, y necesitara un final.

—Por favor. Tengo que saber qué le dijiste. ¿Qué fue lo que hizo que se fuera?

Inclinó la cabeza hacia un lado.

—¿No quieres saber tu verdad, niña? Ahora eso es lo que importa. ¿No quieres saber sobre el amor? Sobre lo que está prohibido y lo que está predestinado.

Dejé caer los brazos a los costados y parpadeé para contener las lágrimas que habían aparecido de forma repentina.

—No quiero saber nada sobre el amor.

—Pues deberías, mi niña. Tienes que saber sobre el amor. Sobre las cosas que la gente hará por amor. Todas las verdades

JENNIFER L. ARMENTROUT • 133

se reducen al amor, ¿no es así? De una manera o de otra, lo hacen. Verás, hay una diferencia entre amor y necesidad. A veces, lo que sientes es instantáneo, y no tiene pies ni cabeza. —Se sentó un poco más erguida—. Dos personas se ven la una a la otra a través de una habitación o su piel se roza. Sus almas reconocen a la persona como propia. No hace falta tiempo para darse cuenta. El alma siempre sabe... si está bien o mal.

Caleb me sujetó del brazo.

—Venga. Vámonos. No te está diciendo nada que quieras oír.

—El primero... el primero siempre es el más poderoso. —Cerró los ojos y suspiró—. Luego están la necesidad y el destino. Se trata de otro tipo. La necesidad está cubierta de amor, pero la necesidad... la necesidad nunca es amor. Ten siempre cuidado con quien te necesita. Siempre hay un deseo detrás de una necesidad, ¿lo entiendes?

Caleb me soltó el brazo y golpeó con fuerza la pasarela detrás de nosotros.

—A veces confundirás la necesidad con amor. Ten cuidado. El camino de la necesidad nunca es justo, nunca es bueno. Ocurre lo mismo con el camino que debes recorrer. Ten cuidado con quien te necesita.

La señora estaba loca, y aunque lo sabía, sus palabras hicieron que me recorriera un escalofrío.

—¿Por qué mi camino no será fácil? —pregunté, ignorando a Caleb.

Se puso de pie. Bueno, tanto como podía hacerlo. Ya que el tener la espalda encorvaba hacia adelante le impedía ponerse de pie por completo.

—Los caminos siempre están llenos de baches, nunca son llanos. Este de aquí —señaló con la cabeza a Caleb con una pequeña carcajada—, este tiene un camino lleno de luz.

Caleb se detuvo haciendo una señal hacia detrás de nosotros.

—Me alegra saberlo.

—Un camino corto y lleno de luz —añadió la abuela Piperi.

Se le desencajó el rostro.

—Está… está bien saberlo.

—¿Y qué hay del camino? —Volví a preguntar, esperando una respuesta que tuviera sentido.

—Ah, los caminos siempre tienen sombras. Tu camino está lleno de sombras, lleno de hazañas que deben realizarse. Es lo que pasa con los tuyos.

Caleb me lanzó una mirada llena de significado, pero sacudí la cabeza. No tenía ni idea de qué estaba diciendo, pero aun así no estaba dispuesta a marcharme. Pasó cojeando junto a mí y me aparté del camino. Mi espalda rozó contra algo suave y cálido, que atrajo mi atención. Me giré y me encontré con unas flores grandes de color púrpura con centros amarillos brillantes. Me acerqué y aspiré su olor agridulce, casi acre.

—Ten cuidado con eso, niña. Estás tocando belladona. —Se detuvo, volviéndose hacia donde estábamos de pie—. Es muy peligrosa… como los besos de los que caminan entre los dioses. Tóxico, dulce y mortal… tienes que saber cómo manejarlo bien. Un poquito y estarás bien. Demasiado… te quita lo que te hace ser quien eres. —Sonrió con dulzura, como si estuviera recordando algo—. Los dioses se mueven a nuestro alrededor, siempre están cerca. Nos observan y esperan a ver cuál es el más fuerte. Ahora están aquí. Ya ves, el final se cierne sobre ellos, sobre todos nosotros. Incluso los dioses tienen poca fe.

Caleb volvió a mirarme con los ojos muy abiertos. Me encogí de hombros, decidida a darle una oportunidad más.

—Entonces no vas a contarme nada sobre mi madre?

—Nada que no te hayan contado ya.

—Espera… —Sentí la piel caliente y fría a la vez—. ¿Lo que… Lea dijo es verdad? ¿Que yo fui la razón por la que murió mamá?

—Vamos, Alex. Tienes razón. —Caleb dio un paso atrás—. Está loca de remate.

Piperi suspiró.

—Siempre hay oídos por estos lares, pero los oídos no siempre oyen bien.

—Alex, vamos.

Parpadeé, y en el tiempo que tardé en abrir los ojos, la abuela Piperi estaba delante de mí (no es una exageración). La anciana se movía muy rápido. Una mano con garras me tomó del hombro con la suficiente fuerza como para hacerme estremecer.

Me miró directamente con ojos afilados como cuchillas, y cuando habló, su voz perdió la aspereza. Y no parecía tan loca. Oh, no, sus palabras fueron claras y directas.

—Matarás a aquellos a los que amas. Está en tu sangre, en tu destino. Así lo han dictado los dioses y así lo presagian.

CAPÍTULO 9

—¡Alex! Mírale las manos. ¡Estás dejando pasar muchos bloqueos!

Asentí ante las palabras duras de Aiden y volví a enfrentarme a Kain. Aiden tenía razón. Kain estaba destrozándome. Me movía con demasiada lentitud, a trompicones, y estaba distraída, sobre todo por haber estado despierta la mitad de la noche, repasando la extraña conversación con la abuela Piperi.

Era muy mal momento para estar preocupada. Hoy era la primera vez que se incluía a Kain en el entrenamiento, y yo estaba luchando como una cría. Kain tampoco me lo ponía fácil. No es que hubiera querido eso, pero tampoco quería quedar como una completa inútil delante de otro Centinela.

Otra de sus patadas brutales atravesó mi bloqueo y la esquivé con solo una fracción de segundo de sobra. Esquivar no era el objetivo de este ejercicio. Si lo fuera, lo estaría bordando.

Aiden se acercó a mí, me recolocó los brazos de forma que hubiera podido derribar la pierna de Kain.

—Obsérvalo. Hasta el más mínimo temblor muscular delatará su ataque. Tienes que prestar atención, Alex.

—Lo sé. —Di un paso atrás y me pasé el brazo por la frente—. Lo sé. Puedo hacerlo.

Kain negó con la cabeza y se fue a buscar su botella de agua mientras Aiden me llevaba al otro lado de la habitación, con una mano alrededor de mi brazo. Se inclinó para que estuviéramos a la altura de los ojos.

—¿Qué te pasa hoy? Sé que puedes hacerlo mejor que esto.

Me incliné para recoger mi agua, pero la botella estaba vacía. Aiden me dio la suya.

—Es que hoy estoy… en otra parte. —Tomé un trago y se la devolví.

—Me he dado cuenta.

Me mordí el labio, sonrojada. Era mejor que esto, y dioses, quería demostrarle a Aiden que lo era. Si no podía superar esto, entonces no podría llegar a nada más, a todas esas malditas cosas geniales que quería aprender.

—Alex, has estado distraída todo el día. —Sus ojos se encontraron con los míos y no apartó la mirada—. Más vale que esto no tenga nada que ver con la fiesta que Jackson organizó anoche en la playa.

Por Dios, ¿no había nada que este hombre no supiera? Sacudí la cabeza.

—No.

Aiden me dirigió una mirada cómplice y bebió un trago de la botella antes de volver a ponérmela en las manos.

—Bebe.

Suspiré, apartándome de él.

—Vamos otra vez, ¿vale?

Aiden le hizo un gesto a Kain para que volviera y luego me dio una palmada en el hombro.

—Puedes hacerlo, Alex.

Después de recomponerme y dar otro trago de agua, dejé caer la botella al suelo. Volví al centro de las colchonetas y le hice un gesto con la cabeza a Kain.

Kain me observó, cansado.

—¿Estás preparada?

—Sí. —Apreté los dientes. Kain levantó las cejas, como si dudara de que fuera a hacer algo diferente esta vez.

—Vale. —Sacudió la cabeza y volvimos a colocarnos en posición—. Recuerda anticiparte a mis movimientos.

Bloqueé la primera patada y luego el puñetazo. Estuvimos dando vueltas durante unos cuantos asaltos mientras me preguntaba qué demonios había querido decir la abuela Piperi al señalar que mataría a aquellos a los que amaba. Eso no tenía ningún sentido, porque la única persona a la que había amado ya estaba muerta y estaba claro que no la había matado. No puedes matar a alguien que ya está muerto, y no era como si amara…

La bota de Kain atravesó mis defensas y conectó con mi estómago. El dolor estalló en mi interior, de manera tan intensa y abrumadora que caí de rodillas. Caí de tal forma que mi maltrecha espalda sufrió. Con un gesto de dolor, me agarré la espalda con una mano y el estómago con la otra.

Era un auténtico desastre.

Kain se dejó caer frente a mí.

—¡Mierda, Alex! ¿Qué estabas haciendo? ¡Nunca tendrías que haber estado tan cerca de mí!

—Ya —gemí. *Respira. Solo respira.* Es más fácil decirlo que hacerlo, pero seguí diciéndomelo a mí misma. Esperaba que Aiden empezara una gran bronca, pero no me dirigió ni una palabra. En cambio, se acercó y alzó a Kain por el cuello, casi levantándolo del suelo.

—El entrenamiento ha terminado.

Kain abrió la boca de par en par y su piel, que de normal estaba bronceada, palideció.

—Pero…

—Parece que no lo entiendes. —Bajó la voz y sonó peligroso.

Me puse en pie a trompicones.

—Aiden, es culpa mía. Me acerqué. —No tuve que dar más detalles; era obvio que lo había hecho mal.

Aiden me miró por encima del hombro. Unos segundos después, soltó a Kain.

—Vete.

Kain se colocó la camiseta mientras se alejaba. Cuando se volvió hacia mí, sus ojos verdes como el mar eran salvajes.

—Alex, lo siento.

Agité una mano hacia él.

—No pasa nada.

Aiden se puso delante de mí, y despidió a Kain sin decir ni una palabra más.

—Déjame echarle un vistazo.

—Oh… está bien. —Me aparté de él. Me ardían los ojos, pero no por el dolor palpitante. Quería sentarme y llorar. Había ido directa a la patada. Un niño no habría cometido semejante error. Así de patética era la situación.

Me puso una mano sorprendentemente amable en el hombro y me dio la vuelta. La mirada en su rostro me dijo que entendía mi vergüenza.

—Está bien, Alex. —Cuando no me moví, dio un paso atrás—. Te has tocado la espalda. Necesito asegurarme de que estés bien.

Al no ver ninguna salida, seguí a Aiden a una de las salas más pequeñas donde guardaban los equipos médicos. Era una sala fría y estéril como cualquier sala de consulta médica, con la excepción del cuadro de Afrodita desnuda en todo su esplendor, que me pareció extraño y un poco inquietante.

—Súbete a la camilla.

Lo único que quería era volver corriendo a mi habitación y estar de mal humor en la intimidad, pero hice lo que me dijo.

Aiden volvió a acercarse a mí, con la mirada fija sobre mi cabeza.

—¿Cómo tienes el estómago?

—Bien.

—¿Por qué te agarraste la espalda?

—Me duele. —Me froté las manos en los muslos—. Me siento como una idiota.

—No eres una idiota.

—Lo soy. Debería haber prestado atención. Fui directa a la patada. No fue culpa de Kain.

Pareció considerarlo.

—Nunca te había visto tan distraída.

Durante el último mes, hubo días en los que entrenamos ocho horas, y supongo que durante ese tiempo había visto muchas cosas de mí. Pero nunca había estado tan descentrada.

—No puedes permitirte el lujo de estar tan distraída —continuó con delicadeza—. Estás avanzando muy bien, pero no puedes perder tiempo. Es casi julio y eso nos deja unos dos meses para que te pongas al día. Tu tío ha pedido informes semanales. No creas que se ha olvidado de ti.

Llena de vergüenza y decepción, bajé la vista a mis manos.

—Lo sé.

Aiden colocó sus dedos en mi barbilla, y me hizo levantar la cabeza.

—¿Por qué estás tan distraída, Alex? Te mueves como si no hubieras dormido y actúas como si tu mente estuviera a miles de kilómetros de aquí. Si no es la fiesta de anoche, ¿es un chico lo que te tiene distraída?

Me estremecí.

—Mira. Hay varias cosas de las que no voy a hablar contigo. Los chicos son una de ellas.

Aiden abrió los ojos de par en par.

—¿De verdad? Si afecta a tu entrenamiento, entonces me afecta a mí.

—Cielos. —Me moví incómoda bajo su intensa mirada—. No hay ningún chico. No estoy con ningún chico.

Se quedó en silencio, observándome con curiosidad. Esos ojos tenían un efecto tranquilizador, y aunque sabía que esto era una tontería, una estupidez, respiré hondo.

—Anoche vi a la abuela Piperi.

Parecía que Aiden esperaba que dijera cualquier cosa menos eso. Aunque tenía el rostro tan impasible como siempre, pareció que sus ojos se profundizaron.

—¿Y?

—Y Lea tenía razón…

—Alex —me cortó—. No vayas por ahí. No eres la responsable.

—Tenía razón y se equivocaba al mismo tiempo. —Me detuve y suspiré al ver la mirada escéptica de Aiden—. La abuela Piperi no me lo contó todo. En realidad, me dijo un montón de tonterías sobre el amor y la necesidad… y los besos de los dioses. De todos modos, me dijo que mataría a la persona a la que amara, pero ¿cómo puede ser posible? Mamá ya está muerta.

Una mirada extraña apareció en su rostro, pero desapareció antes de que pudiera averiguar de qué se trataba.

—Pensé que habías dicho que no creías en ese tipo de cosas.

Desde luego, tenía que recordar eso de entre los mil millones de comentarios aleatorios que había hecho.

—No lo hago, pero no todos los días te dicen que vas a matar a quien amas.

—¿Así que eso es lo que te ha afectado hoy?

Apreté las piernas.

—Sí. No. ¿Crees que fue culpa mía?

—Oh, Alex. —Sacudió la cabeza—. ¿Recuerdas cuando me preguntaste por qué me ofrecí para entrenarte?

—Sí.

Se apartó de la mesa en la que estaba sentado.

—Bueno, te mentí.

—Sí. —Me mordí el labio y miré hacia otro lado—. Más o menos ya me lo había imaginado.

—¿Sí? —Parecía sorprendido.

—Me defendiste por lo que les pasó a tus padres. —Le miré. Estaba callado mientras me observaba—. Creo que te recuerdo a ti mismo cuando sucedió.

Aiden me contempló durante un segundo que se me hizo eterno.

—Eres mucho más observadora de lo que creía.

—Gracias. —No compartí el hecho de que me había dado cuenta hacía poco.

Apareció esa sonrisa ladeada.

—Tienes razón, si eso te hace sentir mejor. Recuerdo cómo fue después. Siempre te preguntas si hubo algo que pudiste haber hecho diferente, por absurdo que sea, pero te quedas pensando en el «y si» de todo lo ocurrido. —La sonrisa desapareció poco a poco y giró la cara hacia otro lado—. Durante mucho tiempo pensé que, si hubiera decidido ser Centinela antes, podría haber detenido al daimon.

—Pero tú no sabías que un daimon iba a atacar. Eras, eres, un sangre pura. Pocos de los tuyos... eligen esta vida. Y solo eras un niño. No puedes culparte por ello.

Entonces Aiden me miró con una mirada curiosa.

—Entonces, ¿por qué vas a cargar con la responsabilidad de lo que le pasó a tu madre? Puede que te hayas dado cuenta de que existía la posibilidad de que un daimon te encontrara, pero tú no lo sabías.

—Ya. —Odiaba que tuviera razón.

—Todavía te aferras a esa culpa. Tanto que estás dándole vueltas a lo que dijo el oráculo. No puedes dejar que lo que dijo te afecte, Alex. Un oráculo solo habla de posibilidades, no de hechos.

—Creía que un oráculo hablaba con los dioses y el destino —dije, seca.

Parecía inseguro.

—Un oráculo ve el pasado y percibe lo posible en el futuro, pero no queda grabado en piedra. No existe un destino exacto. Tú eres la única que controla tu destino. No eres responsable de lo que… le pasó a tu madre. Tienes que dejarlo ir.

—¿Por qué todos lo decís de esa forma? Nadie dice que ha muerto. Todos tienen miedo de decirlo. No es *lo que le pasó*, la mataron.

En su rostro volvió a aparecer una sombra, pero dio un paso hacia la camilla.

—Deja que te vea la espalda. —Antes de que supiera lo que estaba haciendo, me levantó la parte de atrás de la camiseta e inhaló con fuerza.

—¿Qué? —pregunté, pero no dijo nada. Me levantó aún más la camiseta—. Oye, ¿qué estás haciendo? —Le aparté las manos de un golpe.

Se acercó a la camilla, con los ojos de color gris plomo.

—¿Qué crees que estoy haciendo? ¿Cuánto tiempo llevas con la espalda así?

Me encogí de hombros.

—Desde que… eh… desde que empezamos a entrenar los bloqueos.

—¿Por qué no me dijiste algo de esto?

—No es para tanto. No duele, no mucho.

Aiden se giró.

—Malditos mestizos. Sé que tenéis una tolerancia más alta de lo normal al dolor, pero *esto* es ridículo. *Eso* tiene que doler.

Me quedé mirándole la espalda mientras rebuscaba en los numerosos armarios.

—Estoy en formación. —Me esforcé porque mi voz sonase lo más madura posible—. No se espera que nos quejemos del dolor. Es parte del entrenamiento, una parte de ser un Centinela. Son cosas que pasan.

Aiden se giró, con una expresión incrédula.

—No has entrenado en tres años, Alex. Tu cuerpo, tu piel, ya no están acostumbrados. No puedes dejar pasar cosas así porque supongas que alguien va a pensar que eres menos.

Parpadeé.

—No creo que la gente vaya a pensar que soy menos. Solo son un… par de estúpidos moretones. Algunos de ellos ya se han ido. ¿Lo ves?

Puso un pequeño frasco a mi lado en la camilla.

—Y una mierda.

—Nunca antes habías dicho palabrotas. —Tuve la extraña necesidad de reírme.

—No es solo *un* moretón. Tienes toda la espalda negra y azul, Alex. —Aiden hizo una pausa, apretaba el aire con las manos—. ¿Tenías miedo de que pensara mal de ti si lo mencionabas?

Sacudí la cabeza un poco.

—No.

Apretó los labios.

—No esperaba que tu cuerpo se adaptara enseguida, y la verdad es que debería haberlo sabido.

—Aiden… de verdad, no me duele tanto. —El interminable y sordo dolor era algo a lo que me había acostumbrado, así que en realidad no mentía.

Tomó el frasco y caminó alrededor de la camilla.

—Esto debería ayudarte, y la próxima vez, me lo dirás cuando te pase algo.

—Vale. —Decidí no tentar a la suerte. En este momento no creía que le gustara una respuesta sarcástica—. De todas formas, ¿qué es esa cosa?

Desenroscó la tapa.

—Es una mezcla de árnica y mentol. El árnica es parte de una flor. Actúa como un antiinflamatorio y reduce el dolor. Debería aliviarte.

Esperaba que me diera el frasco, pero en lugar de hacer eso metió los dedos en él.

—¿Qué estás…?

—Mantén la camiseta levantada. No quiero ensuciarla con esto. Tiende a manchar la ropa.

Atónita, me vi levantándome el borde de la camiseta. Una vez más, escuché cómo tomaba aire al echar otro vistazo a mi espalda.

—Alex, no puedes dejar algo así sin tratar. —Esta vez, la ira había desaparecido de su voz—. Si estás lesionada, debes decírmelo. Yo no habría…

¿Sido tan duro conmigo? ¿Permitido que practicara con Kain y que me diera una paliza? Eso no era lo que quería.

—Nunca sientas que no puedes hablar conmigo cuando algo va mal. Tienes que confiar en que me importaría si estuvieras herida.

—No es culpa tuya. Podría haberte dicho…

Puso los dedos sobre mi piel y casi salté de la camilla. No porque el bálsamo estuviera frío (no me malinterpretéis, estaba congelado), sino porque eran *sus* dedos los que se movían a lo largo de mi espalda. Un puro nunca tocaba a un mestizo de esta manera. O tal vez ahora sí. No lo sabía, pero no podía imaginarme a los otros puros que conocía intentando aliviar el dolor de un mestizo. De normal, no les importaba lo suficiente.

En silencio, Aiden trabajó con el espeso bálsamo por mi piel y luego hacia arriba. Al final sus dedos rozaron el borde de mi sujetador deportivo. Noté la piel extrañamente cálida, lo que me resultó extraño, ya que el mejunje estaba muy frío. Me concentré en la pared que tenía delante. Allí estaba esa imagen de Afrodita encaramada a una roca. Tenía una mirada lasciva y las tetas al aire para que todo el mundo las viera.

Eso no ayudaba *nada*.

Aiden continuó en silencio. De vez en cuando mi cuerpo se sacudía por sí solo, y entonces tenía calor, mucho calor.

—¿Alguna vez conociste a tu padre biológico? —Su voz tranquila irrumpió en mis pensamientos.

Sacudí la cabeza.

—No. Murió antes de que yo naciera.

Sus hábiles dedos se deslizaron por el costado de mi estómago.

—¿Sabes algo de él?

—No. Mamá nunca hablaba de él, pero creo que solían compartir un tiempo en Gatlinburg, en Tennessee. Pasábamos el solsticio de invierno allí cuando ella podía... alejarse de Lucian. Creo... que estar en las cabañas hacía que se sintiera cerca de él.

—¿Lo quería?

Asentí.

—Creo que sí.

Ahora trabajaba en la parte inferior de la espalda, repartiendo el bálsamo en suaves círculos, y de vez en cuando me llegaba el fresco aroma a mentol.

—¿Qué ibas a hacer si los daimons no hubieran aparecido? Tenías algo que hacer, ¿verdad?

Tragué saliva. Era una pregunta fácil, pero me costaba concentrarme en otra cosa que no fueran sus dedos.

—Eh... quería hacer muchas cosas.

Sus dedos se detuvieron y se echó a reír con suavidad.

—¿Como qué?

—Yo... no lo sé.

—¿Alguna vez pensaste en volver al Covenant?

—Sí y no. —Tragué con fuerza—. Antes del ataque, nunca pensé que volvería a ver el Covenant. Después de que ocurrió, intenté llegar al de Nashville, pero los daimons... se interpusieron en mi camino.

—¿Qué ibas a hacer si los daimons no te hubieran encontrado? —Sabía que no debía centrarse en esa horrible semana después del ataque. Sabía que no hablaría de ello.

—Cuando... era muy pequeña, mi madre y varios Centinelas nos llevaron a un grupo de niños al zoo. Me encantaba, me *encantaban* los animales. Me pasé todo el verano diciéndole a mamá que mi sitio estaba en el zoo.

—¿Qué? —Parecía incrédulo—. ¿Creías que tu lugar estaba en el zoo?

Sentí cómo se me dibujaba una sonrisa en los labios.

—Sí, era una niña rara. Así que… fue una de las cosas que pensé que podía hacer. Ya sabes, trabajar con animales o algo así, pero… —Me encogí de hombros al sentirme un poco estúpida.

—Pero ¿qué, Alex? —Pude *sentir* que sonreía.

Me miré los dedos.

—Pero siempre quise volver al Covenant. Lo necesitaba. Simplemente no encajaba con toda la gente normal. Echaba de menos estar aquí, echaba de menos tener un propósito y saber lo que debía hacer.

Sus dedos abandonaron mi piel y se quedó en silencio durante tanto tiempo que pensé que le había pasado algo. Me giré para mirarle.

—¿Qué?

Inclinó la cabeza hacia un lado.

—Nada.

Crucé las piernas y dejé escapar un suspiro.

—Me miras como si fuera un bicho raro.

Aiden colocó el frasco a un lado.

—No eres rara.

—Entonces… —Dejé que mi camiseta volviera a caer y agarré el tarro—. ¿Has terminado? —Cuando asintió volví a ponerle la tapa.

Aiden se inclinó hacia delante, colocando las manos a cada lado de mis piernas cruzadas.

—La próxima vez que te hagas daño, quiero que me lo digas.

Cuando levanté la vista, estaba a la altura de mis ojos y nos separaban apenas unos centímetros, era lo más cerca que habíamos estado fuera de la sala de entrenamiento.

—Vale.

—Y… no eres un bicho raro. Bueno, he conocido a gente más rara que tú.

Empecé a sonreír, pero algo en la forma en que Aiden me miraba me llamó la atención. Era como si estuviera haciéndose responsable de mí y de lo que yo sentía. *Sabía* que lo hacía. Tal vez viniera de tener que cuidar de Deacon… ¿Y Deacon? Recordé lo que me había dicho la noche anterior.

Me aclaré la garganta y me centré en su hombro.

—¿Alguna vez Deacon habla de esas cosas? Ya sabes, sobre vuestros padres.

Mi pregunta le sorprendió con la guardia baja. Tardó unos segundos en responder.

—No. Es como tú.

Lo ignoré.

—¿Su alcoholismo? Creo que lo hace para no tener que pensar en ello.

Aiden parpadeó.

—¿Tú lo haces por eso?

—¡No! En realidad no bebo tanto, pero esa no es la cuestión. Lo que estoy intentando decir… —Dioses, ¿qué estaba haciendo? ¿Tratando de hablar con él sobre su hermano?

—¿Qué estás intentando decir?

Con la esperanza de no estar sobrepasando los límites, me aventuré.

—Creo que Deacon bebe para no sentir.

Aiden suspiró.

—Lo sé. También lo saben todos los orientadores y profesores. No importa lo que haga o a quién le lleve, no se abre.

Asentí, entendiendo lo difícil que era para Deacon.

—Está… orgulloso de ti. No lo dijo exactamente así, pero está orgulloso de lo que haces.

Parpadeó.

—¿Por qué…? ¿Cómo lo sabes?

Me encogí de hombros.

—Creo que, si sigues haciendo lo que haces, porque lo que haces es lo correcto, entrará en razón.

Mantuvo la mirada seria, y había algo más. Parecía preocupado y, por motivos que ni siquiera quería reconocer, me preocupaba.

—Ey. —Extendí la mano y toqué la que descansaba junto a mi pierna izquierda—. Eres…

La mano que toqué se levantó y agarró la mía. Me quedé helada cuando entrelazó sus dedos con los míos.

—¿Soy qué?

Guapo. Amable. Paciente. Perfecto. No dije ninguna de esas cosas. En su lugar, miré fijamente sus dedos, preguntándome si él sabría que estaba sosteniéndome la mano.

—Siempre eres tan…

Su pulgar se movió sobre la parte superior de mi mano. El bálsamo hacía que sus dedos estuvieran frescos y suaves.

—¿Qué?

Levanté la vista y me quedé prendada de inmediato. Su mirada, el suave tacto a lo largo de mi mano, estaban provocando cosas muy extrañas. Me sentía acalorada y mareada, como si hubiera estado sentada al sol todo el día. Lo único en lo que podía pensar era en cómo era la sensación de su mano junto a la mía. Luego, en cómo sería sentir su mano en otras partes. No debería estar pensando en eso.

Aiden era un *puro*.

La puerta de la sala se abrió de golpe. Me eché hacia atrás y dejé caer la mano en mi regazo.

Una sombra grande y corpulenta se detuvo en la puerta. Míster Esteroides (Leon) echó un vistazo a la sala, posó la mirada en Aiden, que se había movido a una distancia mucho más apropiada.

—Te he buscado por todas partes —dijo Leon.

—¿Qué pasa? —preguntó Aiden en un tono tranquilo.

Leon me miró de reojo. No sospechaba nada. ¿Por qué iba a hacerlo? Aiden era un puro muy respetado y yo solo era una mestiza a la que estaba entrenando.

—¿Se ha hecho daño?

—Está bien. ¿Qué necesitas?

—Marcus quiere vernos.

Aiden asintió. Empezó a seguir a Leon, pero se detuvo en la puerta. Volviéndose hacia mí, volvía a ser todo trabajo.

—Hablaremos de esto más tarde.

—Vale —dije, pero él ya se había ido.

Volví a mirar el cuadro de la diosa del amor. Tragué saliva y agarré el tarro con fuerza. De ninguna manera, en absoluto, estaba interesada en Aiden de ese modo. Desde luego, era digno de admiración y muy agradable, y paciente y divertido en un sentido general. Había muchas cosas en él para que te gustase. Si fuera un mestizo, no pasaría nada. No trabajaba para el Covenant, por lo que no había ningún impedimento relativo a alumnos con profesores, y solo era tres años mayor que yo. Si fuera un mestizo, probablemente ya me habría lanzado a por él.

Pero Aiden era un maldito sangre pura.

Una maldito sangre pura con unos dedos increíblemente fuertes y una sonrisa que… bueno, me hacía sentir como si tuviese un nido de mariposas en el estómago. Y la forma en que me miraba; cómo sus ojos cambiaban de gris a plateado en un latido, me afectaba incluso ahora. Mi estúpido y pequeño corazón dio un brinco en el pecho.

CAPÍTULO 10

Un par de días después, Aiden decidió contarme por qué Marcus había querido verle.

—Lucian está de camino.

Miré al techo, decepcionada.

—¿Y?

En lugar de abalanzarse sobre mí como solía hacer, se dejó caer a mi lado en la colchoneta. Me rozó la pierna con la suya, lo que provocó una opresión en mi pecho. *Estás haciendo el ridículo, Alex. No sigas por ahí.* Aparté la pierna lejos de la suya.

—Querrá hablar contigo.

Apartando de mi mente la extraña atracción que sentía por él, me centré en sus palabras.

—¿Por qué?

Dobló las rodillas y dejó caer los brazos sobre ellas.

—Lucian es tu tutor legal. Supongo que tiene curiosidad por ver cómo va el entrenamiento.

—¿Curiosidad? —Pataleé con las piernas en alto. ¿Por qué? No lo sabía—. Lucian nunca ha estado interesado en nada que tuviera que ver conmigo. ¿Por qué iba a hacerlo ahora?

Por un momento, endureció el gesto.

—Ahora las cosas son diferentes. Con tu madre…

—Eso no importa. No tiene nada que ver conmigo.

Todavía me miraba de forma extraña mientras seguía observando cómo señalaba el techo con los dedos de los pies.

—Tiene todo que ver contigo. —Respiró hondo y eligió sus próximas palabras con sabiduría—. Lucian está decidido a que no vuelvas al Covenant.

—Me alegra saber que Lucian y Marcus tienen eso en común.

Tensó la mandíbula.

—Lucian y Marcus no tienen nada en común.

Ahí estaba otra vez, intentando convencerme de que Marcus no era el cretino que yo creía que era. Había estado haciéndolo durante semanas, hablaba de lo preocupado que mi tío parecía cuando mi madre y yo desaparecimos. O de lo aliviado que parecía Marcus cuando le había informado que yo seguía viva. Era bonito que Aiden quisiera reparar la relación entre nosotros, pero no se daba cuenta de que no había nada que reparar.

Aiden se acercó y me empujó las piernas hacia la colchoneta.

—¿Alguna vez te quedas quieta durante cinco segundos?

Sonreí, incorporándome.

—No.

Parecía que quería sonreír, pero no lo hizo.

—Esta noche, cuando veas a Lucian, tienes que portarte lo mejor posible.

Rodé sobre mis pies, riéndome.

—¿Que me porte lo mejor posible? Supongo que no debo retar a Lucian a una pelea. A esa la ganaría yo. Es un pelele.

El ceño fruncido que apareció en su rostro indicaba sin lugar a dudas que no le hacía ninguna gracia.

—¿Te das cuenta de que tu padrastro puede revocar la decisión de Marcus de permitir que te quedes aquí? ¿Que su autoridad reemplaza la de tu tío?

—Sí. —Coloqué las manos en mis caderas—. Dado que Marcus solo me permite quedarme si demuestro que soy capaz de volver a clase en otoño, no veo cuál es el problema.

Aiden se puso en pie con rapidez. Por un momento, me sorprendió lo rápido que se movía.

—El problema es que, si te pones a hablar con el Ministro igual que con Marcus, no tendrás una segunda oportunidad. Nadie podrá ayudarte.

Aparté los ojos de él.

—No voy a hablarle así. Honestamente, no hay nada que Lucian pueda decir para hacerme enfadar. No significa nada para mí. Nunca lo ha hecho.

Se puso serio.

—Trata de recordarlo.

Le sonreí.

—Qué poca fe tienes en mí.

Sorprendentemente, Aiden me devolvió la sonrisa. Me hizo sentir abrigada y estúpida.

—¿Cómo tienes la espalda?

—Oh. Bien. Esa… cosa me ayudó mucho.

Avanzó por las colchonetas con sus ojos plateados posados en mí.

—Asegúrate de ponértela todas las noches. Los moretones deberían desaparecer en un par de días.

Siempre puedes ayudar a ponérmela otra vez, pero no dije eso. Retrocedí, intentando mantener un espacio entre nosotros.

—Sí, *sensei*.

Aiden se detuvo frente a mí.

—Será mejor que te vayas. El Ministro y sus Guardias llegarán pronto, y se espera que todos los del Covenant se reúnan para recibirle.

Gruñí. Todos llevarían algún tipo de uniforme del Covenant y nadie me había dado uno.

—Voy a parecer un…

Aiden me puso las manos en los brazos, acabando con mi sentido común. Me quedé mirándole fijamente, imaginándome en un escenario de lo más salvaje, en el que me atraía hacia él y me besaba como los hombres musculosos de los libros obscenos que leía mi madre.

Me levantó y me dejó en el suelo, a unos metros de las colchonetas. En cuclillas, comenzó a enrollarlas. Ahí se acabaron mis fantasías.

—¿Qué vas a parecer? —me preguntó.

Me pasé las manos por los brazos.

—¿Qué se supone que me voy a poner? Voy a llamar la atención y todo el mundo me mirará.

Me miró a través de las pestañas.

—¿Desde cuándo te molesta que todo el mundo te mire?

—Buen argumento. —Le sonreí y me alejé de un salto—. Nos vemos luego.

Cuando llegué a la sala común, todo el mundo estaba entusiasmado con lo de esta noche.

No fue Lucian quien hizo que Caleb se paseara por la habitación. Incluso Lea parecía nerviosa mientras se retorcía un mechón de pelo entre los dedos. A ninguno de nosotros nos importaba mucho Lucian en particular, pero como Ministro del Consejo tenía mucho poder sobre los puros y los mestizos. Nadie entendía por qué un Ministro venía al Covenant en verano, cuando la mayoría de los estudiantes estaban fuera.

Yo seguía ocupada imaginándome a Aiden como un pirata, haciéndome perder la cabeza.

—¿Tú no sabes nada? —preguntó Luke.

Antes de que pudiese responder, Lea se metió en la conversación.

—¿Cómo iba a saberlo? Lucian apenas se preocupa por ella.

La miré con indiferencia.

—¿Se suponía que eso debía herir mis sentimientos o algo así?

Se encogió de hombros.

—Mi madrastra me visita todos los domingos. ¿Por qué no te ha visitado Lucian?

—¿Y tú qué sabes?

Su mirada era socarrona.

—Lo sé.

—Te estás tirando a uno de los Guardias, ¿verdad? —La miré con el ceño fruncido—. Eso explicaría que siempre sepas tanto.

Lea entrecerró los ojos, como un gato cuando ve un ratón.

Riéndome, aposté por Clive, un Guardia joven que había estado presente el primer día que llegué al Covenant. Era guapo, le gustaba fijarse en las chicas más jóvenes, y lo había visto rondando las residencias unas cuantas veces.

—Tal vez Lucian venga a sacarte del Covenant. —Lea se estudió las uñas—. Siempre pensé que encajarías mejor con los esclavos.

Como si nada, me incliné hacia delante y tomé una de las revistas más gruesas. La lancé a la cabeza inclinada de Lea. Con los reflejos de una mestiza, la tomó antes de que le diese.

—Gracias. Necesitaba algo para leer. —La hojeó.

Cuando se acercaban las siete, volví a mi habitación para prepararme. Doblado en la mesita de té había un uniforme verde oliva del Covenant. Abrí los ojos de par en par cuando agarré el uniforme y una pequeña nota. La abrí con dedos temblorosos:

He tenido que imaginarme tu talla.

Nos vemos esta noche.

Sonreí y miré por dentro de los pantalones para descubrir que eran de mi talla. No había forma de detener el calor que me invadió. Lo que Aiden había hecho significaba mucho para mí. Esta noche parecería que pertenecía al Covenant de verdad.

En lugar de los uniformes negros característicos de los Centinelas entrenados, los estudiantes llevaban uniformes verdes con el mismo corte que los uniformes del ejército. Y tenían todos esos bolsillos y ganchos para llevar armas, cosa que me gustaba mucho.

Me di una ducha rápida, y después de ponerme el uniforme sentí un subidón. Habían pasado años desde que me lo había puesto, y había veces que pensaba que no volvería a hacerlo. Al girarme frente al espejo, tuve que decir que la ropa verde me sentaba bien.

Emocionada, me recogí el pelo en una coleta y salí para reunirme con Caleb. Juntos, nos dirigimos al campus principal, y una divertida oleada de nostalgia me recorrió cuando entramos en el edificio más grande de la academia.

Había evitado la sección de la academia desde que volví, sobre todo porque era donde Marcus tenía su despacho. También me parecía injusto exponerme a todos esos recuerdos si en uno o dos meses decidían no dejar que me quedara.

Por supuesto, Caleb pensaba que las cosas iban muy bien y Marcus me permitiría quedarme, pero yo no estaba tan segura. Ni siquiera lo había visto desde el día que había pasado por el gimnasio y me había dejado en ridículo. Estaba segura de que le había causado una impresión imborrable. Ahora que lo pienso, no me extraña que Aiden estuviera tan preocupado por lo que pudiera decirle a Lucian.

Sacudí la cabeza y eché un vistazo a la multitud que llenaba el majestuoso vestíbulo de la academia. Parecía que todos los Guardias y Centinelas estaban presentes, de pie bajo las estatuas de las nueve musas. Las nueve musas del Olimpo, hijas de Zeus y Mnemosyne, o de quienquiera que fuera con la que se hubiera enrollado. ¿Quién sabía? El dios se movía bastante.

Los Guardias se alineaban en cada esquina y bloqueaban todas las salidas, con aspecto pétreo y feroz. Los Centinelas se situaron en el centro, mostrándose fieros y preparados para la batalla.

Como era de esperar, enseguida encontré a Aiden. Estaba entre Kain y Leon. En mi opinión, esos tres eran los más peligrosos de todos ellos.

Aiden levantó la vista y su mirada se encontró con la mía. Me hizo un pequeño gesto con la cabeza, y aunque no dijo nada, sus ojos hablaron por él. Aquella mirada tenía algo de orgullo y cariño. Tal vez incluso pensara que yo le daba un toque al uniforme de cadete. Empecé a sonreír, pero Caleb me llevó lejos de ellos, a la izquierda de los Centinelas, donde estaban los estudiantes. Conseguimos apretujarnos junto a la obsesión secreta de Caleb: Olivia. Qué oportuno.

Sonrió.

—Me preguntaba si ibais a venir.

Caleb dijo algo incoherente, con las mejillas sonrojadas de un color rojizo. Me di la vuelta por vergüenza y ni siquiera pude captar la respuesta de Olivia. Pobre Caleb.

—Estás guapa, Alex —susurró Jackson.

Nunca fallaba. El único chico que no quería que se fijara en mí siempre lo hacía. Lo miré y forcé una sonrisa.

—Gracias.

Parecía como si pensara que de verdad apreciaba su cumplido, pero entonces entró Lea y, lo juro, se las arregló para que el uniforme le quedara lo más ajustado posible. Miré el mío y noté que mis piernas no se veían ni de lejos tan bien como las suyas. Zorra.

La vi merodear junto a los Guardias y curvar los labios hacia uno de ellos antes de meterse entre Luke y Jackson. Murmuró algo, pero ya me había llamado la atención algo más sorprendente que lo bien que se le veían las piernas.

Los sirvientes mestizos permanecían detrás del báculo, quietos y callados. Fila tras fila de monótonas túnicas grises y pantalones blancos desteñidos hacían que fueran casi indistinguibles unos de otros. Desde que regresé al Covenant, solo había visto a algún sirviente por aquí o por allá. Su trabajo era ser invisibles, pasar inadvertidos. O tal vez eso era lo que nos habían inculcado a los mestizos libres, que teníamos que ignorar su presencia. Dioses, eran muchos y todos tenían el mismo aspecto: ojos vidriosos, expresiones vacías y un círculo toscamente tatuado con una línea que lo atravesaba en la frente. Marcarlos de forma tan visible garantizaba que todos supieran cuál era su posición en el sistema de castas. De repente me di cuenta.

Podría convertirme en uno de ellos.

Tragándome la aguda punzada de pánico, miré al frente justo a tiempo para ver a mi tío caminar por el centro de la estancia y ponerse de pie con las manos cruzadas tras la espalda. No había ni un mechón de pelo castaño despeinado en la cabeza de Marcus, y el traje oscuro que llevaba parecía estar tan fuera de lugar. Incluso los Instructores que estaban presentes iban peor vestidos que él, con uniformes del Covenant.

Las enormes puertas de cristal y mármol se abrieron y entraron los Guardias del Consejo. No pude evitar el pequeño grito ahogado que se me escapó. Era un espectáculo impresionante para la vista, con uniformes blancos y expresiones brutales. Luego entraron los miembros del Consejo. En realidad, solo entraron dos de ellos deslizándose detrás de los Guardias. No tenía ni idea de quién era la mujer, pero reconocí al hombre de inmediato.

Vestido con una túnica blanca, Lucian no había cambiado nada desde la última vez que lo había visto. Todavía tenía el pelo de color negro ridículamente largo y su rostro parecía tan inexpresivo como el de un daimon. Era innegable que era un hombre apuesto, como todos los puros, pero había algo en él que me desagradaba.

Ese aire de arrogancia se le ajustaba como una segunda piel. Cuando se acercó a Marcus, torció los labios en una sonrisa artificial. Los dos se saludaron. Marcus incluso se inclinó un poco. Gracias a los dioses, no esperaban que hiciéramos ninguna de esas tonterías. Si fuera así, alguien tendría que obligarme a arrodillarme con una patada.

Lucian era un Ministro, pero no era un dios. Ni siquiera era de la realeza. Solo era un puro con un montón de poder. Oh, y prepotencia. No podía olvidarme de eso. Para empezar, nunca entendería lo que mamá había visto en él.

¿Dinero, poder y prestigio?

Suspiré. Nadie era perfecto, ni siquiera ella.

Varios Guardias más siguieron a Lucian y a la mujer, que comprendí que era la otra Ministra. Todos los Guardias eran idénticos al primer grupo, excepto uno. Era diferente, muy diferente de todos los mestizos de aquí.

El aire abandonó la sala en cuanto él entró en el edificio.

Era alto, tal vez incluso tan alto como Aiden, pero no podía estar segura. Llevaba el pelo rubio recogido en una pequeña coleta, mostrando unos rasgos increíblemente perfectos y una tez dorada. Vestía todo de negro, como los Centinelas. En otras circunstancias, en las que no me hubiera dado cuenta de lo que era, habría dicho que estaba buenísimo.

—Madre mía —murmuró Luke.

Una fina corriente de electricidad impregnó la sala, recorriéndome la piel y luego atravesándome.

Me estremecí y di un paso atrás, tropezándome con Caleb.

—El Apollyon —dijo alguien detrás de mí. ¿Tal vez Lea? No tenía ni idea.

En efecto, impresionante.

El Apollyon iba detrás de Lucian y de Marcus, a una distancia prudencial. No los atosigaba, pero podía reaccionar ante cualquier amenaza que percibiera. Todos nos quedamos mirándole, impresionados por su mera presencia.

Sin darme cuenta, di otro paso atrás cuando el grupo se acercó a nosotros. No sé qué me pasó, pero de repente quería estar lo más lejos posible… y necesitaba estar aquí mismo más que nada en este mundo. Bueno… tal vez no más que nada, pero muy cerca.

No quería mirarle, pero no podía dejar de hacerlo. Se me revolvió el estómago cuando nuestras miradas se cruzaron. Sus ojos tenían el color más extraño que jamás había visto y, a medida que se acercaba, me di cuenta de que no era mi imaginación. Tenía los ojos del color del ámbar, casi iridiscentes.

Mientras seguía mirándome, pasó algo. Comenzó como una línea tenue que se deslizaba por sus brazos y se oscurecía hasta alcanzar un color negro como la tinta al llegarle a los dedos. Entonces, de repente, la fina línea se extendió por el tono dorado de su piel y se transformó en un montón de diseños en espiral. El tatuaje se desplazó y cambió, llegando hasta debajo de la camiseta y extendiéndose a lo largo del cuello hasta que los dibujos intrincados le cubrieron el lado derecho de la cara. Las marcas significaban algo. No tenía ni idea de qué. Cuando pasó junto a nosotros, solté un suspiro ahogado.

—¿Estás bien? —Caleb me miró con el ceño fruncido.

—Sí. —Me eché el pelo hacia atrás con manos temblorosas—. Era…

—Jodidamente sexi —Elena se volvió hacia mí, los ojos le bailaban de emoción—. ¿Quién diría que el Apollyon sería tan guapo?

Caleb hizo una mueca.

—Es el Apollyon, Elena. No deberías hablar así de él.

Arrugué las cejas.

—Pero esas marcas…

Elena miró mal a Caleb.

—¿Qué marcas? ¿Y qué más da si digo que está bueno? Dudo de que se ofenda.

—¿Qué quieres decir? —Aparté a Caleb—. ¿No habéis visto esos… tatuajes? Aparecieron de la nada. Le cubrían todo el cuerpo y la cara.

Elena frunció los labios mientras me miraba a los ojos.

—No vi nada. Tal vez me quedé atrapada en esos labios.

—Y ese culo —intervino Lea.

—Esos brazos —añadió Elena.

—¿Vais en serio? —Los fulminé con la mirada—. ¿No visteis ningún tipo de tatuaje?

Negaron con la cabeza.

Los chicos, a excepción de Luke, parecían bastante disgustados con el escándalo que estaban armando Elena y Lea. Yo también. Exasperada, me giré y me tropecé directamente con Aiden.

—¡Vaya! Lo siento.

Levantó las cejas.

—No te vayas muy lejos. —Fue todo lo que dijo.

Caleb me apartó a un lado.

—¿Qué es todo eso?

—Ah, Lucian quiere hablar conmigo o algo así.

Se estremeció.

—Eso va a ser incómodo.

—Deja de tomarme el pelo. —Por un momento olvidé los tatuajes del Apollyon.

Aunque hubiese querido, no pude ir muy lejos. Nuestro pequeño grupo llegó al frente y al sol poniente. Todo el mundo parecía estar hablando del Apollyon. Nadie esperaba que estuviera aquí ni sabía cuánto tiempo llevaba siendo uno de los Guardias de Lucian. Dado que Lucian había fijado su residencia en la isla principal, parecía que alguien debería haber sabido antes de la presencia del Apollyon. Esa pregunta dio paso a otra mucho más interesante.

—El Apollyon suele estar por ahí cazando daimons. —Luke se subió a la barandilla—. ¿Por qué habrá sido reasignado para proteger a Lucian?

—Quizás esté pasando algo. —Los ojos de Caleb se desviaron hacia el edificio—. Algo gordo. Quizás hayan amenazado a Lucian.

—¿Por qué? —Fruncí el ceño, apoyándome en una de las columnas—. Siempre está rodeado de un montón de guardias. Ni un solo daimon podría acercarse a él.

—¿A quién le importa? —Lea se relamió el labio inferior y suspiró—. El Apollyon está aquí y está bueno. ¿Acaso tenemos que preocuparnos por algo más?

Fruncí el ceño.

—Vaya. Algún día serás una Centinela excelente.

Se burló de mí.

—Al menos *yo seré* Centinela algún día.

Entrecerré los ojos hacia Lea, pero el incesante movimiento nervioso de Olivia atrajo mi ira.

—¿Qué pasa contigo?

Olivia levantó la mirada, con los ojos color chocolate muy abiertos.

—Lo siento. Es que… ahora estoy muy nerviosa. —Se estremeció y se rodeó la cintura con los brazos—. No sé cómo podéis decir que está bueno. No me malinterpretéis, pero es el Apollyon. Todo ese poder da miedo.

—Todo ese poder es sexi. —Lea se echó hacia atrás, cerró los ojos y suspiró—. ¿Te imaginas cómo es en…?

Las puertas detrás de nosotros se abrieron y Aiden me hizo un gesto para que me acercara. En los escalones de abajo, alguien emitió un ruido sordo. Lo ignoré y dejé atrás a mi pequeño grupo de enemigos y amigos.

—¿Tan pronto? —pregunté una vez dentro.

Asintió.

—Supongo que quieren acabar con esto de una vez.

—Oh. —Seguí a Aiden escaleras arriba—. Oye. Gracias por el uniforme. —El recuerdo de él consiguiéndolo para mí me hizo sonreír.

Miró por encima del hombro.

—No ha sido molestia. Te queda bien.

Alcé las cejas y el corazón me dio un vuelco.

Ruborizado, Aiden apartó la mirada.

—Quiero decir… me alegro de verte con el uniforme.

Mi sonrisa alcanzó proporciones épicas. Lo alcancé y subí las escaleras junto a su alto cuerpo.

—Así que… ¿el Apollyon?

Aiden se puso rígido.

—No tenía ni idea de que iba a estar con Lucian. Su reasignación debe haber ocurrido no hace mucho.

—¿Por qué?

Me dio un codazo en el brazo.

—Hay algunas cosas que no puedo contarte, Alex.

Normalmente me habría negado a eso, pero la forma en que lo dijo, en tono burlón, hizo que me sintiera despreocupada y divertida.

—Eso no es justo.

Aiden no respondió, y subimos un par de pisos en silencio.

—¿Sentiste… algo cuando entró Seth?

—¿Seth?

—El Apollyon se llama Seth.

—Oh. Es un nombre aburrido. Debería llamarse de una forma más interesante.

Soltó una carcajada por lo bajo.

—¿Cómo debería llamarse pues?

Me lo pensé un rato.

—No sé. Un nombre que sonase a griego, o al menos un nombre increíble.

—¿Cómo lo habrías llamado tú?

—No lo sé. Al menos un nombre guay. Tal vez Apolo. ¿Lo entiendes? Apolo. Apollyon.

Aiden se rio.

—De todos modos, ¿sentiste algo?

—Sí… fue extraño. Casi como una corriente eléctrica o algo así.

Asintió, todavía con una sonrisa.

—Es el éter que tiene. Es muy poderoso.

Nos acercamos al último piso y me pasé una mano por la frente. Las escaleras eran una mierda.

—¿Por qué lo preguntas?

—Parecías un poco ida. Es algo incómodo la primera vez que estás cerca de él. Te habría advertido si me hubiera enterado de que iba a estar aquí.

—Eso no fue lo más inquietante.

—¿Hum?

Respiré hondo.

—Los… tatuajes fueron lo más inquietante. —Le observé con atención. Su reacción me diría si estaba loca o algo.

Aiden se detuvo por completo.

—¿Qué?

Oh, cielos, estaba loca.

Bajó un escalón.

—¿Qué tatuajes, Alex?

Tragué saliva ante la mirada que me dirigió.

—Me pareció ver unas marcas en él. Al principio no estaban, pero luego sí. Supongo que habrá sido mi imaginación.

Aiden exhaló despacio, con los ojos fijos en mi cara. Extendió la mano, alisándome un mechón de pelo que se había quedado suelto. Puso una mano en mi mejilla y, en ese momento, no había nada más importante que el hecho de que me tocara. Aturdida, le miré con atención.

Demasiado rápido, bajó la mano y sus ojos se encontraron con los míos. Pude ver que había varias cosas que quería decir, pero por alguna razón, no podía.

—Tenemos que irnos. Marcus está esperando. Alex, intenta ser tan amable como puedas, ¿vale?

Empezó a subir las escaleras y me apresuré a alcanzarle.

—Entonces, ¿estaba imaginándome cosas?

Aiden lanzó una mirada significativa a los Guardias al final del pasillo.

—No lo sé. Hablaremos sobre eso más tarde.

Frustrada, le seguí al despacho de Marcus. Lucian no había llegado todavía y Marcus estaba sentado detrás de su gran y viejo escritorio. Tenía el mismo aspecto que en el vestíbulo, pero sin la chaqueta.

—Ven. Toma asiento. —Me hizo un gesto para que avanzara.

Atravesé el despacho, aliviada de que Aiden no me dejara sola. No se sentó a mi lado, sino que permaneció junto a la pared en el mismo sitio en el que había estado la primera vez que me encontré frente a Marcus.

La situación no pintaba bien, pero no tenía mucho tiempo para pensar en ello. Incluso de espaldas a la puerta, lo supe cuando el grupo de Lucian se acercó al despacho, pero no hizo que se me erizaran los pelos de los brazos. En el momento en que el Apollyon entró en la habitación con mi padrastro, todo el oxígeno se evaporó.

Luchando contra la necesidad casi imperiosa de mi cuerpo de darme la vuelta, me aferré a los brazos de la silla. No quería ver a Lucian y no quería mirar al Apollyon.

Aiden se aclaró la garganta y levanté la cabeza. Marcus me miraba con los ojos entrecerrados. *Oh… mierda.* Sentí las piernas extrañamente entumecidas cuando me obligué a ponerme en pie.

Por el rabillo del ojo vi a Seth colocarse junto a Aiden. Le hizo al sangre pura un gesto con la cabeza, que Aiden devolvió. Como no vi aquellos tatuajes, me permití levantar la cabeza.

Al instante, nuestros ojos se encontraron. Su mirada no era aduladora. Me estaba mirando, pero no como la mayoría de los hombres. En vez de eso, me estudiaba. Tan cerca como estábamos, me di cuenta de que era joven. No me lo esperaba. Con todo ese poder y su reputación, esperaba a alguien mayor, pero tenía que tener más o menos mi edad.

Y en verdad era… guapo. Bueno, tan guapo como puede serlo un hombre. Pero su belleza era fría y pura, como si lo hubieran fabricado para que tuviera un aspecto concreto, pero los dioses se hubieran olvidado de darle un toque de humanidad, de vida.

Sentí las miradas de los demás, y cuando miré a Aiden, parecía perplejo mientras nos observaba a Seth y a mí. Marcus… bueno, se mostraba expectante, como si estuviera esperando a que pasara algo.

—Alexandria. —Asintió en dirección a Lucian.

Reprimí el impulso de gruñir en voz alta y levanté la mano, retorciendo los dedos hacia el Ministro del Consejo.

—Hola.

Alguien, Aiden o Seth, sonó como si se hubiera tragado una carcajada. Pero entonces ocurrió lo más inesperado. Lucian se acercó y me rodeó con los brazos. Me quedé congelada, con los brazos pegados a los lados con torpeza, mientras el olor a hierbas e incienso invadía mis sentidos.

—Oh, Alexandria, me alegra tanto volver a verte. Después de tantos años, y todo ese miedo y preocupación, estás aquí. Los dioses han respondido a nuestras plegarias. —Lucian se apartó, pero siguió con las manos en mis hombros. Recorrió cada centímetro de mi rostro con sus ojos oscuros—. Por todos los dioses… te pareces tanto a Rachelle.

No tenía la más remota idea de qué hacer. De todas las reacciones que había esperado, esta no había sido una posibilidad. En el pasado, siempre que había estado cerca de Lucian, me había mirado con un frío desdén. Esta extraña muestra de afecto me dejó sin palabras.

—En cuanto Marcus me avisó de que te habían encontrado sana y salva, me alegré. Le dije a Marcus que tenía sitio en mi casa para ti. —Los ojos de Lucian volvieron a posarse en los míos, y había algo en esa cálida mirada que no me daba confianza—. Habría venido antes, pero estaba atendiendo asuntos del Consejo, ¿sabes? Pero tu antigua habitación... de cuando te quedabas con nosotros... sigue intacta. Quiero que vuelvas a casa, Alexandria. No hace falta que vivas aquí.

En ese momento me quedé con la boca abierta y me pregunté si, en los últimos tres años, lo habrían cambiado por un sangre pura más amable.

—¿Qué?

—Seguro que Alexandria está abrumada por la felicidad que siente —comentó Marcus con indiferencia.

Volvió a oírse ese sonido ahogado y empecé a sospechar que Seth era el culpable. Aiden estaba demasiado bien entrenado para meter la pata dos veces. Miré a Lucian.

—Estoy... confundida.

—¿Confundida? Me lo imagino. Después de todo por lo que has pasado. —Lucian me soltó los hombros, pero luego me agarró la mano. Intenté que no se me notara la vergüenza—. Eres demasiado joven para sufrir tanto como has sufrido. La marca... nunca desaparecerá, ¿verdad, cariño?

Me llevé la mano al cuello, cohibida.

—No.

Asintió con simpatía y me condujo a las sillas. Me soltó la mano, reajustándose la túnica mientras tomaba asiento. Me dejé caer en la otra silla.

—Tienes que venir a casa. —Los ojos de Lucian se clavaron en los míos—. No tienes que esforzarte para alcanzar a los demás. Ya no te conviene esta vida. He hablado con Marcus largo y tendido. Puedes asistir al Covenant en otoño como estudiante, pero no hace falta que entrenes.

No debí haber oído bien. Los mestizos no asistían al Covenant como estudiantes. Entrenaban o iban a la servidumbre.

Marcus se sentó con lentitud; su mirada brillante se clavó en mí.

—Alexandria, Lucian te está ofreciendo la oportunidad de tener una vida muy diferente.

No pude evitarlo. La risa empezó en mi garganta y salió a borbotones.

—Esto… esto es una broma, ¿verdad?

Lucian intercambió una mirada con Marcus.

—No. Esto no es una broma, Alexandria. Sé que no siempre estuvimos muy unidos cuando eras más joven, pero después de todo lo que ha pasado, he visto en qué te he fallado como padre.

Volví a reírme, ganándome una mirada de desaprobación por parte de Marcus.

—Lo siento. —Jadeé mientras trataba de controlarme—. Esto no es lo que esperaba.

—No tienes que disculparte, hija mía.

Me atraganté.

—Tú no eres mi padre.

—¡Alexandria! —advirtió Marcus.

—¿Qué? —Miré a mi tío—. No lo es.

—Está bien, Marcus. —La voz de Lucian se llenó de un acero bañado en terciopelo—. Cuando Alexandria era pequeña, yo no era nadie importante para ella. Dejaba que mi propia amargura lo dominara todo. Pero ahora, todo parece tan simple. —Se volvió para mirarme—. Si hubiera sido una mejor figura paterna, tal vez habrías pedido ayuda cuando tu madre te llevó.

Me pasé una mano por la cara, sintiendo que había entrado en un mundo distinto en el que Lucian no era un imbécil y en el que aún tenía a alguien que técnicamente era de la familia y que se preocupaba por mí.

—Pero eso es pasado, querida. He venido a llevarte de vuelta a casa. —Lucian me dedicó una sonrisa de labios finos—. Ya he hablado con Marcus y estamos de acuerdo en que, dadas las circunstancias, sería lo mejor.

Salí de mi estado de aturdimiento.

—Esperad. Me estoy poniendo al día, ¿no es así? —Me giré hacia atrás en el asiento—. Aiden, me estoy poniendo al día, ¿verdad? Estaré lista en otoño.

—Sí. —Miró más allá de mí, a Marcus—. Más rápido de lo que hubiera creído posible, la verdad.

Emocionada porque no me había arrojado a los lobos, me volví hacia mi tío.

—Puedo hacerlo. Tengo que ser Centinela. No quiero otra cosa. —La voz se me quebró de desesperación—. No puedo hacer otra cosa.

Por primera vez desde que conocía a Marcus, parecía dolido de verdad, como si estuviera a punto de decir algo que no quería.

—Alexandria, no se trata del entrenamiento. Soy consciente de tus progresos.

—¿Entonces de qué se trata? —No me importaba que hubiera testigos de mi estado de pánico. Las paredes se cerraban y ni siquiera entendía por qué.

—Te cuidarán —Lucian trató de parecer tranquilizador—. Alexandria, ya no puedes ser una Centinela. No con un conflicto de intereses tan atroz.

—¿Qué? —Miré a un lado y a otro entre mi tío y mi padrastro—. No hay ningún conflicto de intereses. ¡Yo tengo más motivos que nadie para ser Centinela!

Lucian frunció el ceño.

—Tienes más motivos que nadie para *no* ser Centinela.

—Ministro... —Aiden se adelantó y entrecerró los ojos en dirección a Lucian.

—Sé que has trabajado duro con ella y te lo agradezco, St. Delphi. Pero no puedo permitir esto.

Lucian levantó una mano.

—¿Qué crees que pasará cuando se gradúe? ¿Una vez que deje la isla?

—Eh, ¿cazaré y mataré daimons?

Lucian se volvió hacia mí.

—¿Cazar y matar daimons? —Palideció más de lo normal, que ya era mucho, y se volvió hacia Marcus—. No lo sabe, ¿verdad?

Marcus cerró los ojos un momento.

—No. Creímos… que sería lo mejor.

Un malestar me recorrió la espalda.

—¿Saber el qué?

—Irresponsable —espetó Lucian. Bajó la cabeza y se apretó el puente de la nariz.

Me puse en pie de un salto.

—¿Saber *qué*?

Marcus levantó la vista, con el rostro demacrado y pálido.

—No hay una forma fácil de decir esto. Tu madre no está muerta.

CAPÍTULO 11

No había nada más que esas palabras.

Marcus se levantó y rodeó el escritorio. Se detuvo frente a mí. La mirada de dolor había vuelto, pero esta vez también estaba mezclada con simpatía.

El tictac del reloj de pared y el suave ruido de los motores del acuario llenaron la habitación. Nadie habló; nadie apartó los ojos de mí. No supe cuánto tiempo pasé allí de pie mirándole mientras intentaba unir las piezas de lo que había dicho. Al principio, nada tenía sentido. La esperanza y la incredulidad se entremezclaron, luego una comprensión aterradora al entender la mirada compasiva que había cruzado su rostro. Seguía viva, pero…

—No… —Me aparté de la silla, intentando poner distancia entre sus palabras y yo—. Estás mintiendo, la vi. El daimon la vació, y yo la toqué. Estaba tan… tan fría.

—Alexandria, lo siento, pero…

—¡No! Es imposible. ¡Estaba muerta!

Aiden estaba a mi lado, me puso una mano en la espalda.

—Alex…

Me zafé de su agarre. Su voz —*oh, dioses*— su voz lo decía todo. Y cuando lo miré, vi la tristeza grabada en su llamativo rostro y lo supe.

—Alex, había otro daimon. Lo sabes. —La voz de Marcus se elevó por encima de la sangre que me inundaba los oídos.

—Sí, pero... —Recordé lo asustada que estaba. Sollozando e histérica, la había zarandeado y le había rogado que se despertara, pero no se había movido.

Y entonces escuché algo más que venía de fuera.

Presa del pánico, me atrincheré en la habitación y agarré el dinero. En ese momento, todo se emborronaba. Tuve que huir. Era lo que mamá tenía previsto que hiciera si alguna vez ocurría algo así.

El corazón me tartamudeó y dio un vuelco.

—¿Todavía... todavía estaba viva? Dios mío. La abandoné. —Quería vomitar sobre los zapatos pulidos de Marcus—. ¡La abandoné! ¡Podría haberla ayudado! ¡Podría haber hecho algo!

—No. —Aiden se acercó a mí, pero retrocedí—. No podías hacer nada.

—¿Lo hizo el otro daimon? —Miré a Marcus, exigiendo una respuesta.

Asintió.

—Suponemos que sí.

Empecé a temblar.

—No. Mamá no se convertiría... es imposible. Estáis todos equivocados.

—Alexandria, tú sabes cómo podría haberse hecho.

Marcus tenía razón.

La energía que el daimon le pasó estaba contaminada. Habría sido una adicta desde el primer momento. Era una forma cruel de convertir a un sangre pura, despojándolo de su libre albedrío.

Quería gritar y llorar, pero me dije a mí misma que podía soportarlo. El ardor de mis ojos me decía que era una mentirosa. Me volví hacia Marcus.

—¿Es... un daimon?

Algo parecido al dolor cruzó su rostro por lo demás estoico.

—Sí.

Me sentí atrapada en esta habitación con casi desconocidos. Mis ojos recorrieron sus rostros. Lucian parecía aburrido de la situación, algo sorprendente teniendo en cuenta su anterior muestra de afecto y apoyo. A Aiden parecía que le costaba mantener una expresión de indiferencia. Y Seth… bueno, estaba observándome, como era de esperar. Supuse que estaba esperando a que me pusiera como una loca.

Podría haberle dado eso. Estaba a un paso de un ataque de pánico.

Tragué saliva contra el nudo que tenía en la garganta e intenté frenar los latidos desenfrenados que sentía en el pecho.

—¿Cómo lo sabes?

—Es mi hermana. Si estuviera muerta, lo sabría.

—Podrías equivocarte. —En mi susurro había un pequeño resquicio de esperanza. La muerte era mejor que la alternativa. No había vuelta atrás una vez que un puro se convertía en daimon. Ningún poder ni súplica, ni siquiera los dioses, podrían arreglarlo.

Marcus negó con la cabeza.

—La vieron en Georgia. Justo antes de encontrarte.

Me di cuenta de que le dolía, puede que tanto como a mí. Después de todo, era su hermana. Marcus no era tan impasible como pretendía ser.

Entonces el Apollyon habló.

—Dijiste que su madre fue vista en Georgia. ¿No estaba Alexandria en Georgia cuando la encontrasteis? —Tenía un acento extraño, casi musical.

Me volví despacio hacia él.

—Sí. —Aiden frunció el ceño.

Parecía que Seth lo estaba considerando.

—¿A nadie le parece extraño? ¿Podría ser que su madre la recordase? ¿Que la estuviera siguiendo?

Una mirada extraña cruzó el rostro de Marcus.

—Somos conscientes de esa posibilidad.

No tenía sentido. Cuando un puro se convertía, no le importaban las cosas de su vida anterior. O, al menos, eso era lo que creíamos. Pero tampoco era que nadie se tomara la molestia de interrogar a un daimon. Se les mataba en el acto. Sin hacer preguntas.

—Crees que su madre la recuerda. ¿Es posible que incluso la esté buscando? —preguntó Seth.

—Existe esa posibilidad, pero no podemos estar seguros. Que estuviera en Georgia podría ser una coincidencia. —Las palabras de Marcus sonaron falsas.

—¿Una coincidencia que estuviera en Georgia junto a los otros dos daimons que la perseguían? —preguntó Aiden. Marcus frunció el ceño, pero Aiden continuó—: Ya sabes lo que pienso de esto. No sabemos cuánto conservan los daimons de sus vidas anteriores. Existe la posibilidad de que esté buscando a Alex.

La habitación se tambaleó y cerré los ojos con fuerza. ¿Me buscaba? No como mi madre, sino como un daimon. ¿Para qué? Las posibilidades me asustaron... me asquearon.

—Razón de más para sacarla del Covenant, St. Delphi. Bajo mi cuidado, Alexandria estará protegida por los Guardias del Consejo y el Apollyon. Si Rachelle la está cazando, entonces estará más segura conmigo.

Cuando abrí los ojos, me di cuenta de que estaba de pie en medio de la estancia. Cada respiración que tomaba dolía. La necesidad de sucumbir a las lágrimas estaba ahí, pero me obligué a reprimirla, hasta el fondo. Levanté la barbilla y miré a Marcus a los ojos.

—¿Sabes dónde está ahora?

Marcus enarcó las cejas y se volvió hacia Lucian, que tardó un segundo en responder.

—Tengo a varios de mis mejores Centinelas buscándola.

Asentí.

—¿Y todos... todos creéis que saber que mi madre... es un daimon me impedirá ser una buena Centinela?

Se produjo una pausa.

—No todos estamos de acuerdo, pero sí.

—No puedo ser la primera persona que se enfrenta a eso.

—Claro que no —dijo Marcus—, pero eres joven, Alexandria, y tú...

Se me volvió a cortar la respiración.

—¿Que soy qué? —¿Ilógica? ¿Distraída? ¿Molesta? Esas eran algunas de las cosas que estaba sintiendo ahora mismo.

Sacudió la cabeza.

—Las cosas son diferentes para ti, Alexandria.

—No. No lo son. —Sentí que se me quebraba la voz—. Soy una mestiza. Mi deber es matar daimons no importa lo que pase. Esto no me afectará. Mi madre está muerta para mí.

Marcus me miró a los ojos.

—Alexandria...

—¿La obligará a salir del Covenant, Ministro? —preguntó Seth.

—No la obligaremos a irse —intervino Marcus, con los ojos fijos en mí.

Lucian se giró hacia Marcus.

—Ya lo habíamos acordado, Marcus. —Su voz, crispada, sonó grave—. Necesita estar bajo mi cuidado.

Sabía que estaba diciendo muchísimas más cosas. Observé a Marcus considerar lo que fuera que no decía.

—Puede quedarse en el Covenant. —Marcus mantuvo la mirada fija—. Nada peligrará si se queda aquí. Podemos hablar de esto más tarde, ¿no te parece?

Abrí los ojos al ver cómo el Ministro se rendía ante Marcus.

—Sí. Discutiremos esto con todo lujo de detalles.

Marcus asintió antes de volverse hacia mí.

—El trato original sigue en pie, Alexandria. Tendrás que demostrarme que estás preparada para asistir a clase en otoño.

Dejé escapar el aliento que había estado conteniendo.

—¿Algo más?

—No. —Me giré para irme, pero Marcus hizo que me detuviese—. Alexandria... siento lo que ha ocurrido. Tu madre... no se merecía esto. Y tú tampoco.

Era una disculpa sincera, pero no significó nada para mí. Estaba paralizada por dentro, y no quería nada más que estar lejos de todos ellos. Salí del despacho con la cabeza alta, sin mirar a nadie. Incluso adelanté a los Guardias, que seguro que lo habían oído todo.

—Alex, espera.

Luchando por controlar el ciclón de emociones que me invadía, me di la vuelta. Aiden me había seguido. Le hice una advertencia con una mano temblorosa.

—No.

Se estremeció.

—Alex, deja que te lo explique.

Por encima del hombro, vi que no estábamos solos. Los Guardias estaban junto a las puertas cerradas del despacho de Marcus, y también el Apollyon. Nos observaba con indiferencia.

Bajé la voz.

—Lo supiste todo este tiempo, ¿verdad? Sabías lo que le había pasado a mi madre en realidad.

Le tembló la mandíbula.

—Sí. Lo sabía.

El dolor estalló en mi pecho. Una parte de mí esperaba que no lo hubiera sabido, que no me lo hubiera ocultado. Di un paso adelante.

—¿Hemos estado juntos todos los días y nunca se te ha pasado por la cabeza decírmelo? ¿Pensaste que no tenía derecho a saber la verdad?

—Claro que pensaba que tenías derecho, pero no era lo mejor para ti. Sigue sin serlo. ¿Cómo podrías concentrarte en entrenar, en prepararte para matar daimons, cuando sabes que tu madre es una de ellos?

Abrí la boca, pero no salió nada. ¿Cómo iba a concentrarme ahora?

—Siento que hayas tenido que enterarte así, pero no me arrepiento de habértelo ocultado. Podríamos haberla encontrado y habernos deshecho del problema sin que lo supieras. Ese era el plan.

—¿Ese era el plan? ¿Matarla antes de que descubriera que estaba viva? —Alcé la voz con cada palabra—. ¿Me dices que confíe en ti? ¿Cómo demonios puedo confiar en ti ahora?

Aquellas palabras dieron de lleno en él. Dio un paso atrás, pasándose una mano por el pelo.

—¿Qué te hace sentir saber lo que es tu madre? ¿Qué te hace pensar?

En el fondo de mi garganta ardieron lágrimas de dolor. Iba a romperme delante de él. Empecé a retroceder.

—Por favor. Déjame en paz. Dejadme todos en paz.

Esta vez, cuando me di la vuelta, nadie me detuvo.

Mareada, me metí en la cama. Una sensación nauseabunda se apoderó de mí. Una parte de mí quería creer que todos estaban equivocados y que mamá no era un daimon.

Se me revolvió el estómago y me acurruqué contra mí misma. Mamá estaba ahí fuera, en alguna parte, y estaba matando gente. Desde el momento en que se convirtió, la necesidad de alimentarse de éter la habría consumido. Nada más le importaría. Incluso si me recordaba, no sería de la misma manera.

Salí corriendo de la cama y apenas llegué a tiempo al baño. Caí de rodillas, me agarré a los lados del inodoro y vomité hasta que el cuerpo me tembló. Cuando terminé, no tenía fuerzas para mantenerme en pie.

Me arremoliné en un caos de pensamientos. *Mi madre es un daimon.* Los Centinelas estaban ahí fuera, cazándola. Pero no podía sustituir su cálida sonrisa por la de un daimon. Era mi madre.

Me aparté del retrete y apoyé la cabeza entre las rodillas. En algún momento llamaron a la puerta, pero ignoré el sonido. No quería ver a nadie, no quería hablar con nadie. No sé cuánto tiempo me quedé allí. Pudieron ser minutos u horas. Me propuse no pensar y limitarme a respirar. Respirar era fácil, pero no pensar era imposible.

Al final, me levanté y me quedé mirando mi propio reflejo.

Mamá me devolvió la mirada, lo único distinto eran los ojos, lo único que no compartíamos. Pero ahora... ahora tendría las cuencas vacías y la boca llena de dientes afilados.

Y si volvía a verme, no me sonreiría ni me abrazaría. No me cepillaría el pelo como solía hacerlo. No habría lágrimas de felicidad. Puede que ni siquiera supiera mi nombre.

Intentaría matarme.

Y yo intentaría matarla a ella.

Capítulo 12

El domingo por la tarde, ya no podía seguir escondiéndome en mi habitación. Harta de pensar, harta de estar sola, y harta de mí misma. En algún momento del último día, había recuperado el apetito y estaba hambrienta.

Conseguí llegar a la cafetería antes de que cerrara las puertas. Por suerte, estaba vacía y pude comerme tres porciones de pizza fría en paz. La comida se instaló en una bola densa en mi estómago, pero me las arreglé para acabar con un cuarto trozo.

El profundo silencio de la cafetería me envolvió. Sin nada que hacer, el eterno murmullo de mis pensamientos resurgió. *Mamá. Mamá. Mamá.* Desde el viernes por la noche, solo podía pensar en ella.

¿Pude haber hecho algo de otra forma? ¿Podría haber evitado que se convirtiese en un monstruo? Si no hubiese entrado en estado de pánico después del ataque, quizá habría podido contener al otro daimon. Podría haber salvado a mi madre de un destino tan horrible.

La culpa hizo que se me agriara la comida en el estómago. Me levanté de la mesa y salí justo cuando uno de los sirvientes entraba para cerrar. Había unos cuantos chicos por el patio, pero nadie a quien conociese mucho.

No sé por qué acabé en la sala de entrenamiento principal. Eran más de las ocho, pero nunca cerraban estas salas, aunque las armas se aseguraban después de las sesiones. Me detuve ante uno de los maniquíes que se utilizaban para practicar con cuchillos y para algún que otro combate de boxeo.

La inquietud se apoderó de mí mientras contemplaba la figura tan realista. Pequeñas muescas y surcos marcaban el cuello, el pecho y el abdomen. Eran las zonas donde los mestizos estaban entrenados para golpear: el plexo solar, el corazón, el cuello y el estómago.

Pasé los dedos por las hendiduras. Las armas del Covenant estaban muy afiladas, diseñadas para cortar la piel de un daimon con rapidez y causar el mayor daño posible.

Observé las zonas de ataque marcadas en rojo, lugares donde golpear o dar patadas si tenía que enfrentarme a un daimon en un combate cuerpo a cuerpo. Me recogí el pelo en un moño desordenado. Aiden me había dejado practicar con los maniquíes unas cuantas veces, tal vez porque se había cansado de que le diera patadas.

El primer puñetazo que lancé hizo retroceder al maniquí un centímetro, quizá dos. Pamplinas. El segundo y tercer golpe lo hicieron retroceder un par de centímetros más, pero no me sirvió de nada. El remolino de emociones me presionaba, exigiéndome que cediera. *Sucumbir. Aceptar la oferta de Lucian. No arriesgarme a enfrentarme a mamá. Dejar que otro se encargara.*

Di un paso atrás, apoyé las manos en los muslos.

Mi madre era un daimon. Como mestiza estaba obligada a matarla. Como su hija estaba obligada a… ¿qué? La respuesta se me había resistido todo el fin de semana. ¿Qué se suponía que debía hacer?

Matarla. Huir de ella. Salvarla de alguna manera.

Se me escapó un chillido de frustración cuando giré la pierna y conecté con el centro del maniquí. El maniquí retrocedió un par de metros y, cuando se abalanzó sobre mí, lo ataqué:

balanceándome, dando puñetazos y patadas. Mi rabia y mi incredulidad crecían con cada golpe.

No era justo. Nada de esto lo era.

El sudor me caía a chorros, mojándome la camisa hasta que se me pegó a la piel y los pelos rebeldes se me adhirieron a la nuca. No podía parar. La violencia brotaba de mí, convirtiéndose en algo tangible. Podía saborear la ira en el fondo de mi garganta, espesa y densa como la bilis. Sintonicé con ella. Me convertí en ella.

La rabia fluyó a través de mí y de mis movimientos hasta que mis patadas y golpes se volvieron tan precisos que, si el maniquí hubiera sido una persona de verdad, estaría muerta. Solo entonces me sentí satisfecha. Retrocedí a trompicones, me pasé la mano por la frente y me di la vuelta.

Aiden estaba en la puerta.

Se acercó, se detuvo en el centro de la sala y adoptó la misma posición que solía adoptar durante nuestras sesiones de entrenamiento. Llevaba vaqueros, algo con lo que rara vez lo veía.

Aiden no dijo nada mientras me observaba. No sabía qué estaba pensando o por qué estaba allí. No me importaba. La ira seguía hirviendo en mi interior. De algún modo, imaginé que era lo que se sentía al ser un daimon, como si una fuerza invisible controlara todos mis movimientos.

Fuera de control, ahora sí que estaba fuera de control. Sin decir una palabra, recorrí la distancia que nos separaba. Una mirada cautelosa cruzó su rostro.

No había ningún pensamiento detrás de aquello, solo una ira abrumadora y un dolor salvaje. Eché el brazo hacia atrás y le di un puñetazo en la mandíbula. Sentí un dolor intenso en los nudillos.

—¡Mierda! —Me agaché y volví a llevarme la mano al pecho. No pensé que dolería tanto. Lo peor era que apenas lo había golpeado.

Se volvió hacia mí como si no acabara de darle un puñetazo en la cara y frunció el ceño.

—¿Eso ha hecho que te sintieras mejor? ¿Ha cambiado algo para ti?

Me enderecé.

—¡No! Querría volver a hacerlo.

—¿Quieres pelear? —Se apartó, inclinando la cabeza hacia mí—. Entonces pelea conmigo.

No tuvo que decírmelo dos veces. Me lancé contra él. Bloqueó el primer golpe, pero la ira me hacía más rápida de lo que él había imaginado. El lado ancho de mi brazo se deslizó más allá de sus bloqueos, dándole un golpe en el pecho. No se inmutó, ni un poquito. Pero el placer se disparó en mi interior, impulsándome hacia adelante. Ardiendo de rabia y de otra emoción casi salvaje, luché más intensamente y mejor de lo que nunca lo había hecho en los entrenamientos.

Nos rodeamos, intercambiamos golpes. Aiden no iba con todo, y eso no hizo más que enfadarme. Ataqué con más fuerza, haciéndole retroceder por las colchonetas. Sus ojos brillaron con un peligroso tono plateado cuando tuve el puño a centímetros de su nariz. Era una mala forma de apuntar por encima del pecho, pero al diablo.

—Ya basta. —Aiden me apartó.

Pero no bastaba. Nunca *bastaría*. Fui a usar uno de los movimientos ofensivos que me había enseñado unos días atrás. Aiden se movió y me atrapó en pleno lance, derribándome sobre la colchoneta. Una vez que me tuvo en el suelo se balanceó sobre los talones.

—Sé que estás enfadada. —Ni siquiera estaba sin aliento. En cambio, yo estaba jadeando—. Sé que estás confundida y dolida. Lo que sientes es inconcebible.

El pecho me subía y bajaba a toda velocidad. Intenté incorporarme, pero él me empujó hacia abajo con una mano.

—Sí, ¡estoy enfadada!

—Tienes todo el derecho a estarlo.

—¡Deberías habérmelo dicho! —El ardor que sentía en los ojos aumentó—. ¡Alguien debería habérmelo dicho! Si no Marcus, entonces deberías habérmelo dicho tú.

Giró la cabeza.

—Tienes razón.

Las palabras que pronunció en voz baja no me tranquilizaron. Todavía oía cómo decía que no se arrepentía de no habérmelo dicho, que era lo mejor. Después de un rato, bajó las manos a la altura de los muslos.

Mal movimiento.

Me levanté de la colchoneta y agarré su sedosa cabellera. Un movimiento de cría total, pero en algún punto del camino, me perdí en la ira.

—¡Para! —Atrapó mis muñecas con facilidad. En realidad, fue vergonzoso lo rápido que me redujo. Esta vez me inmovilizó contra la colchoneta—. Para, Alex —dijo de nuevo, mucho más bajo.

Eché la cabeza hacia atrás, dispuesta a plantar el pie en algún sitio cuando nuestras miradas se cruzaron. Y entonces me detuve, con su cara a escasos centímetros de la mía. El ambiente cambió cuando una de las emociones salvajes que se arremolinaban en mi interior consiguió liberarse y salir a la superficie.

La presión de su delgado torso y de sus piernas contra las mías me hizo pensar en otras cosas: cosas que no tenían nada que ver con luchar o matar, pero que implicaban sudar, sudar mucho. Me costaba respirar mientras seguíamos mirándonos fijamente. Las ondas oscuras le habían caído hacia los ojos. No se movía, y yo no podría ni aunque hubiese querido. No lo hice. Dioses, no quería moverme nunca. Vi el momento en que reconoció el cambio en mí. Algo se modificó en sus ojos y entreabrió los labios.

Solo era un flechazo estúpido e inofensivo. Incluso mientras levantaba la cabeza y acercaba mis labios a escasos centímetros de los suyos, seguía diciéndome eso. No lo deseaba. No tanto, no más que cualquier otra cosa que hubiera deseado alguna vez en la vida.

Lo besé.

Al principio, no fue un gran beso. Apenas rocé mis labios con los suyos, y cuando no se apartó... presioné más fuerte. Aiden se quedó demasiado aturdido para hacer nada durante unos segundos. Pero entonces me soltó las muñecas y deslizó las manos por mis brazos.

El beso se hizo más profundo, lleno de pasión y rabia. También había frustración, mucha frustración. Entonces Aiden se apretó contra mí, y ya no era yo la que lo besaba. Sus labios se movieron contra los míos, y me recorría la piel con los dedos. Después de unos segundos, rompió el beso y se separó de mí.

A varios metros de distancia, Aiden se agachó sobre las puntas de los pies. Su respiración fuerte llenaba el espacio entre nosotros. Tenía los ojos muy abiertos, dilatados hasta ser casi negros.

Me incorporé y retrocedí. Lo que había hecho atravesó la espesa bruma que nublaba mis pensamientos. No solo le había dado un puñetazo en la cara a un sangre pura, sino que también lo había besado. Oh... *oh, Dios*. Me sonrojé; todo mi cuerpo se sonrojó.

Aiden se levantó poco a poco.

—No pasa nada. —Tenía la voz ronca—. Estas cosas suceden... cuando estás bajo mucho estrés.

¿Estas cosas suceden? No estaba muy de acuerdo.

—Yo... no puedo creer que haya hecho eso.

—Es solo estrés. —Permaneció a una distancia prudencial—. Está bien, Alex.

Me puse de pie de un salto.

—Creo que debería irme ya.

Entonces empezó a avanzar, pero se detuvo en seco, receloso de acercarse más.

—Alex... está bien.

—Ya, el maldito estrés, ¿eh? Vaya. No pasa nada. Todo está genial. —Retrocedí, mirando a todas partes menos a él—. Necesitaba eso, ¡no lo último! O lo de cuando te di el puñetazo. Pero lo de cuando estaba... ya sabes, trabajando en mi agresividad... y esas cosas. Muy bien... nos vemos mañana. —Hui de la habitación, del edificio.

Fuera, entre el aire espeso y húmedo de la noche, me di un golpe en la frente y gruñí.

—Oh, por todos los dioses. —En algún lugar detrás de mí se abrió una puerta, así que empecé a recorrer el camino de nuevo.

En realidad, no estaba prestando atención a por dónde iba. La conmoción y la vergüenza no describían bien lo que sentía. La palabra «mortificación» no me convencía. Tal vez *podría* culpar al estrés. Quería reírme, pero también quería llorar.

¿Sería capaz de olvidar esto? Dioses, no podía creerme que lo hubiera besado de verdad. Ni podía creerme que hubiera habido un momento en el que él me había besado de vuelta, que se había apretado contra mí de una manera que decía que lo había deseado tanto como yo. Tenía que ser producto de mi imaginación.

Necesitaba un nuevo entrenador. Necesitaba un nuevo entrenador ya. No había forma de que pudiera enfrentarme a él de nuevo sin derrumbarme y desfallecer. De ninguna manera y...

Alguien se paró delante de mí. Me moví a un lado para evitar a quien fuera, pero la persona me bloqueó el camino. Cabreada por no poder enfurruñarme en privado, solté un improperio sin levantar la vista.

—¡Dioses! Lárgate de mi... —Las palabras murieron en mis labios.

El Apollyon estaba de pie frente a mí.

—Bueno, buenas noches a ti también. —Curvó los labios en una sonrisa despreocupada.

—Eh… lo siento, no te había visto. —O *sentido*, lo que era raro teniendo en cuenta las dos veces que lo había sentido antes de verlo.

—Es obvio. Estabas mirando al suelo como si te hubiese hecho algo horrible.

—Sí, estoy teniendo un mal fin de semana… que no quiere acabar. —Lo esquivé, pero se volvió a poner delante de mí—. Discúlpame. —Usé la que probablemente haya sido la voz más dulce de mi vida. Después de todo, era el Apollyon.

—¿Podrías dedicarme unos minutos de tu tiempo?

Miré alrededor del patio vacío, sabiendo que no podía negarme.

—Claro, pero tengo que ir de vuelta a mi residencia pronto.

—Entonces iré contigo hasta allí y así podremos hablar.

Asentí, sin tener ni la más remota idea acerca de qué podía querer hablar conmigo. Le hice un gesto cansado para que se moviera.

—Te he estado buscando. —Se puso a mi lado—. Al parecer, has estado escondida en tu residencia, y tus amigos me han dicho que no se permite la entrada a los chicos. Yo no soy la excepción, lo cual me parece extraño y muy irritante. Las normas estúpidas del Covenant no deberían afectarme.

Fruncí el ceño, sin saber qué me asustaba más: que supiera quiénes eran mis amigos o que me estuviera buscando. Ambas cosas me resultaban igual de espeluznantes. Podría partirme el cuello como si fuera una rama. Era el Apollyon, *nadie* quería que él lo buscara.

—Así que he estado esperando a que volvieras a aparecer.

Esto sí que *era* extraño. Sentí su mirada, pero mantuve los ojos clavados en el frente.

—¿Por qué?

Seth se puso a mi lado con facilidad.

—Quiero saber qué eres.

Me quedé helada y tuve que mirarle. Estaba bastante cerca, sin llegar a tocarme. La verdad es que parecía que no quería hacerlo. La cautela se reflejaba en sus facciones mientras me observaba.

—Soy una mestiza.

Arqueó una ceja rubia.

—Vaya. No tenía ni idea de que fueras una mestiza, Alexandria. Estoy sorprendido.

Le miré con los ojos entrecerrados.

—Llámame Alex. ¿Por qué lo preguntas?

—Sí, lo sé. Todo el mundo te llama por ese nombre de chico. —Curvó el labio superior y la frustración inundó su voz—. En fin, sabes que no es eso lo que te estoy preguntando. Quiero saber qué eres.

Enfadar al Apollyon quizá no fuera lo más inteligente, pero mi humor estaba en algún punto entre la mierda y la real mierda. Me crucé de brazos.

—Soy una chica. Tú eres un chico. ¿Eso te aclara las cosas?

Una de las comisuras de la boca se le torció.

—Gracias por la lección de género. Siempre he tenido dudas cuando se trata de las partes de un niño y las de una niña, pero una vez más, no es eso lo que estoy preguntando. —Dio un paso adelante, inclinando la cabeza hacia un lado—. Allá por mayo, Lucian solicitó mi presencia en el Consejo. Te encontraron casi al mismo tiempo. Me parece raro.

El instinto me pedía a gritos que diera un paso atrás, pero me negué.

—¿Y?

—No creo en las coincidencias. La orden de Lucian tiene que ver contigo. Así que eso plantea una pregunta muy importante.

—¿Cuál es?

—¿Qué tiene de especial una chiquilla cuya madre es un daimon? —Me rodeó. Me giré, siguiendo sus pasos—. ¿Por qué Lucian me quiere aquí ahora y no antes? Tú estabas justo en el despacho del decano. No serías la primera mestiza, ni la primera pura incluso, en enfrentarse a un ser querido o a un amigo en el campo de batalla. ¿Qué te hace tan especial?

La indignación se apoderó de mí.

—No tengo ni idea. ¿Por qué no vas y le preguntas?

Varios mechones cortos se escaparon de la cinta de cuero y le cayeron en la cara.

—Dudo de que Lucian esté siendo sincero.

—Lucian no tiene por qué ser sincero.

—Tú lo deberías saber. Es tu padrastro.

—Lucian no es nada para mí. Lo que viste en ese despacho fue raro. Seguro que estaba colocado o había tomado metanfetaminas.

—¿Entonces no te molestará que diga que es un imbécil engreído?

Me aguanté la risa.

—No.

Curvó los labios en una media sonrisa.

—Pretendo averiguar por qué me alejaron de la caza para proteger a una chica…

Levanté las cejas.

—No me estás protegiendo a mí. Estás protegiendo a Lucian.

—¿Es eso? ¿Por qué Lucian me iba a necesitar como Guardia? Rara vez deja el Consejo y siempre está rodeado por varias líneas de protección. Un Guardia novato podría ayudarle. Esto es hacerme perder el tiempo.

Tenía razón, pero yo no tenía ninguna respuesta para darle. Me encogí de hombros y empecé a caminar de nuevo, esperando que no me siguiera, pero lo hizo.

—Así que te lo preguntaré otra vez. ¿Qué eres?

Las dos primeras veces que me hizo la pregunta simplemente me molestó, pero la tercera vez consiguió que hurgara en mi cerebro y me hizo recordar algo. Pensé en la noche en la fábrica. ¿Qué había dicho el daimon después de marcarme? Me detuve, frunciendo el ceño mientras las palabras flotaban hacia la superficie. «¿Qué eres?». Me llevé la mano al cuello, rozándome la piel ultrasuave de la cicatriz.

Seth entrecerró los ojos.

—¿Qué pasa?

Levanté la vista.

—Sabes, no eres la primera persona que me pregunta eso. Un daimon me lo preguntó… después de marcarme.

El interés se reflejó en su rostro.

—Quizá necesite morderte para averiguarlo.

Me llevé la mano al costado y le miré. Estaba de broma, pero aun así me extrañó.

—Buena suerte con eso.

Esta vez sonrió, mostrando una hilera de dientes blancos y perfectos. Su sonrisa no era como la de Aiden, pero era bonita.

—No pareces tenerme miedo.

Respiré hondo.

—¿Por qué debería tenerlo?

Seth se encogió de hombros.

—Todo el mundo me tiene miedo. Hasta Lucian, hasta los daimons me tienen miedo. Pueden sentirme, sabes, y aunque sepan que soy la muerte para ellos, vienen corriendo directos a mí. Soy como una cena de lujo para ellos. No pueden dejarme pasar.

—Ya… y yo soy como comida rápida —murmuré, recordando lo que había dicho el daimon de Georgia.

—Puede… o puede que no. ¿Quieres oír algo extraño?

Miré a mi alrededor, buscando una salida. El estómago se me revolvió otra vez.

—La verdad es que no.

Se acomodó los mechones sueltos de pelo detrás de la oreja.

—Sabía que estabas aquí. No tú, por así decirlo. Pero sabía que había alguien diferente. Lo sentí ahí fuera, antes de entrar en el vestíbulo. Era como una atracción magnética. Me fijé en ti de inmediato.

Cuanto más hablaba con él, más extraña me sentía.

—Oh...

—Nunca me había pasado. —Desplegó los brazos y se acercó a mí. Di un salto hacia atrás. La irritación hizo que bajara la comisura de los labios.

Había muchas razones por las que no quería que me tocase. Alarmada porque fuese a hacerlo, solté lo primero que se me ocurrió.

—Vi tus tatuajes.

Seth se quedó inmóvil, con un brazo extendido hacia mí. La sorpresa brilló en su rostro antes de que su brazo cayera y de repente se mostró receloso. Demonios, ya no parecía que quisiera tocarme... o compartir el mismo código postal que yo. Esta vez se echó atrás.

Debería haberme alegrado, pero eso no hizo más que aumentar el manojo de nervios que se estaba formando en mi vientre.

—Yo... tengo que irme. Es tarde.

La súbita ráfaga de aire me hizo levantar la cabeza. Seth se movió rápido, quizá más rápido que Aiden, y ahora estaba otra vez en mi espacio personal.

—¿Lo que dijiste en el despacho del decano iba en serio? ¿Que tu madre estaba muerta para ti? ¿De verdad lo piensas?

Sorprendida por la pregunta, no respondí.

Se inclinó más hacia mí, con voz grave pero melódica.

—Si no, más te vale no enfrentarte nunca a ella, porque te matará.

CAPÍTULO 13

Al día siguiente, el entrenamiento fue bastante incómodo. Aiden se pasó todo el rato fingiendo que yo no le había agredido física y sexualmente, lo que creó en mí una serie de emociones contradictorias. Una parte de mí se alegraba de que no sacara el tema. Y la otra parte… bueno, esa parte me escocía. Aunque no tenía ningún sentido, quería que reconociera lo que había pasado entre nosotros.

Pero llevé la rabia al entrenamiento. Peleé mejor e hice más bloqueos que nunca. Aiden elogió mi técnica de una manera muy profesional, cosa que me molestó. Cuando enrollamos las colchonetas al final del entrenamiento, me sentía confrontada.

—Anoche… me encontré con Seth. —La palabra «anoche» quizá tuviera más peso que cualquier otra cosa que pudiera decir. Aiden se puso tenso, pero no respondió—. Quiere saber por qué Lucian le envió al Consejo.

Aiden se enderezó y se pasó las manos por los muslos.

—No debería cuestionar sus órdenes.

Arqueé una ceja.

—Cree que tiene algo que ver conmigo.

Entonces me miró, con un rostro increíblemente inexpresivo.

—¿Tiene algo que ver?

No hubo respuesta.

—¿Tiene algo que ver con lo que le pasó a mi madre? —Apreté los puños ante su continuo silencio—. Anoche dijiste que tenía todo el derecho a saber qué le había pasado a mi madre. Así que creo que tengo todo el derecho a saber qué demonios está pasando. ¿O vas a mentirme otra vez?

A eso sí que respondió.

—Nunca te mentí, Alex. Omití la verdad.

Puse los ojos en blanco.

—Sí, eso no es mentir.

La irritación apareció en sus facciones.

—¿Crees que me gustó saber lo que le pasó a tu madre? ¿Que disfruté viendo lo dolida que estabas cuando te enteraste?

—No se trata de eso.

—Se trata de que estoy aquí para entrenarte. Para prepararte para asistir a clases en otoño.

—Y para nada más, ¿eh? —El dolor que afloró avivó mi cólera—. ¿Ni siquiera tienes la poca consideración de decirme qué está pasando cuando es tan evidente que sabes lo que está pasando?

La incertidumbre le ensombreció el rostro. Sacudió la cabeza y se pasó una mano por el pelo. Las ondas oscuras le caían sobre la frente como de costumbre.

—No sé por qué el Ministro mandó a Seth al Consejo. Solo soy un Centinela, Alex. No estoy al tanto de las operaciones internas del Consejo, pero… —Respiró hondo—. No confío del todo en tu padrastro. Su actuación en el despacho de Marcus fue… inusual.

De todas las cosas que esperaba que dijera, me sorprendió que admitiera eso. Disipó algo de mi ira, aunque no toda.

—¿Qué crees que está tramando?

—Es todo lo que sé, Alex. Si fuera tú… tendría cuidado con Seth. Los Apollyons a veces pueden ser inestables, peligrosos.

Se sabe que pierden la cabeza, y si está enfadado porque lo hayan reubicado…

Asentí, pero en realidad no estaba preocupada por eso. Aiden se fue sin decir mucho más. Decepcionada, salí de la sala de entrenamiento y me encontré con Caleb fuera.

Nos miramos.

—Así que… ¿supongo que te has enterado? —Intenté sonar tranquila. Caleb asintió, con los ojos azul cielo llenos de tristeza—. Alex, lo siento. No está bien, no es justo.

—No lo es —susurré.

Como sabía cómo era yo con ese tipo de cosas, lo dejó pasar. No volvimos a sacar el tema, y el resto de la noche fue como si todo siguiera igual que siempre. Mamá no era un daimon, y no estaba ahí fuera drenando puros. Era más fácil seguir adelante, fingir que todo iba bien. Funcionó durante un rato.

Un par de días después, se cumplió mi deseo de tener un nuevo entrenador. Bueno… casi. Cuando abrí las puertas dobles de la sala principal de entrenamiento Aiden no estaba solo. Kain estaba de pie a su lado, parecía recordar con claridad nuestra última sesión.

Fui caminando cada vez más despacio mientras miraba del uno al otro.

—¿Hola…?

La expresión en la cara de Aiden era ilegible; una expresión que se había vuelto común desde que lo había besado.

—Kain va a ayudarnos a entrenar tres días a la semana.

—Oh. —Me sentí dividida entre estar emocionada por aprender cualquier cosa que Kain pudiera enseñarme y decepcionada de que alguien más estorbara en *mi* tiempo con Aiden.

La verdad es que tenía mucho que aprender de Kain. No era tan rápido como Aiden, pero yo había llegado a anticipar sus movimientos. Con Kain, era todo nuevo. Al final de la sesión, me sentí un poco mejor con el cambio en el entrenamiento, pero aún me preocupaba que la reaparición de Kain tuviera algo que ver con el beso.

Kain no fue el único que volvió a aparecer. Durante la semana siguiente, Seth merodeó por el campus, dejándose ver en la sala de descanso, la cafetería y la sala de entrenamiento. Me resultaba imposible evitarlo, que había sido mi plan. Ya era bastante malo enfrentarse a Kain solo con la vigilancia de Aiden, pero tener al Apollyon de por medio era una mierda.

Por suerte, hoy era el día libre de Kain. Había acompañado a un grupo de puros a una escapada de fin de semana. Me sentí mal por él. Ayer, se había pasado la mayor parte del entrenamiento quejándose de ello. Era un cazador nato, no una niñera. Yo también estaría enfadada si me hubieran asignado esa tarea.

En el entrenamiento, por fin habíamos dejado atrás las técnicas de bloqueo y estábamos trabajando diferentes tipos de derribos. A pesar de que le había plantado cara a Aiden varias veces a lo largo del día, fue muy paciente conmigo. Dejando a un lado las mentiras sobre mi madre, el chico tenía que ser una especie de santo.

—Lo has hecho muy bien esta semana. —Me dedicó una sonrisa titubeante mientras nos dirigíamos a la salida.

Sacudí la cabeza.

—Kain me dio una paliza en el entrenamiento de ayer.

Aiden empujó la puerta y me la sostuvo. Por lo general, dejaba las puertas abiertas de par en par, pero últimamente solía cerrarlas.

—Kain tiene más experiencia que tú, pero te defendiste bien.

Curvé los labios hacia arriba. Por triste que fuera, vivía para esos momentos en los que elogiaba lo que había mejorado.

—Gracias.

Asintió.

—¿Crees que te ayuda trabajar con Kain?

Nos detuvimos ante las puertas que daban al exterior. Me sorprendió que me pidiera mi opinión.

—Sí… tiene tácticas distintas a las tuyas. Creo que ayuda que puedas ver lo que estoy haciendo mal y me guíes paso a paso.

—Bien. Es lo que esperaba.

—¿En serio? —dije—. Pensaba que era porque… da igual. Aiden entrecerró los ojos.

—Sí. ¿Por qué, si no, iba a querer que Kain nos ayudase?

Horrorizada y avergonzada por haber ido por ahí sin querer, me di la vuelta.

—Eh… olvida lo que he dicho.

—Alex —dijo mi nombre de esa manera tan dulce y con infinita paciencia. Contra mi voluntad, me volví hacia él—. Traer a Kain no tiene nada que ver con esa noche.

Quería correr y esconderme. También quería buscarme un bozal.

—¿No tiene nada que ver?

—No.

—Con respecto a esa noche… —Respiré hondo—. Siento haberte pegado y… lo otro.

Su mirada se volvió más plateada que gris.

—Acepto tus disculpas por haberme pegado.

No me había dado cuenta hasta entonces, pero estábamos tan cerca que nuestros zapatos se rozaban.

—¿Y qué pasa con lo otro?

Entonces Aiden sonrió, dejando ver sus hoyuelos marcados. Me rozó con el brazo mientras daba la vuelta y abría la puerta.

—No tienes que disculparte por lo otro.

Tropecé con la intensa luz del sol.

—¿No?

Sacudió la cabeza, aún con una sonrisa, y se marchó sin más. Confundida y un poco obsesionada por lo que *aquello* podía significar, me reuní con mis amigos para cenar y descubrí que nuestra nueva incorporación estaba otra vez en nuestra mesa. Se me borró la sonrisa al ver la cara de asombro que Caleb ponía cada vez que hablaba con Seth.

Ni siquiera me miraron cuando me senté a la mesa con ellos. Todos parecían estar absortos por lo que fuera que Seth les estuviera contando. Yo parecía ser la única que no estaba impresionada por él.

—¿A cuántos has matado? —Caleb se inclinó hacia delante.

¿No habían hablado ya de esto? *Ah, sí. Ayer.* Reprimí un suspiro de hastío.

Seth se reclinó en la silla de plástico, con una pierna apoyada en el borde de la mesa.

—A más de veinte.

—Guau. —Elena suspiró, con una mirada de pura admiración brillándole en los ojos.

Puse los ojos en blanco y le di un bocado al asado reseco.

—¿No sabes el número exacto? —Caleb enarcó las cejas—. Yo llevaría una lista con las fechas y las horas.

Aquello me pareció un poco morboso, pero Seth sonrió.

—Veinticinco. Hubieran sido veintiséis, pero el último cabrón se me escapó. —¿Había escapado del Apollyon? —Le di un sorbo a mi vaso de agua—. Qué vergüenza.

Caleb abrió los ojos como platos y, la verdad, no sé qué me había llevado a decir aquello, quizás el pequeño consejo que me dio la última vez que hablamos en privado. Seth pareció tomárselo con humor. Inclinó la botella de agua hacia mí.

—¿A cuántos has matado tú?

—A dos. —Me metí un bocado de carne en la boca.

—No está mal para una chica sin entrenamiento.

Sonreí con ganas.

—Nop.

Caleb me lanzó una mirada a modo de advertencia antes de volver a dirigirse a Seth.

—Así que… ¿cómo es lo de usar los elementos?

—Es genial. —Seth siguió mirándome—. Nunca me han marcado.

Me tensé y me llevé la mano a la boca. Auch.

—¿Qué se siente, Alex?

Me obligué a masticar la comida con lentitud.

—Oh… es maravilloso.

Se acercó lo suficiente para que pudiera sentir su aliento en el cuello. Me quedé paralizada.

—Tienes una cicatriz muy fea.

Se me cayó el tenedor y salpiqué puré de patatas por toda la mesa. Reuní mi mejor imagen de «princesa del hielo» y me enfrenté a su mirada.

—Estás en mi espacio personal, colega.

Esbozó una sonrisa juguetona.

—¿Y? ¿Qué vas a hacer al respecto? ¿Tirarme el puré de patatas? Qué miedo.

Darte un puñetazo en la cara. Eso era lo que quería decir y hacer, pero ni siquiera yo era tan tonta. En lugar de eso, le devolví la sonrisa.

—¿Qué haces aquí? ¿No se supone que deberías estar haciendo cosas importantes, como *¿cuidar* de Lucian?

Caleb y el resto de los chicos no captaron mi indirecta, pero él sí. La sonrisa se le borró de la cara y se puso de pie. Volviéndose hacia ellos, les hizo un gesto con la cabeza.

—Ha sido un placer hablar con todos vosotros. —Al salir, rozó a Olivia. La pobre chica parecía querer desmayarse.

—Dios mío, Alex. Es el Apollyon —siseó Elena.

Limpié el puré de patatas.

—Sí. ¿Y?

Dejó caer una servilleta sobre la mayor parte de las patatas.

—Podrías ser un poco más respetuosa con él.

—Estaba siendo respetuosa. Pero no estaba besándole el culo. —Levanté las cejas mientras la miraba.

—No estábamos besándole el culo. —Frunció el ceño mientras recogía el desastre.

Fruncí los labios.

—No fue lo que me pareció.

—Da igual. —Caleb exhaló con un silbido—. Quiero decir, vaya. Ha matado a veinticinco daimons. Puede manejar los cuatro elementos más el quinto, el *quinto*, Alex. Sí, le besaría el culo todo el día.

Ahogué un gruñido.

—Deberías fundar un club de fans. Elena puede ser tu vicepresidenta.

Sonrió satisfecho.

—Tal vez lo haga.

Menos mal que dejamos de hablar de Seth en cuanto Olivia se sentó a nuestra mesa. Caleb estaba demasiado feliz por verla, y mi mirada oscilaba entre los dos.

—¿Os habéis enterado? —Los ojos color café de Olivia se abrieron de par en par.

Me dio miedo preguntar.

—¿De qué?

Me lanzó una mirada nerviosa.

—Anoche hubo un ataque daimon en Lake Lure. El Consejo acaba de recibir la noticia. No pudieron dar con el grupo de puros y sus Guardias.

La información borró cualquier otra cosa de mi mente. No estaba pensando en mi comportamiento grosero hacia Seth o en lo que Aiden podría haber querido decir antes. Ni siquiera pensaba en mamá.

Elena ahogó un grito.

—¿Qué? Lake Lure está a solo cuatro horas de aquí.

Lake Lure era una pequeña comunidad donde a muchos puros les gustaba hacer escapadas. Igual que Gatlinburg, donde mi madre solía llevarme, debía estar bien vigilado. Era seguro. Al menos, eso era lo que nos habían dicho.

—¿Cómo ha podido pasar? —Odié cómo se escuchó mi voz.

Olivia negó con la cabeza.

—No lo sé, pero varios de los Guardias del Consejo se fueron con el grupo este fin de semana. Tenían al menos dos Centinelas entrenados.

Se me secó la boca. No. No podía ser el mismo grupo, el grupo del que Kain se había estado quejando por tener que hacer de niñera.

—¿Alguien que conozcamos? —Caleb se inclinó hacia mí.

Miró a su alrededor, bajando la voz.

—Mi madre no pudo contarme mucho más. Iba a investigar... la escena, pero dijo que Kain y Herc eran los dos Centinelas. No he escuchado nada sobre lo que les pasó, pero...

Los daimons no dejaban a los mestizos con vida.

Se hizo el silencio en la mesa mientras asimilábamos la noticia. Tragué saliva contra la repentina sensación de opresión que sentí en la garganta. Kain había estado dándome una paliza y bromeando conmigo ayer mismo. Era bueno y rápido, pero si había desaparecido, significaba que se lo habían llevado para merendárselo más tarde. Kain era un mestizo, así que no podía convertirse en daimon.

No. Sacudí la cabeza. *Escapó. Aún no lo han encontrado.*

Caleb apartó el plato. Ahora me gustaría no haber comido tanto. Las noticias hacían mella en la comida de mi estómago, pero todos fingíamos que eso no nos afectaba. Estábamos entrenándonos. Más o menos en un año, nos enfrentaríamos a estas cosas en persona.

—¿Qué hay de los puros? ¿Quiénes eran? —A Elena le temblaba la voz.

La mirada que cruzó su rostro me llenó de inquietud. De repente, entendí que no solo habíamos perdido a Kain.

—Había dos familias. —Olivia tragó saliva—. Liza y Zeke Dikti, y su hija Letha. La otra familia era... el padre y la madrastra de Lea.

Silencio.

Ninguno se movió. Creo que ni siquiera respiramos. Dioses, odiaba a Lea. La odiaba de verdad, pero sabía lo que se sentía. O al menos, solía saberlo. Caleb encontró la habilidad para hablar.

—¿Lea o su media hermana estaban con ellos?

Olivia negó con la cabeza.

—Dawn se quedó en casa y Lea está aquí; *estaba* aquí. Hace un rato, vi a Dawn. Había venido a buscarla.

—Esto es horrible. —El rostro de Elena palideció—. ¿Cuántos años tiene Dawn?

—Tiene unos veintidós. —Caleb se mordió el labio.

—Es lo bastante mayor como para ocupar el asiento de sus padres, pero quién… —Olivia se interrumpió.

Todos sabíamos lo que estaba pensando. ¿Quién querría ocupar un puesto en el Consejo de esa manera?

Cuando volví a mi residencia, encontré dos cartas pegadas a mi puerta. Una era un papel doblado y la otra un sobre. El papel contenía un mensaje escrito por Aiden en el que suspendía el entrenamiento de mañana debido a acontecimientos fortuitos. Era evidente que le habían llamado para investigar el ataque.

Doblé la nota y la dejé sobre la mesa. El sobre era algo totalmente distinto; era de mi padrastro bipolar. No leí la carta. Sin embargo, había varios billetes de cien dólares doblados en su interior. Me los quedé. La tarjeta se fue a la papelera.

Después de pasar el resto de la tarde pensando en lo que había pasado en Lake Lure, tuve problemas para dormir y me desperté demasiado temprano, con una agitación que me producía picores.

A la hora de comer, me enteré de que Seth también había viajado en coche durante cuatro horas con Aiden. A medida que pasaba el día, más información llegaba al Covenant. Olivia tenía razón. Habían masacrado a todos los puros que había en Lake Lure. A los sirvientes mestizos también. Buscaron en el lago y en los alrededores, pero solo encontraron a cuatro miembros del equipo de seguridad. Les habían drenado todo el éter. Los otros dos, entre ellos Kain, no habían sido encontrados.

Olivia, que se había convertido en nuestra principal fuente de información, nos puso al corriente de lo que sabía.

—Algunos de los fallecidos sufrieron múltiples marcas. Pero los mestizos que encontraron... estaban cubiertos de marcas daimon.

Leí la misma pregunta enfermiza en los rostros pálidos que había alrededor de la mesa: ¿por qué? De nacimiento, los mestizos tenían menos éter. ¿Por qué los daimons drenarían a un mestizo cuando tenían puros llenos de éter?

Tragué saliva.

—¿Sabes cómo sortearon a los Guardias?

Negó con la cabeza.

—Todavía no, pero había cámaras de seguridad alrededor de las cabañas, por lo que están esperando a que las imágenes de vídeo revelen algo.

A medida que avanzaba el día, algunos de los mestizos trataban de recuperar cierta normalidad, y ninguno de nosotros quería estar solo. Pero la actividad en las mesas de billar carecía de las risas habituales y las consolas estaban intactas frente a los televisores.

El ambiente sombrío empezó a afectarme. Me retiré a mi dormitorio después de cenar. Unas horas más tarde, llamaron a mi puerta con suavidad. Me levanté, esperando que fueran Caleb u Olivia.

Aiden estaba allí, y el corazón me dio un extraño vuelco que empezaba a odiar.

Hice una pregunta estúpida.

—¿Estás bien? —Claro que no. Me regañé mentalmente cuando entró y cerró la puerta.

—¿Te has enterado?

No tenía sentido mentir.

—Sí, me enteré anoche. —Me senté en el borde del sofá.

—Acabo de volver. Las noticias vuelan. —Nunca lo había visto tan agotado ni tan abatido. Parecía que se hubiera pasado las manos por el pelo muchas veces, y ahora lo llevaba en todas las direcciones. La necesidad de consolarlo casi me dominó, pero no podía hacer nada. Señaló el sofá.

—¿Puedo?

Asentí.

—Fue... muy malo, ¿verdad?

Se sentó y se apoyó las manos en las rodillas.

—Fue bastante malo.

—¿Cómo llegaron a ellos?

Aiden levantó la vista.

—Atraparon a uno de los puros en el exterior. Una vez que los daimons entraron... el ataque sorprendió a los Guardias. Había tres daimons... y los Centinelas... lucharon con todas sus fuerzas.

Tragué saliva. Tres daimons. En aquella noche de Georgia me sorprendió que estuvieran juntos. Aiden estaba pensando lo mismo.

—Los daimons están empezando a trabajar en grupo. Están mostrando un nivel de contención en sus ataques, una organización que nunca antes habían tenido. Dos de los mestizos han desaparecido.

—¿Qué crees que significa?

Negó con la cabeza.

—No estamos seguros, pero lo averiguaremos.

No dudaba de que lo haría.

—Siento... que tengas que lidiar con esto.

Una expresión seria cruzó su rostro. No se movió.

—Alex… hay algo que necesito decirte.

—Vale. —Quería creer que la seriedad de su voz se debía a todas las cosas difíciles con las que se había estado enfrentando durante todo el día.

—Había cámaras de vigilancia. Nos permitieron tener una idea bastante aproximada de lo que pasó fuera de la casa, pero no dentro. —Respiró hondo y levantó la cabeza. Nuestros ojos se encontraron—. He venido aquí primero.

Se me contrajo el pecho.

—Esto… esto va a ser duro, ¿verdad?

Aiden no se anduvo con rodeos.

—Sí.

El aire se quedó atascado en mis pulmones.

—¿Qué… pasa?

Giró su cuerpo hacia mí.

—Quería asegurarme de que estuvieras al tanto antes de que… alguien más lo supiera. No podemos evitar que la gente se entere. Había mucha gente allí.

—¿Vale?

—Alex, no hay una manera fácil de decir esto. Vimos a tu madre en las cámaras de vigilancia. Era uno de los daimons que los atacaron.

Me puse de pie, y luego volví a sentarme. Mi cerebro se negaba a procesar esto. Sacudí la cabeza mientras se repetían los mismos pensamientos. *No. No. No. Ella no… cualquiera menos ella.*

—¿Alex?

Sentí que no podía respirar. Esto era peor que ver la opacidad en sus ojos mientras yacía en el suelo, peor que oír que la habían convertido. Esto… esto era peor.

—Alex, lo siento mucho.

Tragué con dureza.

—¿Mató… mató a alguno de ellos?

—No podemos saberlo a menos que encontremos a alguno de los mestizos con vida, pero yo supondría que sí. Es lo que hace un daimon.

Pestañeé para contener las lágrimas ardientes. *No llores. No lo hagas.*

—¿Has… visto a Lea? ¿Está bien?

El asombro parpadeó en la cara de Aiden.

La risa que brotó de mi interior se escuchó temblorosa y rota.

—Lea y yo no somos amigas, pero yo… no querría…

—No querrías que ella pasara por esto. Lo sé. —Se acercó y tomó una de mis manos entre las suyas. Sentí sus dedos cálidos, fuertes y seguros.

—Alex, hay algo más.

Casi volví a reírme.

—¿Cómo puede haber algo más?

Apretó la mano alrededor de la mía.

—No puede ser una coincidencia que esté tan cerca del Covenant. Se acuerda de ti, no cabe duda.

—Oh. —Me detuve ahí, incapaz de ir más lejos. Me aparté de Aiden, mirándonos las manos. El silencio se extendió entre nosotros, y entonces él se inclinó y envolvió su otro brazo alrededor de mis hombros. Cada músculo de mi cuerpo se bloqueó. Incluso en un momento como este, podía reconocer lo mal que estaba esto. Aiden no debería ofrecerme ningún tipo de consuelo. Ni siquiera debería haber venido a decírmelo. Los mestizos y los puros no se consolaban los unos a los otros.

Pero con Aiden nunca me había sentido como una mestiza y nunca había pensado en él como un sangre pura.

Aiden murmuró algo que no pude entender. Sonaba a griego antiguo, el idioma de los dioses. No sé por qué, pero el sonido de su voz atravesó las barreras que estaba intentando levantar sin éxito. Me incliné hacia él y apoyé la cabeza en su hombro. Cerré los ojos para evitar el fuerte escozor. Respiraba con dificultad. No sé cuánto tiempo estuvimos así, él con la mejilla apoyada en la parte superior de mi cabeza y con los dedos entrelazados.

—Demuestras una fuerza increíble —murmuró, acariciándome el pelo que tenía alrededor de la oreja.

Me obligué a abrir los ojos.

—Oh... solo estoy guardándome todo esto para los años de terapia que me esperan más tarde.

—No te valoras lo suficiente. ¿Todo lo que has tenido que enfrentar? Eres muy fuerte. —Se apartó y me rozó la mejilla tan rápido que creí que me lo había imaginado—. Alex, tengo que ir a ver a Marcus. Me está esperando.

Asentí mientras me soltaba la mano y se levantaba.

—¿Podría... podría haber una posibilidad de que ella no los hubiera matado?

Aiden se detuvo junto a la puerta.

—Alex, no lo sé. Sería muy poco probable.

—¿Me... me lo dirás si encuentran a alguno de los mestizos con vida? —Sabía que era inútil.

Asintió.

—Sí. Alex... si necesitas cualquier cosa, dímelo. —Cerró la puerta con un clic a sus espaldas.

Una vez sola, me deslicé hasta el suelo y apoyé la cabeza contra las rodillas. Podía haber una posibilidad de que mamá no hubiera matado a nadie. Podía estar con los otros daimons porque no sabía qué más hacer. Tal vez estuviera confundida. Tal vez estuviera viniendo por mí.

Me estremecí, apretándome aún más. Me dolía el corazón. Sentía como si se estuviera rompiendo... otra vez. Había una mínima posibilidad de que no hubiera matado a nadie. Incluso yo sabía lo ridículo que era aferrarme a esa posibilidad, pero lo hice. Porque ¿qué otra cosa podía hacer? Las palabras de la abuela Piperi me resultaron más claras; no solo lo que había dicho, sino lo que no había dicho.

Por la razón que fuese, mamá había abandonado la seguridad de la comunidad para alejarme del Covenant, poniendo todo esto, este enorme desastre, en marcha. Durante esos tres años, ni una sola vez había pedido ayuda, nunca había puesto fin a la locura de vivir desprotegidas entre los mortales.

Se me pasaron por la cabeza las innumerables veces que no había hecho nada. En cierto modo, yo era responsable de lo que le había pasado. Peor aún: si ella había matado a esas personas inocentes, yo también era responsable de sus muertes.

No me temblaron las piernas cuando me puse en pie. Una idea me invadió la mente: tal vez la había concebido la noche en que me enteré de lo que le había ocurrido en realidad. Había una pequeña posibilidad de que no hubiera cometido crímenes horribles, pero si… si el daimon en el que se había convertido mi madre había matado a alguien, entonces, de un modo u otro, yo debía matarla. Ahora era mi responsabilidad, mi problema.

CAPÍTULO 14

En el entrenamiento del día siguiente, quise hacer como si todo estuviese bien. Funcionó hasta que hicimos un descanso y Aiden me preguntó cómo estaba.

Mantuve la voz clara.

—Estoy bien.

Entonces le di una paliza al maniquí.

Hacia el final del entrenamiento, una ráfaga de energía me recorrió la espalda justo antes de que Seth apareciera. Estaba junto a la puerta, y observaba en silencio. Tenía la sospecha de que estaba allí por mí. Gruñí, y me tomé mi tiempo para enrollar las colchonetas.

Aiden hizo un gesto con la cabeza en dirección a Seth.

—¿Va todo bien?

—¿Quién sabe? —Fruncí el ceño.

Aiden se enderezó y se puso en pie.

—¿Te ha estado molestando?

Una gran parte de mí quería decir que sí, pero en realidad, Seth no me había hecho nada. Y si lo hubiera hecho, ¿qué iba a hacer Aiden al respecto? Aiden era un Centinela, un guerrero brutal, pero Seth era el Apollyon. Mientras que Aiden controlaba el fuego (*algo increíble*) y sabía luchar, Seth controlaba los cuatro elementos (*algo espeluznante*) y podía limpiar el suelo con la cara de Aiden.

Aiden miró a Seth de una manera que decía que no tendría ningún problema en enfrentarse a él por mí. Por estúpido que pareciera, sentí que una sonrisa tiraba de mis labios.

Qué mal.

Me obligué a borrar la sonrisa de la cara y sorteé a Aiden.

—Te veo luego, ¿vale?

Asintió, con los ojos fijos en Seth. *Vale, vamos.* Tomé la botella de agua del suelo y avancé. Saludé a Seth con la cabeza cuando pasé junto a él, con la esperanza de que estuviera allí para participar en aquel duelo épico con Aiden y nada más, pero enseguida se giró y me siguió.

La sonrisa de Seth parecía de satisfacción.

—A tu entrenador no le gusto.

—No es *mi* entrenador. Es un Centinela. —Seguí caminando—. Y dudo de que siquiera le importes.

Seth se rio entre dientes.

—Tu entrenador, que también es un Centinela, apenas me habló mientras estuvimos en Lake Lure. Y cuando lo hizo, diría que fue con bastante frialdad. Hirió mis sentimientos.

Lo dudaba.

—Tal vez no estaba para hacer amigos teniendo en cuenta lo que estaba pasando.

—¿Teniendo en cuenta que tu madre formaba parte del grupo que atacó? —Enarcó una ceja con indiferencia—. Parecía estar afectado de una forma inusual cuando revisamos las grabaciones y la vimos.

Las palabras que pronunció fueron como una bofetada. Me detuve y me enfrenté a él.

—Seth, ¿qué quieres?

Echó la cabeza hacia atrás. Una nube oscura se cernía sobre nosotros, arrojando una penumbra gris sobre el patio. Iba a haber tormenta.

—Quería ver cómo estabas. ¿Te parece mal?

Me lo pensé.

—Sí. No me conoces. ¿Por qué iba a importarte?

Bajó la mirada y me miró a los ojos.

—Vale. En realidad no me importa. Pero eres el motivo por el que estoy atrapado en esta ratonera de paletos haciendo de niñera de un cretino que se cree superior.

Abrí los ojos de par en par. El tono de su voz hacía que esas palabras parecieran elegantes. Era casi gracioso.

—Sabes, en realidad ahora mismo no me importa eso. —Me detuve cuando varios mestizos pasaron por nuestro lado. Nos miraron, *me* miraron. Hice lo que pude para ignorar sus miradas.

—Claro que no te importa. Tu madre asesinó a la familia de una compañera de clase. Yo también estaría con la cabeza en otra parte.

—¡Dioses! —Me quedé boquiabierta—. De verdad, eso ha sido increíble.

Me adelanté. Seth me siguió.

—Eso no ha sido… muy amable por mi parte. Me han dicho que soy demasiado directo. Tal vez debería trabajar en eso.

—Sí, deberías ir a hacerlo ahora mismo. —Solté las palabras por encima del hombro.

Sin inmutarse, me alcanzó.

—Le pregunté a Lucian, sabes. Le pregunté por qué estoy aquí.

Apreté los dientes y seguí caminando. Las nubes de aspecto inquietante seguían acercándose. Parecía que el cielo iba a abrirse en cualquier momento.

—¿Sabes qué me respondió? Me preguntó que qué opinaba de ti.

Tenía un poco de curiosidad por escuchar su respuesta.

—Estaba ansioso por oír lo que tenía que decir. —Un relámpago cruzó el cielo, golpeando la costa. Una fracción de segundo después, un trueno silenció la conversación. Aceleré el paso a medida que nos acercábamos a la residencia de las chicas—. ¿No quieres saberlo?

—No.

Otro relámpago iluminó el cielo. Esta vez cayó en algún punto de la costa, más allá de las marismas. Estaba cerca, demasiado cerca.

—Estás mintiendo.

Me di la vuelta. Mi respuesta de sabelotodo murió antes de que cobrara forma. Unas marcas de tinta quebraron el tono dorado de la piel en cada trozo de carne que tenía a la vista. Se enroscaron en diseños, se mantuvieron durante unos segundos, y luego cambiaron de forma. ¿Qué eran?

Aparté los ojos de sus brazos, pero los tatuajes se extendieron por su mejilla, que por lo demás estaba impoluta, y la surcaron hasta llegar al rabillo de sus ojos. Me entraron ganas de tocarlos.

—Los estás volviendo a ver, ¿verdad?

No tenía sentido mentir.

—Sí.

La ira y la confusión brillaron en el interior de sus ojos. Un relámpago iluminó el cielo.

—Es imposible.

El trueno sonó tan fuerte que me estremecí. En ese momento, todo encajó.

—La tormenta... la estás provocando tú.

—Sucede cuando estoy de mal humor. Ahora mismo estoy bastante irascible. —Seth dio un paso adelante, elevándose sobre mí—. No estaría tan malhumorado si supiera lo que está pasando. Necesito saber por qué puedes ver las marcas del Apollyon.

Me obligué a mirarle a los ojos. Era un error, un error enorme y estúpido.

El poder emergió, en estado puro y con intensidad. Sentí cómo se me deslizaba por la piel y por la columna vertebral.

Y al instante, me quedé en blanco, salvo por la necesidad de encontrar la fuente de aquel poder demencial. *Tengo que alejarme de aquí lo antes posible.* En vez de eso, aturdida, di un paso adelante. Tenía que ser lo que él era. La energía que corría a través de él tenía ese tipo de poder de atracción, uno que atraía a puros, a mestizos... e incluso a daimons.

Ahora estaba sintiendo esos efectos. El lado salvaje que me acompañaba asomó la cabeza y me instó a seguir adelante. Me impulsaba a tocarle, porque estaba segura de que lo que estuviera ocurriendo quedaría expuesto en el momento en que nuestra piel entrara en contacto.

Seth no se movió mientras le miraba. Parecía como si estuviera intentando montar un puzle y yo fuera una de las piezas. La sonrisa perezosa se desvaneció y entreabrió los labios. Inspiró hondo y extendió una mano.

Me llevó un buen rato, pero me aparté. Seth no me siguió. En cuanto entré en el dormitorio, el cielo se abrió y otro destello de luz cegadora atravesó el cielo oscuro. En algún punto, no muy lejos, volvió a caer otro rayo.

Esa noche, más tarde, se lo conté a Caleb mientras estábamos juntos en la parte de atrás de la abarrotada sala de recreo. La lluvia había hecho que todo el mundo entrara y no podíamos garantizar la intimidad por mucho tiempo.

—¿Recuerdas lo que dijo la abuela Piperi?

Alzó las cejas.

—No mucho. Dijo un montón de tonterías. ¿Por?

Jugueteé con mi pelo, enredándolo alrededor de uno de mis dedos.

—A veces pienso que no está tan loca.

—Espera. ¿Por qué? Tú fuiste la que dijo que estaba loca.

—Bueno, eso fue antes de que mi madre se pasara al lado oscuro y empezase a matar gente.

Caleb echó un vistazo alrededor de la sala.

—Alex.

Nadie estaba escuchando, aunque la gente miraba de vez en cuando y susurraba.

—Es verdad. ¿Qué dijo Piperi? «Matarás a aquellos a los que amas». Pensé que parecía una locura, pero eso fue antes de saber que mamá era un daimon. Estamos entrenando para matar daimons. Parece bastante obvio, ¿no?

—Mira. Alex, es imposible que te pongan en esa situación.

—Está a unas cuatro horas de aquí. ¿Por qué crees que fue a parar a Carolina del Norte?

—No lo sé, pero los Centinelas la atraparán antes de que tú... —Se detuvo al ver mi cara—. No tendrás que enfrentarte a eso. Estarás en el Covenant el año que viene, Alex.

En otras palabras, un Centinela la mataría antes de que me graduara, lo que eliminaría la posibilidad de que nuestros caminos se cruzaran. La verdad era que no sabía qué pensar sobre eso.

—Alex, ¿estás bien? —Ladeó la cabeza y me miró de cerca—. Quiero decir... ¿estás bien de verdad?

Me encogí de hombros para no darle más importancia.

—Aiden me contó que no podían estar seguros de que mamá hubiera participado en el ataque. Estaba en las cámaras, pero...

—Alex. —La comprensión y la tristeza crecieron en su rostro—. Es un daimon, Alex. Sé que quieres pensar que no lo es. Lo entiendo, pero no olvides en lo que se ha convertido.

—¡No lo he hecho! —Varios chicos que estaban junto a la mesa de billar levantaron la vista. Bajé la voz—. Mira. Lo único que digo es que podría haber una posibilidad, una posibilidad muy pequeña, de que ella sea...

—¿De que sea qué? ¿De que no sea un daimon? —Me agarró del brazo y tiró de mí alrededor de uno de los juegos recreativos —. Alex, ella estaba con el grupo de daimons que mataron a la familia de Lea.

Me zafé de su agarre.

—Caleb, llegó a Carolina del Norte. ¿Por qué otra cosa iba a venir aquí si no me recordase, si no quisiera verme?

—Puede que quiera matarte, Alex. Eso para empezar. Ya ha matado.

—¡No lo sabes! Nadie lo sabe.

Levantó la barbilla.

—¿Y si lo hubiera hecho?

La rabia se convirtió en determinación.

—Entonces la encontraré y la mataré yo misma. Pero conozco a mi madre. Lucharía contra aquello en lo que se ha convertido.

Caleb se pasó una mano por el pelo y se apretó la nuca.

—Alex, creo que tú... *oh.*

Fruncí el ceño.

—¿Crees qué?

Su expresión adoptó la cara de asombro que ponía siempre que veía a Seth.

Al girarme, confirmé mis sospechas. Seth cruzó las puertas, y enseguida se rodeó de sus fans.

—Si sigues poniendo esa cara cada vez que él aparece la gente va a empezar a hablar, ¿sabes?

—Lo que tú digas.

Cambié de tema.

—Por cierto, ¿qué hay entre Olivia y tú? ¿Hablaste con ella sobre lo de Myrtle?

—No, no lo hice. No hay nada entre ella y yo. —Caleb me miró con una expresión curiosa.

—¿Qué pasa entre Seth y tú? Espera, déjame expresarlo de otra manera: ¿qué te pasa a ti con Seth?

Puse los ojos en blanco.

—Es solo que no... no me gusta. Y no cambies de tema.

Hizo una mueca.

—¿Cómo puede no gustarte? Es el Apollyon. Los mestizos estamos obligados a quererle. Es el único de nosotros que puede controlar los elementos.

—Lo que tú digas.

—Alex. Mírale. —Intentó darme la vuelta, pero me mantuve en mi sitio—. Oh, espera. Está mirando hacia aquí.

Le empujé aún más hacia atrás.

—No está viniendo hacia aquí, ¿verdad?

Sonrió.

—Sí, *no*. Espera. Elena se le ha metido por delante.

—Oh, gracias a los dioses.

Caleb frunció el ceño.

—¿Qué problema tienes?

—Es raro y…

Se inclinó más hacia mí.

—¿Y qué? Venga, dímelo. Tienes que decírmelo. Soy tu mejor amigo. Dime por qué lo odias. —Entrecerró los ojos—. ¿Es porque te sientes innegablemente atraída por él?

Solté una risita.

—Dioses. No. Pensarás que la razón real es aún más loca.

—Inténtalo.

Así que le conté las sospechas de Seth de por qué le habían ordenado venir aquí y que los tatuajes eran reales, pero omití la parte de que quería tocarlo. Eso era demasiado embarazoso incluso para mí como para decirlo en voz alta. Caleb parecía estar perplejo… y entusiasmado.

Casi se puso a dar saltitos.

—¿Los tatuajes son reales? ¿Tú eres la única que puede verlos?

—Eso parece. —Suspiré, mirando por encima del hombro. Elena estaba muy cerca de Seth—. No tengo ni idea de lo que significa, pero Seth no está muy contento. ¿La tormenta de antes? ¿La lluvia? Era él.

—¿Qué? He oído que algunos de los puros son capaces de controlar el tiempo, pero nunca lo he visto. —Le echó una mirada furtiva—. Vaya. Eso es increíble.

—¿Podrías borrar esa mirada de asombro de tu cara por dos segundos? Me estás dando mal rollo.

Me golpeó el brazo.

—Vale. Tengo que concentrarme. —Le costó un gran esfuerzo no mirar a Seth. No porque Caleb se sintiera atraído por él. A decir verdad, Seth estaba lleno de éter. Ninguno de nosotros podía evitarlo—. ¿Por qué la orden de Lucian iba a tener algo que ver contigo?

—Buena pregunta. —Entonces me di cuenta—. Tal vez Lucian tema que sea un riesgo. Ya sabes, ¿por mamá? Tal vez haya traído a Seth hasta aquí por si yo hacía algo.

—¿Hacer qué? ¿Dejarla entrar aquí? ¿Hacer una fiesta de bienvenida para tu madre? —La incredulidad inundó su voz—. Tú no harías eso, y no creo ni que Lucian lo considerara siquiera.

Asentí, pero la nueva idea que se me había ocurrido tenía mucho más sentido. Explicaría por qué Lucian no quería que volviera al Covenant. En su casa, estaría bajo una vigilancia constante, pero aquí vagaba a mis anchas. El único defecto de esa idea: ¿de verdad pensaba Lucian que yo haría algo tan terrible?

—Seguro que no es nada. —Caleb se mordió el labio inferior—. Quiero decir, ¿qué podría significar? No puede ser nada.

—Tiene que significar algo. Tengo que averiguarlo.

Caleb me miró a los ojos.

—¿Crees que... te estás centrando en esto por... todo lo que ha pasado?

Bueno, claro que sí, pero esa no era la cuestión.

—No.

—Tal vez el estrés esté haciendo que pienses más en ello.

—No estoy pensando en nada —dije. No parecía estar de acuerdo. Exasperada con él y con la conversación, miré a la sala de recreo. Elena todavía tenía a Seth acorralado, pero eso no fue lo que llamó mi atención. Jackson estaba en la sala.

Se apoyó en una de las mesas de billar junto a Cody y otro mestizo. Su tez morena parecía estar inusualmente pálida y daba la impresión de que últimamente no hubiera dormido. No podía culparle. Aunque no sabía cómo estaban las cosas entre Lea y él, tenía que estar preocupado por ella, molesto por lo que les había pasado a sus padres.

Miré a Cody. Por un segundo, nuestras miradas se cruzaron desde la otra punta de la habitación. No esperaba una sonrisa ni nada parecido, pero su mirada gélida y llena de asco me atravesó. Confundida, vi cómo se agachaba y le decía algo a Jackson.

Respiré con dificultad.

—Creo que están hablando de mí.

—¿De quién? —Caleb se giró—. Oh. ¿Jackson y Cody? Estás paranoica.

—¿Crees que… lo saben?

—¿Lo de tu madre? —Sacudió la cabeza—. Saben que es un daimon, pero no creo que sepan que estuvo en Lake Lure.

—Aiden dijo que la gente se enteraría. —Hablé con la voz entrecortada.

Caleb pareció hacerse más alto al darse cuenta de mi temor.

—Nadie te va a culpar. Nadie te lo echará en cara. No pueden hacerlo porque no tiene nada que ver contigo.

Asentí, queriendo creerle.

—Claro. Supongo que tienes razón.

Durante la próxima semana, los susurros aumentaron. La gente se quedaba mirando. La gente hablaba. Al principio, nadie tenía las agallas de decirme nada de forma directa, pero los puros... bueno, sabían que no podía tocarlos.

Cuando volví a las salas de formación después de comer, me crucé con Cody en el patio. Mantuve la cabeza gacha y pasé de largo, pero oí sus palabras de todos modos.

—No deberías estar aquí.

Levanté la cabeza, pero él ya estaba a medio camino. Volví al entrenamiento, sus palabras se repitieron una y otra vez. No podía haberlas oído mal.

Aiden me miró con cara de confusión cuando entré en la sala de entrenamiento. Cuando la sesión estaba a punto de acabar, hablé:

—¿Crees que hay alguna posibilidad de que... mi madre no haya atacado a esa gente?

Dejó caer la colchoneta y me miró.

—Si no lo hizo entonces cambiaría lo que sabemos sobre los daimons, ¿no?

Asentí con solemnidad. Los daimons necesitaban drenar éter para sobrevivir. Mamá no sería una excepción.

—Pero podrían... drenar sin matar, ¿verdad?

—Podrían, pero los daimons rara vez le ven sentido a no matar. Incluso convertir a un puro requiere un control que la mayoría de los daimons no tiene.

Ninguno de los puros de Lake Lure había sido convertido. Los daimons que los atacaron no mostraron control alguno.

—¿Alex?

Levanté la vista y no me sorprendió ver que estaba delante de mí. Tenía el rostro marcado por la preocupación. Forcé una sonrisa.

—Una parte de mí tiene la esperanza de que siga ahí de alguna manera. Que no sea tan malvada y que todavía sea mi madre.

—Lo sé. —Habló en voz baja.

—Esa parte de mí es tan patética... porque sé... sé que en realidad es mala y que hay que detenerla.

Aiden dio un paso adelante, tenía los ojos tan brillantes y acogedores. Quería olvidarme de todo y dejarme llevar por esos ojos. Con cuidado, alargó la mano y apartó con los dedos el mechón de pelo que siempre acababa en mi cara. Me estremecí, sin poder evitarlo.

—La esperanza no tiene nada de malo, Alex.

—¿Pero?

—Pero debes saber cuándo dejarla marchar. —Me pasó la punta de los dedos por la mejilla. Bajó la mano y dio un paso atrás, la conexión se rompió—. ¿Recuerdas por qué dijiste que tenías que estar en el Covenant?

La pregunta me tomó con la guardia baja.

—Sí… necesitaba luchar contra los daimons. Tengo que hacerlo.

Aiden asintió.

—¿Y sigues teniendo esa necesidad? ¿Incluso después de saber que tu madre es una de ellos?

Me lo pensé por un momento.

—Sí. Siguen ahí fuera, matando. Hay que… hay que detenerlos. Sigo necesitándolo, aunque mamá sea una de ellos.

Esbozó una sonrisa pequeña.

—Entonces hay esperanza.

—¿Esperanza para qué?

Pasó por mi lado y se detuvo el tiempo suficiente como para mirarme con complicidad.

—Esperanza para ti.

Le vi irse, confundida por lo que había dicho. ¿Esperanza para mí? ¿Esperanza para que olvidaran que mi madre era un daimon que con toda probabilidad había masacrado a la familia de una compañera de clase?

Esa noche, más tarde, sentí las miradas en la sala común. Al final, se corrió la voz. Algunos de ellos, puros y mestizos, no creían que se pudiera confiar en mí. No con mamá tan cerca y tan letal. Era una estupidez.

Pero la cosa fue a peor. Ahora la gente se preguntaba por qué nos habíamos ido hacía tres años, y por qué nunca había regresado al Covenant durante todo ese tiempo. Circulaban rumores. ¿Mi favorito? Mamá se había convertido en daimon mucho antes de aquella terrible noche en Miami. Y algunas personas se lo creían.

Pasaron los días y solo unos pocos mestizos me dirigían la palabra. Ninguno de los puros lo hacía. Seth no ayudaba y, maldita sea, hacía que fuera imposible mantenerme lejos de él. Estaba en todas partes: en el patio después de entrenar, cenando con Caleb y con Luke. Incluso aparecía por casualidad durante el entrenamiento, siempre mirándonos en silencio. Era molesto y daba escalofríos.

La mirada cruzaba el rostro de Aiden cada vez que Seth pasaba por aquí. Me gustaba creer que era una mezcla entre aversión y protección. Aunque hoy pudimos entrenar sin que apareciera Seth, así que no pude seguir examinando esa mirada. Qué pena. Vi cómo Aiden agarraba uno de los maniquíes con los que habíamos estado practicando y lo arrastraba hacia la pared. Esa cosa pesaba una tonelada, pero la movía como si no pesase nada.

—¿Necesitas ayuda? —ofrecí de todos modos.

Negó con la cabeza y colocó el maniquí contra la pared.

—Ven aquí.

—¿Qué pasa?

—¿Ves esto? —Señaló el pecho del maniquí. Había varias hendiduras en el material que imitaba a la carne. Cuando asentí, las recorrió con la punta de los dedos—. Son de tus puñetazos de hoy. —Su voz destilaba orgullo, y era mejor que cualquier mirada que pudiera dirigirle a Seth—. Así de fuertes se han convertido tus golpes. Increíble.

Sonreí.

—Vaya. Tengo los dedos de la muerte.

Se rio por lo bajo.

—Y esto es de tus patadas. —Pasó las manos por la cadera del maniquí. Parte del material se había desprendido. Y una parte de mí sintió envidia del maniquí. Quería que me tocase así—. Hay estudiantes de tu edad que han pasado por años de entrenamiento y no pueden infligir este tipo de daño.

—Soy una maestra del kung fu. ¿Qué me dices? ¿Estoy lista para jugar con los juguetes para mayores?

Aiden miró hacia la pared, aquella que tanto deseaba tocar.

—Es posible.

La idea de entrenar con los cuchillos me hizo querer bailar de felicidad, pero también me recordó para qué se usaban los cuchillos.

—¿Puedo hacerte una pregunta personal?

Parecía un poco cansado.

—Sí.

—Si… si tus padres hubieran sido convertidos, ¿qué habrías hecho?

Aiden hizo una pausa antes de responder.

—Los habría cazado. Alex, ellos no habrían querido ese tipo de vida, perder su moral y sus ideales… para matar. No habrían querido eso.

Tragué saliva, con los ojos fijos en la pared.

—Pero… eran tus padres.

—*Eran* mis padres, pero, una vez convertidos, ya no lo habrían sido. —Aiden se puso a mi lado y sentí sus ojos clavados en mí—. En algún momento tenemos que dejar ir el afecto. Si no fuera tu… madre, podría ser cualquier otra persona que conocieras o quisieras. Si llegara ese día, tendrías que afrontar que ya no es la misma persona de antes.

Asentí, distraída. Técnicamente, Aiden tenía razón, pero, al fin y al cabo, sus padres no habían sido convertidos. Los habían matado, así que en realidad nunca se había enfrentado a algo así.

En ese momento me apartó de la pared.

—Eres más fuerte de lo que crees, Alex. Ser Centinela es una forma de vida para ti, no es solo una opción mejor como lo es para otros.

Una vez más, sus palabras hicieron que me recorriera la calidez.

—¿Cómo sabes que soy tan fuerte? Podría estar meciéndome en mi habitación.

Me miró raro, pero negó con la cabeza.

—No. Siempre estás... tan viva, incluso cuando estás pasando por algo que oscurecería el alma de cualquiera. —Se detuvo, dándose cuenta de lo que acababa de decir. Se sonrojó—. De todos modos, eres muy decidida, hasta el punto de la terquedad. No pararías hasta conseguirlo. Alex, sabes lo que está bien y lo que no. No me preocupa que no seas fuerte. Me preocupa que seas *demasiado* fuerte.

Se me encogió el corazón. Él... *se preocupaba* por mí, y había dudado antes de responder a la pregunta sobre sus padres. De alguna manera, me hizo sentir mejor acerca de mis propias emociones conflictivas, y tenía un buen argumento. No importaba a quién me enfrentara: si eran daimons, mi deber era matarlos. Ese era el motivo por el que estaba entrenándome ahora. En cierto modo, me estaba entrenando para matarla.

Respiré hondo.

—Sabes... odio cuando tienes razón.

Se rio cuando le hice una mueca.

—Pero tú tenías razón incluso cuando ni siquiera te dabas cuenta.

—¿Eh?

—Cuando dijiste que no sabía cómo divertirme, ¿el día del solsticio? Tenías razón. Tras la muerte de mis padres, tuve que crecer muy rápido. Leon dice que mi personalidad se quedó en alguna parte. —Hizo una pausa, riéndose en voz baja—. Supongo que él también tiene razón.

—¿Y cómo va a saber eso Leon? Es como hablar con una estatua de Apolo. De todos modos, eres divertido, cuando quieres. Y agradable, e inteligente, muy inteligente. Tienes la mejor personalidad que he…

—De acuerdo. —Riéndose, levantó las manos—. Lo entiendo, y me divierto. Entrenarte es divertido y sin duda no es aburrido.

Murmuré algo sin sentido, porque bueno, estaba volviendo a sentir palpitaciones. El entrenamiento se había acabado, y aunque quería quedarme con él, no había más motivos para que permaneciera allí. Me dirigí hacia las puertas.

—¿Alex?

Se me contrajo el estómago.

—¿Sí?

Se quedó a unos metros.

—Creo que sería una buena idea… si *no* te pusieras eso para entrenar otra vez.

Oh. Había olvidado qué llevaba puesto. Era un par de pantalones cortos bastante cuestionables que Caleb había elegido para mí. Ni siquiera había pensado que se hubiera dado cuenta. Ahora, al mirar a Aiden, me percaté de que *sí* se había dado cuenta. Le dirigí una mirada excesivamente inocente.

—¿Te distraen estos pantalones cortos?

Aiden me dedicó una de esas sonrisas tan poco frecuentes en él. Cada célula de mi cuerpo se calentó. Incluso olvidé la terrible situación para la que me estaba entrenando. Su sonrisa tenía ese tipo de efecto.

—No son los pantalones cortos los que me distraen. —Pasó por mi lado y se detuvo en la puerta—. En el próximo entrenamiento puede que te deje entrenar con las dagas si tenemos tiempo.

Mis pantalones cortos distractores y todo lo demás quedaron olvidados por ese momento.

—No puede ser. ¿Estás hablando en serio?

Intentó ponerse serio, pero tenía una sonrisa un poco maliciosa.

—Creo que no estaría mal, pero solo un ratito. Creo que te ayudará… a tener una idea de cómo manejarlos.

Miré hacia la pared de las armas. Ni siquiera se me permitía tocarlas, y ahora él iba a dejarme practicar con ellas. Era como graduarse del jardín de infancia. Diablos, era como si fuese la víspera de Navidad.

Sin pensarlo, acorté la distancia que nos separaba y lo abracé. De inmediato, Aiden se puso rígido, estaba claro que lo había tomado desprevenido. Era un abrazo sin más, pero la tensión subió varios grados. De repente me pregunté qué se sentiría al apoyar la cabeza en su pecho, como había hecho cuando regresó de Lake Lure. O si me rodeaba con los brazos y me abrazaba, pero no por consuelo. O si volvía a besarle como aquella noche… ¿me devolvería el beso?

—Eres demasiado guapa para ir así vestida. —Me acarició el pelo con su aliento—. Y te emociona demasiado trabajar con cuchillos.

Me sonrojé y di un paso atrás. *¿Qué?* ¿Aiden pensaba que era guapa? Me llevó un rato superarlo.

—Estoy sedienta de sangre. ¿Qué puedo decir?

Aiden bajó la mirada, y decidí que tenía que ir a la tienda y buscar tantos pares de pantalones tan minúsculos como pudiera.

CAPÍTULO 15

Justo antes del amanecer dio comienzo el funeral por los asesinados en Lake Lure y... bueno, fue un asco, como todos los funerales. Siguiendo la antigua tradición griega, el funeral consistió en tres partes. Todos los cuerpos (los que habían sido recuperados) fueron dispuestos antes de que comenzara el funeral. Me quedé en la parte de atrás del velatorio, negándome a acercarme a los muertos. Presenté mis respetos desde una distancia prudencial.

Los tres cuerpos de la familia Dikti, el padre y la madrastra de Lea, y los Guardias estaban envueltos en lino y cubiertos de oro. A partir de ahí, comenzó el cortejo fúnebre, que fue largo. Los cuerpos fueron subidos a piras y llevados a través de la calle principal. Toda la actividad turística de Deity Island había quedado suspendida, y las calles se llenaron de dolientes de sangre pura y mestizos.

Las estudiantes que nos quedamos en el Covenant destacábamos entre la multitud. Éramos las únicas que vestíamos con vestidos negros de verano o de fiesta. Ninguna de nosotras tenía nada apropiado para ir a un funeral. Yo llevaba un vestido de tubo negro y sandalias. Era lo mejor que tenía.

Me quedé cerca de Caleb y de Olivia, y solo vi a Lea y a Dawn en el cementerio. Las hermanas compartían el mismo pelo rojo cobrizo y cuerpos increíblemente delgados, e incluso con los ojos hinchados, Dawn estaba impresionante.

Los Hematoi no enterraban a sus muertos. Después de quemar los restos levantaban enormes efigies de mármol. La representación artística que honraría a la familia de Samos representaba sus imágenes sobre un pedestal tallado con un verso en griego sobre la inmortalidad entre los dioses. El pedestal cilíndrico ya ocupaba su lugar.

Retiraron las joyas y el oro de los cuerpos y los colocaron en el pedestal. En ese momento quise marcharme, pero habría sido una falta de respeto. Me di la vuelta mientras encendían las piras, pero seguía oyendo el crepitar del fuego que devoraba sus cadáveres amortajados. Me estremecí, odiando la finalidad de todo aquello, odiando que pudieran ser las víctimas de mi madre.

Poco a poco, los dolientes se fueron dispersando. Algunos regresaron a casa; otros fueron a pequeñas recepciones organizadas en las casas de las familias. Yo iba detrás de Caleb y de Olivia, de regreso al Covenant, lejos de toda la muerte y la desesperación.

Al pasar junto a las piras, vi a Aiden. Estaba con Leon, a unos metros de Dawn y de Lea. Levantó la vista, casi como si me hubiera sentido, y nuestros ojos se encontraron. No hizo ningún otro gesto, pero me di cuenta de que aprobaba mi presencia. Ayer, antes de la charla sobre cazar seres queridos y el incidente de los pantalones cortos, cuando me dijo que era guapa, le comenté que no estaba segura de si debía venir o no, teniendo en cuenta que mi madre había sido uno de los daimons.

Aiden me había mirado con aquel ceño fruncido y serio.

—Te sentirás más culpable si no vas y presentas tus respetos. Te mereces hacerlo. Tanto como cualquier otro, Alex.

Tenía razón, claro estaba. Odiaba los funerales, pero me habría sentido mal si no hubiera venido.

Entonces, asintió un poco antes de volverse hacia Dawn. Extendió la mano y le tocó el brazo. Un mechón de cabello oscuro le cayó sobre la frente mientras inclinaba la cabeza, dándole el pésame. Dirigí mi atención hacia las grandes puertas de hierro que separaban la ciudad de la parcela de estatuas sin sentido. Seth estaba allí de pie, vestido con su uniforme negro. No cabía duda de que nos estaba observando. Le ignoré mientras salíamos del cementerio.

Durante el resto del día, intenté olvidar que habíamos perdido a tantos inocentes.

Y que mamá había sido la responsable.

En el siguiente entrenamiento no pude hacer nada con las dagas. Cuando monté un berrinche por eso, Aiden me observó con una paciencia divertida.

—Vamos. —Empujé las colchonetas del suelo—. ¿Cómo se supone que voy a ponerme al día cuando no puedo ni siquiera tocar una daga?

Aiden me dio un empujoncito y se hizo cargo de la colchoneta.

—Tengo que asegurarme de que sepas cómo defenderte...

—¿No ha practicado nada con las armas del Covenant?

Seth se apoyó en el marco de la puerta, con los brazos cruzados sobre el pecho. Nos miraba con expresión perezosa pero los ojos le brillaban de una forma extraordinaria.

Aiden se enderezó, sin apenas molestarse en mirarle.

—Juraría que había cerrado y echado el seguro a esa puerta.

Seth sonrió satisfecho.

—Desbloqueé y abrí la puerta.

—¿Cómo lo has hecho? —pregunté—. La puerta se cierra desde dentro.

—Secretos de Apollyon. No puedo revelarlos. —Me guiñó un ojo antes de volver esos ojos color ámbar hacia Aiden—. ¿Cómo va a estar preparada para luchar si no sabe cómo blandir la única arma que tendrá contra un daimon?

Con esa pregunta, Seth ganó puntos en mi lista. Miré a Aiden con expectación. La expresión fría y desagradable que él mostró ganó más puntos.

—No sabía que pudieras opinar sobre su entrenamiento. —Aiden arqueó una ceja negra como el carbón.

—No tengo voz ni voto. —Seth se apartó de la pared y se paseó por la sala de entrenamiento. Tomó una de las dagas de la pared y nos miró—. Estoy seguro de que podría convencer a Marcus o a Lucian para que dejasen que Alex entrenase en algunas sesiones conmigo. Alex, ¿te gustaría?

Sentí que Aiden se ponía rígido a mi lado y negué con la cabeza.

—No. La verdad es que no.

Una sonrisa muy lenta se dibujó en el rostro de Seth mientras hacía girar la daga que tenía en la mano.

—De verdad, te dejaría jugar… con los juguetes para mayores. —Se detuvo frente a mí, ofreciéndome la empuñadura de la hoja primero—. Mira. Tómala.

Dejé caer la mirada sobre el brillante metal que tenía en la mano. El extremo había sido afilado hasta una punta brutal. Como si estuviera bajo una poderosa compulsión, estiré la mano.

La mano de Aiden se aferró a la de Seth, apartando la daga y la mano de Seth de mi alcance. Me sobresalté y miré a Aiden. Sus ojos plateados y llenos de furia se cruzaron con los de Seth.

—Entrenará con las dagas cuando yo lo decida. Tú no. Tu presencia aquí no es bienvenida.

Los ojos de Seth se desviaron hacia la mano de Aiden. La sonrisa no se le borró ni un instante.

—Eres muy controlador, ¿verdad? ¿Desde cuándo los puros se preocupan tanto por lo que toca o deja de tocar un mestizo?

—¿Desde cuándo un Apollyon se preocupa por una chica mestiza? Uno podría pensar que tiene mejores cosas que hacer.

—Uno podría pensar que un sangre pura tendría que saber que no debe colarse por…

—Vale. —Me interpuse entre los dos, interrumpiendo lo que solo los dioses sabían que Seth estaba a punto de decir.

—Hora de jugar limpio, chicos. —Ninguno de los dos pareció oírme o verme. Suspirando, agarré a Aiden del brazo. Entonces me miró—. El entrenamiento ha terminado, ¿verdad?

De mala gana, soltó la muñeca de Seth y retrocedió. Incluso él parecía sorprendido por su respuesta, pero observó a Seth con atención.

—Por ahora, sí.

Seth se encogió de hombros y volvió a darle la vuelta a la hoja, con la mirada centrada en mí una vez más.

—En realidad, no tengo nada mejor que hacer que preocuparme por *una chica mestiza*.

Había algo en su forma de hablar que me daba escalofríos. O podría haber sido la habilidad con la que manejaba la espada.

—Creo que voy a pasar.

Después de eso, Aiden y yo salimos de la sala de entrenamiento, sin hablar entre nosotros. No estaba segura de por qué Aiden había reaccionado así o por qué Seth había sentido la necesidad de presionar a Aiden de esa manera. Pero cuando me reuní con Caleb, lo dejé en los rincones más recónditos de mi cerebro para pensar en ello más tarde.

Caleb decidió que necesitábamos divertirnos, y la diversión estaba en la isla principal, en la noche de cine semanal de Zarak. Siempre tenía en sus manos películas que acababan de estrenarse en el cine, y como ninguno de nosotros podía ir a lugares como ese muy a menudo, ver cualquier cosa que obsesionara al mundo mortal en ese momento era un asunto importante. Me sorprendió que siguiera celebrándolo después de los funerales de ayer, pero supuse que todos necesitaban soltarse un poco, recordarse a sí mismos que seguían vivos.

Pero en cuanto llegamos a su casa, supe que las cosas no iban a ser divertidas. Todo el mundo dejó de hablar cuando entramos en el sótano que se había convertido en un minicine. Tanto los puros como los mestizos me miraron, y en cuanto Caleb siguió a Olivia escaleras arriba, la gente empezó a susurrar.

Fingí que no me molestaba. Me senté en una de las butacas libres y me concentré en un punto en la pared. El orgullo me impidió huir de la sala. Al cabo de unos minutos, Deacon se separó del montón y se unió a mí.

—¿Cómo estás?

Le dediqué una mirada.

—Muy bien.

Me ofreció un trago de su petaca. La tomé y le di un trago, mirándole por el rabillo del ojo.

—Cuidado —rio mientras me quitaba la petaca de los dedos.

El líquido me abrasó la garganta e hizo que me ardieran los ojos.

—Cielos, ¿qué es esa cosa?

Deacon se encogió de hombros.

—Es mi mezcla especial.

—Bueno… sin duda es especial.

En el otro lado de la habitación, alguien susurró algo que no pude entender, pero Cody se echó a reír. Me sentí paranoica y traté de ignorarlo.

—Están hablando de ti.

Despacio, miré a Deacon.

—Gracias, colega.

—Todos están hablando de ti. —Se encogió de hombros mientras le daba vueltas a la petaca entre las manos—. A mí, la verdad es que me da igual. Tu madre es un daimon. ¿Y qué? No es como si pudieras evitarlo.

—¿De verdad no te importa? —De todas las personas, pensé que a él le molestaría.

—No. Tú no tienes la culpa de lo que haga tu madre.

—O de lo que no haga. —Me mordí el labio, mirando al suelo—. Nadie sabe si hizo algo.

Deacon enarcó las cejas mientras daba un trago largo.

—Tienes razón.

El grupo de enfrente estalló en carcajadas y miradas socarronas. Zarak sacudió la cabeza y volvió la atención al mando a distancia que tenía en la mano.

—Creo que los odio —murmuré, deseando no haber venido aquí.

—Solo tienen miedo —Miró al grupo de personas que había al otro lado de la sala—. Todos temen ser convertidos. Los daimons nunca han estado tan cerca, Alex. Cuatro horas no están tan lejos, y podría haber sido cualquiera de ellos. Podrían haber muerto ellos.

Sentí escalofríos y deseé beberme otro trago de la petaca de Deacon. Hacía mucho calor.

—¿Por qué tú no tienes miedo?

—Todos moriremos en algún momento, ¿no?

—Eso es triste.

—Pero mi hermano nunca permitiría que me pasara algo así —añadió—. Antes moriría… y tampoco dejaría que eso pasara. Hablando de mi hermano, ¿cómo ha estado tratando a mi mestiza favorita?

—Eh… bien, muy bien.

Cody habló en voz alta.

—El único motivo por el que sigue aquí es porque su padrastro es el Ministro y su tío es el decano.

Llevaba toda la semana ignorando los susurros sarcásticos y las miradas desagradables, pero esto no podía ignorarlo. Si lo hacía, no podría mantener las apariencias.

Me incliné hacia delante en el sillón, apoyando los brazos en las rodillas.

—¿Qué se supone que significa eso?

Nadie se atrevió a hablar mientras Cody levantaba la cabeza hacia mí.

—La única razón por la que sigues aquí responde a con quién estás emparentada. Cualquier otro mestizo habría sido enviado a la servidumbre.

Respiré hondo y busqué en mis recuerdos algo que me calmara. No encontré nada.

—¿Por qué iba a pasar eso, Cody?

Deacon se apartó de mí, con la petaca en la mano.

—Tú has traído aquí a tu madre. Por eso. ¡Esos puros murieron porque tu madre está ahí fuera buscándote! Si no estuvieras aquí, seguirían vivos.

—Mierda. —Zarak se levantó, apartando su silla de mi camino. Justo a tiempo. Volé a través de la habitación, deteniéndome frente a Cody.

—Te vas a arrepentir de haber dicho eso.

El labio de Cody se torció en una mueca. No me tenía miedo.

—Guau. Amenazar a un puro hará que te echen del Covenant. ¿Quizá sea eso lo que quieres? Así podrás reunirte con tu madre.

Se me desencajó la mandíbula y estuve a punto de golpearle con el puño. Deacon intervino, rodeándome la cintura con un brazo. Me levantó y me llevó en la dirección contraria.

—Fuera. —No me dio muchas opciones con la mano en la espalda, empujándome hacia las puertas de cristal.

Estar fuera no calmó la rabia que había en mi interior.

—¡Voy a matarlo!

—No, no vas a hacerlo. —Deacon me puso la petaca en la mano—. Toma un trago. Te ayudará.

Desenrosqué la tapa y bebí un buen trago. El líquido me quemó las entrañas y solo avivó la ira. Intenté esquivar a Deacon, pero para alguien tan delgado y sin entrenamiento, era un obstáculo considerable.

Condenado.

—No voy a dejar que entres ahí. Tu tío puede ser el decano, pero si pegas a Cody, estás acabada.

Tenía razón, pero sonreí.

—Merecería la pena.

—¿Merecería la pena? —Se apartó, los rizos rubios le cayeron sobre los ojos al bloquearme de nuevo—. ¿Cómo crees que se sentiría Aiden?

La pregunta me golpeó en el pecho.

—¿Eh?

—Si te echaran, ¿qué pensaría mi hermano?

Bajé las manos.

—Yo… no lo sé.

Deacon me tendió la petaca.

—Se culparía a sí mismo. Pensaría que no te entrenó o aconsejó lo suficiente. ¿Quieres eso?

Entrecerré los ojos. No me gustaba su razonamiento lógico.

—¿Igual que te aconseja que no te emborraches a todas horas? Y sin embargo lo haces. ¿Cómo crees que le hace sentir eso?

Bajó la petaca despacio.

—*Touché*.

Unos segundos después llegaron los refuerzos.

—¿Qué demonios ha pasado? —exigió saber Caleb.

—Algunos de tus amigos no están jugando limpio. —Deacon inclinó la cabeza hacia la puerta.

Caleb frunció el ceño mientras caminaba hacia mí.

—¿Alguno de ellos te hizo algo? —La ira cruzó su rostro cuando le dije lo que Cody había dicho—. ¿Me estás tomando el pelo?

Me crucé de brazos.

—¿Te parece que estoy bromeando?

—No. Volvamos a la otra isla. Esos idiotas de ahí no lo entienden.

—Nadie lo entiende —respondí, con la rabia todavía inundando mi organismo—. Puedes quedarte aquí con tus amigos, pero yo me vuelvo. Ha sido una idea terrible.

—¡Eh! —Caleb enarcó las cejas—. Ellos no son mis amigos. Tú sí lo eres. Y lo entiendo, Alex. Sé que estás pasando por muchas cosas.

Me giré hacia Caleb. Sabía que no estaba siendo razonable, pero no podía parar.

—¿Lo entiendes? ¿Cómo demonios vas a entenderlo? Tu madre no quiere estar cerca de ti. ¡Tu padre sigue vivo! No es un daimon, Caleb. ¿Cómo demonios puedes entenderlo?

Extendió las manos como si de algún modo pudiera detener mis palabras de forma física. El dolor apareció en su rostro.

—¿Alex? Dioses.

Deacon se metió la petaca en el bolsillo y suspiró.

—Alex, intenta calmarte. Tienes público.

Tenía razón. En algún momento, la gente había salido y merodeaba por la amplia terraza, observando con expectación. Antes querían pelea y les había sido negada. Respiré hondo e intenté controlar la ira. No lo conseguí.

—¡Todos los idiotas que hay aquí creen que yo soy la causa de la muerte de esas personas!

La incredulidad brilló en el rostro de Caleb.

—Eso no puede ser verdad. Mira. Solo estás estresada. Vámonos…

Mi contención se rompió. Acortando la distancia entre nosotros, me pregunté si golpearía a mi mejor amigo. Era muy probable, pero nunca llegué a averiguarlo. De la nada, Seth apareció a mi lado, vestido de negro, como siempre. ¿Nunca se quitaba ese uniforme?

Su presencia no solo me aturdió hasta dejarme inmóvil, sino que también tuvo un efecto tranquilizador en todos los que nos rodeaban. Me echó una larga y dura mirada y luego habló con su voz lírica y acentuada.

—Ya basta.

Habría mandado a la mierda a cualquier otro, pero esta no era una situación normal y Seth no era una persona normal. Nos miramos. Estaba claro que esperaba que hiciera caso de su advertencia.

Con visible esfuerzo, retrocedí. Caleb dio un paso hacia mí, pero Deacon le agarró del brazo.

—Déjala ir.

Y me fui. Pasé varias casas antes de que Seth me alcanzara.

—¿Dejas que un puñado de puros te altere tanto?

—Eres un acosador, Seth. ¿Cuánto tiempo llevas ahí?

—*No* soy un acosador, y estuve allí el tiempo suficiente para darme cuenta de que no tienes autocontrol y eres inestable. Me gusta eso de ti, sobre todo porque me divierte. Pero tienes que saber que no tienes la culpa de lo que hizo tu madre. ¿A quién le importa lo que piense un puñado de puros malcriados?

—¡No sabes si mi madre hizo algo!

—¿Hablas en serio? —Me buscó con la mirada. Encontró lo que buscaba—. ¡Lo dices en serio! Ahora puedo añadir «estúpida» a mi lista de adjetivos para describirte.

Me pregunté cuáles serían los otros adjetivos.

—Lo que tú digas. Déjame en paz.

Seth me detuvo.

—Es un daimon. Mata, *mata* a gente inocente, Alex. Eso es lo que hacen los daimons. No hay un motivo detrás de ello. Eso es lo que está haciendo, pero no es culpa tuya.

Me entraron ganas de darle una patada o un puñetazo, pero ninguna de las dos cosas sería lo más inteligente. Ves, tenía autocontrol y era lista. Lo esquivé, pero Seth no lo aceptó. Extendió la mano y me rodeó el antebrazo. Piel con piel.

El mundo explotó.

Una descarga eléctrica me recorrió el cuerpo. Era como la sensación que tenía cada vez que él estaba cerca, pero cien veces más fuerte. No podía hablar, y cuanto más tiempo permanecía Seth aferrado a mí, más crecía el torrente. Lo que sentía era una locura. Lo que estaba viendo era una locura. Una luz azul intensa y brillante envolvía su mano. Se retorcía como una cuerda, crepitando y enroscándose alrededor de mi brazo, de la mano de él. Por instinto, supe que nos conectaba, que nos unía.

Para siempre.

—No. No, ¡no es posible! —Seth se tensó.

Me hubiera gustado que me soltara el brazo, porque me clavó los dedos en la piel y pasó algo más. Sentí que *ese algo* se movía en mi interior, retorciéndose y envolviéndose por mi núcleo, y con cada giro supe que nos vinculaba.

Me invadieron emociones y pensamientos que no eran míos. Llegaron en una luz cegadora, seguidos de colores vibrantes que giraban y cambiaban hasta que fui capaz de comprender y dar sentido a algunos de ellos.

Esto no es posible.

Nos matarán a los dos.

Jadeé. Los pensamientos de Seth se deslizaban alrededor de los míos, y sus emociones, a través de los dos. De repente, todo cesó cuando una puerta se cerró de golpe en mi mente. Los colores retrocedieron, y al final, el cordón azul se convirtió en un tenue resplandor antes de desaparecer.

—Eh… tus tatuajes han vuelto.

Seth parpadeó mientras miraba hacia abajo, donde aún tenía la mano alrededor de mi brazo.

—Esto… no puede estar pasando.

—¿Qué… qué ha pasado? Porque si lo sabes, la verdad es que me gustaría que me incluyeras.

Levantó la vista, le brillaban los ojos en la oscuridad. La mirada de desconcierto se desvaneció, y fue reemplazada por la ira.

—Vamos a morir.

Eso no era lo que quería escuchar.

—Yo… *¿qué?*

Todo aquello que intuía cobró sentido para él. Frunció los labios y empezó a caminar, arrastrándome tras de sí.

—¡Espera! ¿A dónde vamos?

—¡Lo saben! Lo han sabido todo este tiempo. Ahora entiendo por qué Lucian me llevó al Consejo cuando te encontraron.

Resbalé con los pies en la arena mientras tropezaba para seguirle el ritmo. Perdí una sandalia en el proceso, y luego perdí la otra un par de pasos después. Diablos, me gustaban esas sandalias.

—¡Seth! Vas a tener que ir más despacio y decirme qué está pasando.

Me lanzó una mirada amenazadora por encima del hombro.

—El pretencioso de tu padrastro va a decirnos lo que está pasando.

No me gustaba tener que admitirlo, pero tenía miedo, mucho miedo. «Los Apollyons pueden ser inestables, incluso peligrosos». No era una broma. Seth aceleró el paso, arrastrándome tras él. Me resbalé. Se me enganchó la rodilla en el dobladillo del vestido de algodón, rasgándolo. Con un gruñido de impaciencia, me puso en pie y continuó.

Un relámpago surcó el cielo mientras él seguía arrastrándome por la isla. Impactó en un barco atracado a pocos metros. La luz me aturdió, pero Seth ignoró el desastre que su ira había creado.

—¡Para! —Clavé los pies en la arena—. ¡El barco está ardiendo! ¡Tenemos que hacer algo!

Seth se dio la vuelta, con los ojos encendidos. Me empujó contra él.

—No es nuestro problema.

Me costaba respirar.

—Seth… me estás asustando.

Su expresión seguía siendo dura y feroz, pero aflojó un poco el agarre de mi brazo.

—No es a mí a quien deberías temer. Vamos.

Tiró de mí hasta que pasamos el barco en llamas y subimos por la costa que estaba en silencio.

Seth se giró al ver la casa de Lucian y subió los escalones del porche de dos en dos. Estaba claro que no le importaba si podía seguirle el ritmo o no. Entonces me soltó y empezó a aporrear la puerta como lo hacía la policía en la televisión.

Dos Guardias de aspecto aterrador nos abrieron. El primero me dedicó una mirada fugaz antes de mirar a Seth con cara de pocos amigos.

Seth levantó la barbilla.

—Tenemos que ver a Lucian ahora.

El guardia se irguió.

—El Ministro se ha retirado a descansar. Tendrás que…

Una brutal ráfaga de viento se precipitó desde detrás de nosotros. Por un segundo, no pude ver más allá de la maraña de pelo que soplaba en mi cara, pero cuando lo hice, se me paró el corazón. La ráfaga casi huracanada golpeó al Guardia en el pecho, impulsándolo hacia atrás e inmovilizándolo a medio camino de la pared del opulento vestíbulo de mi padrastro. El viento se calmó, pero el Guardia permaneció contra la pared.

Seth entró por la puerta y miró al otro Guardia.

—Ve a por Lucian. Ahora mismo.

El Guardia apartó los ojos de su compañero y se apresuró a cumplir la orden de Seth. Seguí a Seth, me temblaban tanto las manos que las mantuve juntas.

—¿Seth? Seth, ¿qué haces? Tienes que parar. Ahora mismo. ¡No puedes hacer esto! Irrumpir en la casa de Lucian…

—Cállate.

Me retiré al rincón más alejado del vestíbulo y me quedé mirando al Guardia. El aire crepitaba de tensión y poder, el tipo de poder que tiene un Apollyon. Me apreté contra la pared mientras se arrastraba por mi piel y se abría paso hasta lo más profundo de mí.

Una buena cantidad de revuelo y movimiento en la parte superior de las escaleras atrajo mi atención. Lucian bajó por la escalera de caracol, vestido con un pantalón de pijama y una camiseta holgada. Verlo así me hizo soltar una pequeña risita, pero me salió algo corta e histérica.

Lucian observó mi posición medio petrificada en el rincón y luego miró al Guardia suspendido contra la pared. Por último, miró a Seth con una tranquilidad insólita.

—¿Qué ocurre?

—¡Quiero saber cuánto tiempo ibas a continuar con esta locura antes de que nos mataran a los dos mientras dormíamos!

Me quedé con la boca abierta.

La voz de Lucian se mantuvo firme y fría.

—Baja al Guardia y te lo contaré todo.

No parecía que Seth estuviese muy por la labor, pero soltó al Guardia, y no con mucha suavidad. El pobre hombre cayó al suelo.

—Quiero saber la verdad.

Lucian asintió.

—¿Por qué no vamos a la sala de estar? Parece que Alexandria quiere sentarse.

Seth me miró por encima del hombro con el ceño fruncido, como si se hubiera olvidado de mí. Debí de parecerle bastante penosa, porque asintió con la cabeza. Me planteé salir corriendo, pero dudaba de que pudiera llegar muy lejos. Además, dejando a un lado el miedo, también tenía una curiosidad tremenda por saber qué estaba pasando.

Entramos en una pequeña habitación con paredes de cristal. Me tiré en el sillón de mimbre blanco. Los Guardias nos siguieron, pero Lucian les hizo señas para que se alejaran.

—Por favor, notificad al decano Andros que Seth y Alexandria están aquí. Él lo entenderá. —Los Guardias dudaron, pero Lucian les tranquilizó con un asentimiento indiferente. Cuando se fueron, se enfrentó a Seth—. ¿Te sientas?

—Prefiero estar de pie.

—Eh… hay un barco en llamas ahí fuera. —Hablé con tensión en la voz y en un tono demasiado alto—. Tal vez alguien quiera echarle un ojo.

—Ya se encargarán. —Lucian se sentó en una de las sillas a mi lado—. Alexandria, no he sido del todo sincero contigo.

Una pequeña mofa salió de mí.

—¿En serio?

Se inclinó hacia delante, apoyando las manos en el pantalón del pijama de cuadros.

—Hace tres años, el oráculo le dijo a tu madre que, cuando cumplieras los dieciocho, te convertirías en el Apollyon.

Me eché a reír.

—Eso. Es. Ridículo.

—¿Lo es? —Seth se volvió para encararme. Parecía como si quisiera sacudirme.

—Eh… ¡sí! —Abrí los ojos de par en par—. Solo hay uno de vosotros… —Se me entrecortó la voz al recordar lo que había leído en el libro que Aiden me había prestado. De repente, sentí frío y calor.

—Antes de que Rachelle se fuera, se lo confesó a Marcus. Él no estaba de acuerdo con sus decisiones, pero ella quería protegerte.

—¿Protegerme de qué? —En cuanto esas palabras salieron de mi boca, supe la respuesta. *Protegerme de lo que le había pasado a Solaris*. Sacudí la cabeza—. No. Esto es una locura. ¡El oráculo no le dijo eso a mi madre!

—¿Te refieres a la otra parte, en la que te dijo que matarías a aquellos a los que amas? Esa no es la parte importante. Lo importante es que te convertirás en otro Apollyon. —Se volvió hacia Seth y sonrió—. Traer a Seth aquí era la mejor manera de descubrir si lo que había dicho el oráculo era cierto.

Seth recorrió la sala de estar.

—Tiene mucho sentido. Por qué... te sentí el primer día. No me extraña que tu madre se fuera de aquí. Seguro que pensó que podría esconderte entre los mortales. —Se giró y miró a Lucian—. ¿Por qué querrías juntarnos? Sabes lo que pasará.

—No sabemos lo que pasará. —Lucian le devolvió la mirada—. No ha habido dos de vosotros en más de cuatrocientos años. Las cosas han cambiado desde entonces. Los dioses también.

Les miré a ambos.

—Chicos... se lo que estáis queriendo decir, pero estáis equivocados. No es posible que yo sea *lo que es* él. No puede ser.

—¿Entonces cómo explicas lo que ha pasado ahí fuera? —Seth me fulminó con la mirada.

Respiré hondo y le ignoré.

—No puede ser.

—¿Qué ha pasado? —Lucian parecía tener curiosidad.

Los ojos de Lucian danzaron entre nosotros mientras Seth le explicaba lo del cordón azul y cómo, durante unos segundos, habíamos oído los pensamientos del otro.

Quedó claro que no estaba sorprendido.

—En realidad, no hay de qué preocuparse. Lo que experimentasteis fue solo una forma de reconoceros el uno al otro. Por eso te traje aquí, Seth. Teníamos que ver si ella era la otra mitad. Era una oportunidad demasiado buena como para dejarla pasar. Pero no esperaba que os llevara tanto tiempo juntaros.

—¿El riesgo merece la pena? —Seth frunció el ceño—. Si los dioses no sabían de su existencia antes, pronto lo sabrán. Podrías haberlo dejado estar. ¿Acaso su vida no significa nada para ti?

Mi padrastro se inclinó hacia delante y miró a Seth a los ojos.

—¿Entiendes lo que esto significa? No solo para ti, sino para los nuestros. Vosotros dos lo cambiaréis todo, Seth. Sí. Ahora eres poderoso, pero cuando ella cumpla dieciocho tu poder no tendrá límites.

Eso pareció despertar el interés de Seth.

—Pero los dioses no dejarán que eso ocurra.

Lucian se echó hacia atrás.

—Hace mucho que los dioses no nos hablan, Seth.

—¿*Qué*? —exclamamos Seth y yo. Eso era algo serio.

Lucian hizo un gesto despectivo con la muñeca.

—Se han ido, y el Consejo no cree que vayan a intervenir en nada. Además, si los dioses sienten curiosidad o preocupación, ya saben lo de Alexandria. Si el oráculo la ha visto, entonces los dioses ya lo saben. *Tienen* que estar al tanto de su existencia.

No le creí a Lucian. Ni por un segundo.

—¡No sabían nada de Solaris!

Ambos me miraron. Una línea se formó entre las cejas de Lucian.

—¿Cómo sabes de la existencia de Solaris?

—Yo… leí sobre ella. Mataron a los dos Apollyons.

Lucian negó con la cabeza.

—No conoces toda la verdad. El otro Apollyon atacó al Consejo y Solaris tenía la obligación de detenerlo. No lo hizo. Por eso fueron ejecutados.

Fruncí el ceño. El libro no decía nada de eso.

Al final, Seth se sentó.

—¿Qué ganas con esto?

Los ojos de Lucian se abrieron de par en par.

—Con vosotros dos, podremos eliminar a los daimons sin arriesgar tantas vidas. Podríamos cambiar las reglas: las leyes sobre los mestizos, los decretos matrimoniales, el Consejo. Todo podría ser posible.

Quería darle un puñetazo en el estómago. A Lucian no le importaban los mestizos.

—¿Qué reglas del Consejo deseas que cambien? —Seth miró a Lucian a la cara.

—Es mejor hablar de estas cosas más tarde, Seth. —Hizo un gesto con la mano en mi dirección, esbozando de nuevo esa asquerosa sonrisa—. Está destinada a ser tu otra mitad.

Seth se volvió y me miró largo y tendido.

—Supongo que podría ser peor.

Vale, eso me dio escalofríos.

—¿Qué quieres decir con *eso*?

—Vosotros dos sois como las piezas de un rompecabezas. Encajáis. Tu poder alimentará el suyo… y viceversa. —Lucian sonrió—. De verdad, es increíble. Eres su otra mitad, Alexandria. Estás destinada a estar con él. Le perteneces.

Sentí como si algo pesado se asentase en mi pecho.

—Oh. *Oh*. No.

Seth frunció el ceño en mi dirección.

—No hace falta que parezcas tan asqueada.

El otro día me había sentido empujada a tocarle, había pensado que era solo por lo que era, ¿pero podría ser por lo que éramos? Me estremecí.

—¿Asqueada? Esto es… ¡repulsivo! ¿Os estáis escuchando?

Seth suspiró.

—Ahora estás ofendiéndome.

Ignoré aquello, le ignoré *a él*.

—Yo… no pertenezco a nadie.

La mirada de Lucian se encontró con la mía y me sorprendió la intensidad con la que me miraba.

—Sí lo haces.

—¡Esto es una locura!

—Cuando cumpla los dieciocho —Seth frunció los labios—, el poder… su poder pasará a mí.

—Sí. —Lucian asintió con entusiasmo—. Una vez que pase por la palingenesia, el Despertar, a los dieciocho años, lo único que tienes que hacer es tocarla.

—Entonces… —No necesitaba decirlo. Todos lo sabíamos.

Seth se convertiría en un Asesino de Dioses.

Se volvió hacia Lucian.

—¿Quién sabe esto?

—Marcus lo sabe, la madre de Alexandria también.

Se me partió el corazón.

Seth me miró, su expresión era ilegible.

—Eso explica por qué se ha acercado tanto al Covenant cuando la mayoría de los daimons no se atrevería, pero ¿por qué? Una mestiza no puede ser convertida.

—¿Por qué, si no, querría un daimon poner las manos en un Apollyon? Incluso ahora, el éter de Alexandria podría alimentarlos durante meses. —Lucian me señaló—. ¿Qué crees que pasará si su madre la tiene después de que haya pasado por la palingenesia?

No podía creerme lo que estaba escuchando.

—¿Crees que ha venido para que sea una especie de plan de alimentación para ella?

Levantó la mirada.

—¿Por qué, si no, iba a estar aquí, Alexandria? Por eso estaba en contra de que estuvieras en el Covenant, al igual que Marcus. No tenía nada que ver con el tiempo que has perdido ni con tu comportamiento anterior. Existía la posibilidad de que no pudiéramos detener a Rachelle para cuando te graduaras. El riesgo de que te encontraras cara a cara con ella y faltaras a tu deber era demasiado grande. No puedo permitir que un daimon ponga las manos en un Apollyon.

—¿Pero ahora es diferente? —pregunté.

—Sí. —Lucian se levantó y apoyó las manos sobre mis hombros—. Ahora que está tan cerca, podremos encontrarla. Nunca tendrás que enfrentarte a ella. Eso es bueno, Alexandria.

—¿Bueno? —Solté una carcajada áspera y me encogí de hombros—. Todo esto es retorcido y… enfermizo.

Seth movió la cabeza en mi dirección.

—Alex, no puedes ignorar esto. Ignorar lo que eres. Lo que *somos*…

Levanté la mano entre los dos.

—Oh, ni se te ocurra, colega. ¡No somos nada! ¡Nunca seremos nada! ¿Vale?

Puso los ojos en blanco, estaba claro que le aburrían mis protestas.

Empecé a retroceder para salir de la habitación.

—En serio, no quiero volver a oír nada de esto. Voy a fingir que esta conversación no ha existido.

—Alex. Para. —Seth dio un paso hacia mí.

Lo fulminé con la mirada.

—¡No me sigas! Lo digo en serio, Seth. Me da igual que puedas lanzarme por los aires. Si me sigues, saltaré de un maldito puente y te llevaré conmigo.

—Déjala ir. —Lucian hizo un elegante gesto con la mano—. Necesita tiempo para… lidiar con esto.

Sorprendentemente, Seth le hizo caso. Entonces me fui dando un portazo tras de mí. De camino a la isla, el caos se apoderó de mis pensamientos. Apenas me di cuenta de que el aire ya no estaba cargado de humo. Alguien se había encargado del incendio del barco. Los Guardias del puente parecían aburridos cuando me dejaron pasar.

Minutos más tarde, crucé el campus y la sección de playa que separa el alojamiento de profesores e invitados del resto del campus. Bajo ninguna circunstancia, ni yo ni ningún estudiante podíamos deambular por sus viviendas, pero necesitaba hablar con alguien. Necesitaba a Aiden.

Aiden le daría sentido a esto. Él sabría qué hacer.

Como la mayoría de las casas estaban vacías en verano, fue fácil averiguar cuál era la suya. Solo una de las casas pequeñas, casi idénticas, tenía la luz encendida. Me detuve frente a la puerta y dudé. Venir aquí no solo iba a causarme problemas a mí, sino también a Aiden. Ni siquiera podía imaginar qué harían si me encontraban en la cabaña de un sangre pura a estas horas de la noche. Pero lo necesitaba, y eso era más importante que las consecuencias.

Aiden contestó al cabo de unos segundos, tomándose mi presencia en su puerta bastante bien.

—¿Qué pasa?

No era tarde, pero estaba ahí de pie, vestido como si hubiera estado en la cama. El pantalón de pijama de tiro bajo le quedaba mejor que a Lucian. También la camiseta de tirantes.

—Necesito hablar contigo.

Me miró de arriba abajo.

—¿Dónde están tus zapatos? ¿Por qué estás cubierta de arena? Alex, habla conmigo. ¿Qué ha pasado?

Miré hacia abajo sin comprender: ¿mis sandalias? Las había perdido en algún punto de la isla principal, donde nunca las volvería a ver. Con un suspiro, me eché el pelo hacia atrás.

—Sé que no debería estar aquí, pero no sabía a quién más acudir.

Aiden extendió la mano y me tomó de los brazos con suavidad. Sin decir una palabra, me llevó al interior de su cabaña.

CAPÍTULO 16

Cuando Aiden me guio hasta el sofá y me sentó, tenía esa mirada. Era peligrosa y reconfortante al mismo tiempo.

—Déjame… traerte un vaso de agua.

Recorrí el salón con la mirada. No era mucho más grande que mi habitación de la residencia, y al igual que la mía, estaba desprovista de cualquier decoración. No había cuadros, ni pinturas favoritas u obras de arte en las paredes. En su lugar, había libros y cómics esparcidos por la mesa del salón, alineados en las numerosas estanterías y apilados en el pequeño escritorio que ocupaba su ordenador. No había televisión. Era un apasionado de la lectura, quizás incluso leyera los cómics en griego antiguo. Por alguna razón, eso me hizo sonreír.

Entonces me fijé en la esquina de la habitación, entre la estantería y el escritorio. Había una guitarra apoyada y varias púas de colores formaban una fila en una de las estanterías; había de todos los colores menos negro. Lo sabía: aquellas manos servían para algo elegante y artístico. Me preguntaba si alguna vez conseguiría que tocase para mí. Siempre me habían gustado los chicos que tocaban la guitarra.

—¿Tocas? —Incliné la barbilla hacia la guitarra.

—De vez en cuando. —Me dio un vaso de agua y me lo bebí antes de que se sentara a mi lado—. ¿Tienes más sed?

—Mmm. —Me limpié unas gotas de los labios—. Gracias. ¿Qué te pasa con las púas?

Miró la guitarra.

—Las colecciono. Supongo que es una manía extraña.

—Necesitas una negra.

—Supongo que sí. —Aiden tomó el vaso y lo dejó en la mesita de té, y frunció el ceño cuando se dio cuenta de que me temblaban las manos—. Alex, ¿qué ha pasado?

La risa se me quedó atascada en la garganta.

—Va a parecer una locura. —Le eché un vistazo rápido, y ver la preocupación por mí en su cara fue casi mi perdición.

—Alex… puedes contármelo. No voy a juzgarte.

Me pregunté qué le parecería lo que había pasado.

Sacó una mano y envolvió la mía.

—Confías en mí, ¿verdad?

Me quedé mirando nuestras manos, aquellos dedos. *Estás destinada a estar con él.* Aquellas palabras me dejaron destrozada. Separé las manos y me puse en pie.

—Sí. Lo hacía. Lo hago. Esto es una locura.

Aiden permaneció sentado, pero me siguió con la mirada.

—Intenta empezar por el principio.

Asentí, alisándome el vestido con las manos. Empecé por la fiesta. Aiden endureció la mirada cuando le conté lo que había dicho Cody y se volvió aún más amenazador cuando le expliqué cómo Seth había acabado con el barco de alguien. Se lo conté todo, incluso la parte espeluznante con Seth, y lo de que éramos «dos mitades» o algo así. Aiden era muy bueno escuchando. No hizo preguntas, pero sabía que había captado todo lo que le había contado.

—Entonces, no puede ser verdad, ¿no? Quiero decir, nada de esto es real. —Volví a merodear a lo largo de su salón—. Lucian dijo que por eso se marchó mi madre. El oráculo le dijo que yo era el segundo Apollyon y supongo que ella tenía miedo de que los dioses… me mataran. —La risa que solté sonó un poco estridente.

Aiden se pasó una mano por el pelo.

—Sospeché algo cuando Lucian quiso llevarte a su casa. Y cuando dijiste que habías visto las marcas de Seth… No puedo creerme que haya estado cerca de alguien tan poco común todo este tiempo. ¿Cuándo cumples los dieciocho, Alex?

Me llevé las manos a los costados, nerviosa.

—El cuatro de marzo. —Faltaba menos de un año.

Aiden se frotó la barbilla.

—Cuando hablaste con el oráculo, ¿te dijo algo de esto?

—No, lo único que me dijo fue que mataría a aquellos a los que amo. Nada sobre esto, pero dijo muchas locuras. —Tragué saliva, oyendo cómo la sangre me corría por las venas—. Quiero decir, mirando hacia atrás, algunas de las cosas que dijo tenían sentido, pero yo no lo entendía.

—¿Cómo ibas a entenderlo? —Se acercó a la pequeña mesa de madera—. Ahora sabemos por qué tu madre se arriesgó tanto al dejar la seguridad de la isla. Quería protegerte. La historia de Solaris es muy trágica, pero ella se enfrentó al Consejo y a los dioses. Eso fue lo que selló su destino. No lo que estaba escrito sobre ellos en los libros.

—¿Por qué Solaris hizo eso? ¿No sabía lo que pasaría?

—Algunos dicen que se enamoró del Primero. Cuando él se enfrentó al Consejo, ella lo defendió.

—Qué idea tan estúpida. —Puse los ojos en blanco—. Prácticamente se suicidó. Eso no es amor.

Aiden esbozó una breve sonrisa.

—La gente hace las cosas más estúpidas cuando está enamorada, Alex. Mira lo que hizo tu madre. Es un tipo diferente de amor, pero lo dejó todo porque te amaba.

—Nunca entendí por qué se fue. —Mi voz sonó infantil y frágil—. Ahora lo sé. Se fue para protegerme. —El conocimiento me sentó como leche cuajada en el estómago—. Sabes, la odiaba por haberme alejado de aquí. Nunca entendí por qué haría algo tan arriesgado y estúpido, pero lo hizo para protegerme.

—Debe traerte algún tipo de paz saber el porqué, ¿no?

—¿Paz? No lo sé. En lo único que puedo pensar es en que, si yo no fuera una especie de monstruo siniestro, ella seguiría con vida.

Las palabras que pronuncié hicieron que un destello de dolor cruzara su rostro.

—No puedes culparte por esto. *No* voy a permitirlo, Alex. Has llegado demasiado lejos como para esto.

Asentí y aparté la mirada. Aiden podía pensar lo que quisiera, pero si yo no hubiera sido la segunda Apollyon entonces nada de esto habría pasado.

—Odio esto. Odio no tener el control.

—Pero sí tienes el control, Alex. Lo que eres te da más control que a nadie.

—¿Cómo? Según Lucian, soy la toma de corriente personal de Seth o algo así. ¿Quién lo sabe? Nadie.

—Tienes razón. Nadie lo sabe. Cuando cumplas dieciocho...

—Seré un monstruo descomunal.

—Eso no es lo que iba a decir.

Levanté las cejas y le miré.

—Vale. ¿Cuándo cumpla los dieciocho los dioses van a matarme mientras duermo? Eso fue lo que dijo Seth.

La ira hizo que sus ojos se volvieran gris oscuro.

—Los dioses tienen que saber que existes. Sé que esto no hará que te sientas mejor, pero si quisieran... deshacerse de ti, ya lo habrían hecho. Así que cuando cumplas dieciocho años, podría pasar cualquier cosa.

—Actúas como si esto fuese algo bueno.

—Podría serlo, Alex. Con vosotros dos...

—¡Suenas como Lucian! —Me aparté de él—. ¡¿Lo siguiente que vas a decirme es que soy la otra mitad súper especial de

Seth y que le pertenezco?! ¡¿Como si fuera una especie de objeto en lugar de una persona?!

—No estoy diciéndote eso. —Acortó la distancia y me puso las manos en los hombros. Me estremecí bajo el peso de sus manos—. ¿Recuerdas lo que dije sobre el destino? —Negué. Recordé cómo le habían distraído mis pantalones cortos. Tenía esa maravillosa virtud de la memoria selectiva—. Alex, eres la única que tiene el control sobre tu futuro. Solo tú puedes controlar lo que quieres.

—¿De verdad piensas eso?

Asintió.

—Sí.

Sacudí la cabeza, dudando de que pudiera creer en algo a estas alturas, y empecé a alejarme, pero las manos de Aiden se cerraron alrededor de mis hombros. Un instante después, me acercó a él. Dudé, porque estar tan cerca de él era, tal vez, la tortura más dulce.

Necesitaba apartarme… alejarme lo máximo posible, pero me rodeó los hombros con los brazos. Despacio y con cuidado, apoyé la cabeza en su pecho. Apoyé las manos en la curva de su espalda y respiré hondo. Me invadió su aroma, una mezcla entre mar y jabón. El latido constante de su corazón bajo mi mejilla me tranquilizó y me reconfortó. No era más que un abrazo, pero, por Dios, significaba mucho. Lo significaba *todo*.

—No quiero tener nada que ver con esto del Apollyon. —Cerré los ojos—. Ni siquiera me gusta estar en el mismo país que Seth. No quiero nada de esto.

Aiden pasó una mano por mi espalda.

—Lo sé. Es abrumador y da miedo, pero no estás sola. Lo solucionaremos. Todo va a salir bien.

Me acerqué un poco más. El tiempo pareció ralentizarse, permitiéndome disfrutar unos instantes del simple placer de estar entre sus brazos, pero entonces empezó a deslizar los dedos por mi pelo hasta llegar al cuero cabelludo, y de ahí, me echó la cabeza hacia atrás.

—No tienes de qué preocuparte, Alex. No voy a dejar que te pase nada.

Aquellas palabras prohibidas me llegaron al corazón, grabándose en mi alma para siempre. Nuestros ojos se encontraron. El silencio se extendió entre nosotros mientras nos mirábamos. Sus ojos cambiaron a un plateado feroz y llevó el otro brazo hasta mi cintura, tensándose. Me apartó los dedos del pelo y trazó con suavidad la curva de mi pómulo con ellos. Me estremecí cuando su intensa mirada siguió las yemas de sus dedos. Los deslizó por mi rostro y después por mis labios entreabiertos.

No deberíamos estar haciendo esto. Él era un sangre pura. Todo podría acabar muy mal para nosotros si nos descubrían, pero no me importaba. En este momento, estar con él parecía compensar cualquier consecuencia que pudiera tener. Esto estaba bien, era tal y como debía ser. No había explicación lógica para ello.

Luego se inclinó hacia delante y apoyó una mejilla en la mía. Un hormigueo me recorrió cuando movió los labios cerca de mi oreja.

—Deberías decirme que parase.

No dije nada.

Aiden emitió un sonido profundo en la garganta. Deslizó la mano por mi espalda, dejando un rastro de fuego a su paso, y me recorrió la mejilla con los labios, deteniéndose sobre los míos. Olvidé cómo respirar, y lo más importante, olvidé cómo pensar.

Se movió, muy despacio, y sus labios rozaron los míos una vez, y luego dos. Fue un beso tan dulce y hermoso, pero cuando el beso se profundizó, no fue para nada tímido. Fue un beso lleno de una necesidad contenida y peligrosa, un deseo que le había sido negado durante demasiado tiempo. El beso fue feroz, exigente y abrasador.

Aiden me atrajo hacia él, apretándome contra su cuerpo. Y cuando me besó de nuevo, nos dejó a los dos sin aliento. Nuestras manos se enredaron en el cuerpo del otro mientras nos dirigíamos a su habitación. Metí las manos bajo la camiseta que llevaba y recorrí la piel firme de sus costados. Nos separamos el tiempo suficiente para quitarle la camisa y, por Dios, cada curva era tan impresionante como había imaginado.

Me tumbó en la cama y deslizó las manos desde mi cara hasta mis brazos. Después, su mano viajó por mi estómago, luego por mi cadera y bajo el dobladillo de mi vestido. De algún modo, la parte superior de mi vestido acabó en mi cintura, y me recorrió el cuerpo con la boca. Me fundí en él, en sus besos y en su tacto. Clavé los dedos en la piel tersa de sus brazos y sentí cómo se me encogían las entrañas. Dondequiera que nuestros cuerpos se tocaran, saltaban chispas.

Aiden apartó sus labios de los míos y yo protesté, pero entonces me recorrió la garganta hasta la base del cuello con la boca. La piel me ardía y mi mente estaba en llamas. Su nombre apenas era un susurro, pero sentí cómo curvaba los labios contra mi piel.

Recorrió un camino invisible con la mirada y los dedos mientras hacía que me pusiera encima.

—Eres tan hermosa. Tan valiente, estás tan llena de vida. —Guio mi cabeza hacia abajo y depositó un beso lleno de ternura en la cicatriz de mi cuello—. No tienes ni idea, ¿verdad? Tienes tanta vida dentro, tanta.

Incliné la cabeza y me besó la punta de la nariz.

—¿En serio?

—Sí. —Me apartó el pelo de la cara—. Desde la noche que te vi en Georgia, te me has metido bajo la piel. Te metiste dentro de mí, te convertiste en parte de mí. No puedo evitarlo. Está mal. —Nos movió haciéndome rodar por la cama hasta que se inclinó sobre mí—. *Agapi mou*, no puedo… —Acercó sus labios a los míos una vez más.

No hubo más palabras. Nuestros besos se intensificaron, tanto sus labios como sus manos adquirieron un propósito que solo podía significar una cosa. Nunca había llegado tan lejos con un chico, pero sabía que quería estar con él. No había dudas, solo certeza. Mi mundo entero giraba en torno a este momento.

Aiden levantó la cabeza, mirándome a los ojos con *esa* pregunta en los suyos.

—¿Confías en mí?

Le pasé los dedos por la mejilla y luego por los labios entreabiertos.

—Sí.

Emitió un sonido grave con la garganta y me tomó la mano. Llevándola a sus labios, me dio un beso en la punta de cada dedo, luego en la palma y después en los labios.

Y fue entonces cuando alguien llamó a la puerta.

Nos quedamos paralizados el uno sobre el otro. Su mirada, aún nublada por el hambre, se cruzó con la mía. Pasó un segundo, y luego otro. Pensé que iba a ignorarlo. Dioses, quería que lo ignorara. Mucho. En lo más profundo. Mi vida dependía de ello. Pero volvieron a llamar, y esta vez una voz acompañó el sonido.

—Aiden, abre la puerta. Ahora.

Leon.

Mierda. Eso era en lo único que podía pensar. No sabía qué hacer. Me quedé allí tumbada, con los ojos como platos y desnuda. Completamente desnuda.

Sin dejar de mirarme, Aiden se levantó despacio y se puso de pie. Rompió el contacto visual cuando se inclinó para recoger la camiseta que yo había tirado por ahí. Salió del dormitorio sin hacer ruido y cerró la puerta tras de sí.

Me quedé allí un momento, sin poder dar crédito a lo que estaba sucediendo. Obviamente, el momento se había estropeado por completo... y yo seguía desnuda. Cualquiera podría irrumpir aquí, y aquí estaba yo, tirada en la cama. *Su* cama…

Más asustada de lo que nunca hubiera imaginado, me levanté de un salto y agarré mi vestido. Me lo puse y busqué un lugar en el que esconderme, pero las palabras de Leon me dejaron paralizada.

—No quería despertarte, pero supuse que querrías saberlo cuanto antes. Han encontrado a Kain. Está vivo.

Escuché, con el estómago en la garganta, cómo Aiden conseguía convencer a Leon de que se reuniría con él en la enfermería mientras yo me volvía a quedar inmóvil mirando la cama. Levanté la cabeza cuando Aiden abrió la puerta.

—Lo he escuchado.

Aiden asintió, con sus ojos grises cargados de un conflicto interno.

—Te haré saber lo que dice.

Di un paso adelante.

—Quiero ir. Tengo que oír lo que dice.

—Alex, es más tarde de tu toque de queda, ¿y cómo ibas a saber que estaba en la enfermería?

Maldita sea. Odiaba cuando tenía razón.

—Pero puedo colarme allí. Las salas están separadas con tabiques. Podría quedarme detrás de ellos…

—Alex. —El amante se había ido. Maldición—. Tienes que volver a tu residencia. Ahora mismo. Te prometo que te contaré todo lo que diga, ¿vale?

Como no veía forma de ganar la discusión, asentí. Esperamos un par de minutos antes de salir de su casa. En la puerta, Aiden se detuvo, con los dedos curvados a los lados.

Fruncí el ceño.

—¿Qué?

Aiden me miró y el aire abandonó mis pulmones. La pasión se apoderó de mí de golpe, intensa y abrasadora. La expresión de su rostro, de sus ojos, hizo que me recorriera un escalofrío.

Sin decir una palabra, me aferró y acercó sus labios a los míos. El beso me dejó sin aire. Fue embriagador y profundo, de infarto. No quería que terminara, pero terminó. Aiden se apartó, alejando despacio los dedos de mis mejillas.

—No hagas ninguna estupidez. —Tenía la voz ronca. Después, desapareció en la oscuridad fuera de su cabaña.

Volví a mi residencia dando tumbos y con las rodillas hechas de goma, repasando lo que había pasado entre nosotros. Los besos, su tacto y la forma en que me había mirado se quedaron grabados para siempre en mi memoria. A dos segundos de perder la virginidad.

Dos malditos segundos.

Pero ese último beso… hubo algo en él, que me puso nerviosa y me llenó de dolor. Una vez en mi habitación, me paseé de un lado a otro. Con el descubrimiento de que me convertiría en el segundo Apollyon en mi cumpleaños, lo que había pasado entre Aiden y yo, y la inesperada reaparición de Kain, estaba nerviosa. Me duché. Incluso ordené mi habitación, pero nada era capaz de agotarme. Ahora mismo, Aiden y el resto de los Centinelas tenían que interrogar a Kain y obtener las respuestas que yo necesitaba. ¿Mamá era una asesina?

Pasaron las horas mientras esperaba a que Aiden viniera con novedades, pero no vino. Me quedé dormida y me desperté demasiado pronto. Tenía alrededor de una hora antes de que empezara el entrenamiento, y no podía esperar más. Se me ocurrió un plan. Me puse la ropa de deporte y salí a toda prisa.

El sol acababa de alzarse por el horizonte, pero la humedad enturbiaba el aire. Evité a los Guardias que patrullaban y me dirigí a la enfermería sorteando los laterales de los edificios. El aire fresco me recibió dentro del estrecho edificio. Atravesé pasillos llenos de pequeños despachos y un par de salas más grandes equipadas para atender urgencias médicas. Los médicos de sangre pura vivían en la isla principal y atendían la enfermería solo durante el curso escolar. En una mañana de verano y tan temprano, apenas habría unas pocas enfermeras en el edificio.

Ya tenía excusas preparadas por si me encontraba con alguna de esas enfermeras. Tenía unos cólicos de muerte. Me había roto el dedo del pie. Incluso diría que necesitaba un test de embarazo si eso significaba que podía llegar a donde tenían a Kain, pero no me hizo falta usar ninguna excusa. El complejo médico estaba en silencio absoluto mientras merodeaba por el pasillo poco iluminado. Después de comprobar varias de las habitaciones más pequeñas, me tropecé con una sala que era utilizada para atender a varios pacientes a la vez. El instinto me llevó más allá de las camillas vacías y de la cortina verde guisante.

Me quedé inmóvil, con la fina tela de papel ondeando tras de mí.

Kain estaba sentado en medio de la cama, vestido con unos pantalones de deporte holgados y nada más. Unos mechones de pelo ocultaban la mayor parte de su cara respingona, pero el pecho… Tragándome la bilis que me había subido de repente, solo pude mirar.

Tenía el pecho, de una palidez increíble, cubierto de marcas en forma de medialuna y finas hendiduras que parecían que habían sido hechas por una de nuestras dagas del Covenant. No había mucho de él que no estuviera marcado.

Levantó la cabeza. Los ojos azules destacaban sobre una palidez cadavérica. Me acerqué, y sentí que algo me oprimía el pecho. Tenía muy mal aspecto, y cuando me sonrió, le vi todavía peor. Tenía la piel tan desteñida que sus labios parecían de color rojo sangre. Una pequeña sensación de culpa brilló en mi interior. Tal vez podría haber esperado a interrogarle, pero, al más puro estilo Alex, me abalancé sobre él.

—¿Kain? ¿Estás bien?

—Creo… creo que sí.

—Quería… hacer algunas preguntas si… si te parece bien.

—¿Quieres preguntarme sobre tu madre? —Se miró las manos.

Sentí un gran alivio. No tendría que darle explicaciones. Me acerqué un poco más.

—Sí.

Se quedó callado mientras seguía mirándose las manos. Sostenía algo, pero no pude ver lo que era.

—Les dije a los demás que no recordaba nada.

Quería sentarme y echarme a llorar. Kain era mi única esperanza.

—¿No te acuerdas?

—Eso fue lo que les dije.

Un sonido extraño me llegó desde detrás de la cortina verde al otro lado de la cama de Kain, como una tela arrastrándose por el suelo liso. Fruncí el ceño y miré a su lado.

—¿Hay... hay alguien ahí detrás? —La única respuesta que obtuve fue un gorgoteo bajo. El pavor apareció de la nada, me recorrió la espina dorsal, me exigió que huyera de la habitación. Empujé la cama y corrí la cortina. Separé los labios en un grito silencioso.

Tres enfermeras sangre pura yacían tendidas en el suelo ensangrentado. Una aún se aferraba a la vida. Una furiosa línea roja le rasgaba la garganta mientras se estiraba para cruzar la pequeña distancia. Me acerqué a ella, pero con un último murmullo, murió. Me quedé paralizada, sin poder pensar ni respirar.

Gargantas rajadas. Todas estaban muertas.

—Lexie.

Mi madre era la única que me llamaba así. Me di la vuelta y me llevé la mano a la boca. Kain seguía en el lado opuesto de la cama, mirándose las manos.

—Creo que el apodo de Lexie es mucho mejor que el de Alex, pero qué iba a saber yo. —Se rio, y sonó frío, sin humor. Muerto—. No sabía nada hasta ahora.

Salí corriendo.

Kain se movió con una rapidez sorprendente para alguien que había estado siendo torturado durante semanas. Antes de que pudiera llegar a la puerta, ya estaba frente a mí, con la daga del Covenant en la mano.

Se me congelaron los ojos al ver la daga.

—¿Por qué?

—¿Por qué? —Me imitó—. ¿No lo entiendes? No. Claro que no. Yo tampoco lo entendía. Primero lo intentaron con los Guardias, pero los drenaron demasiado rápido. Murieron.

Había algo en él que andaba mal, muy mal. Podría haber sido la tortura; todas esas marcas podrían haberlo vuelto loco. Pero en realidad no importaba por qué se había vuelto loco, porque sin duda alguna estaba loco, y yo estaba acorralada.

—Para cuando llegaron a mí, ya habían aprendido de sus errores. Hay que drenar a los nuestros despacio. —Miró la daga—. Pero no somos como ellos. No cambiamos como ellos.

Retrocedí, tragándome el miedo. Se me olvidó lo que había aprendido. Sabía cómo lidiar con un daimon, pero un amigo que se había vuelto loco era otra historia.

—Tenía hambre, tenía tanta hambre. No hay nada igual. Tenía que hacerlo.

Me di cuenta de algo horrible. Di otro paso atrás justo cuando se lanzó a por mí. Era tan rápido, más rápido de lo que había sido nunca. Antes de que pudiera notar el golpe, me golpeó en la cara con el puño. Volé hacia atrás, estrellándome contra una de esas mesitas. Sucedió tan rápido que no pude detener la caída. Aterricé en un montón desordenado, aturdida y con sabor a sangre en la boca.

Kain se me echó encima de inmediato, me levantó de un tirón y me lanzó al otro lado de la habitación. Me golpeé contra el borde de la cama y después contra el suelo. Me puse de pie, ignoré el dolor y me enfrenté a la única cosa que no podía ser.

Por encima de toda razón y de cualquier explicación, no me cabía duda de que Kain ya no era un mestizo. Tan solo había una cosa que se movía tan rápido como él. Por imposible que fuese, era un daimon.

CAPÍTULO 17

Quitando lo de la palidez que no era normal, Kain parecía…
Kain. Eso explicaba por qué ninguno de los otros mestizos lo ha-
bía notado. No había nada en él que indicase que algo iba mal.
Bueno… excepto la pila de cadáveres que había tras la cortina.

Tomé lo que parecía un monitor cardiovascular y se lo lancé
a la cabeza. Como era de esperar, lo apartó a un lado.

Volvió a soltar esa risa enfermiza.

—¿No puedes hacerlo mejor? ¿Recuerdas nuestras sesiones? ¿Con qué facilidad saqué lo mejor de ti?

Ignoré aquel doloroso recordatorio, pensando que lo mejor era que siguiera hablando hasta que tuviera una opción
mejor.

—¿Cómo es posible? Eres un mestizo.

Asintió, pasándose el arma a la otra mano.

—¿No estabas prestando atención? Ya te lo he dicho. Dre-
nan despacio a los de nuestra especie, y dioses, duele como el
infierno. Quise morir mil veces, pero no lo hice. ¿Y ahora? Soy
mejor de lo que nunca fui. Más rápido. Más fuerte. No podéis
luchar contra mí. Ninguno de vosotros puede.

Levantó la daga y la movió de un lado a otro.

—La parte de la alimentación es complicada, pero da resultado.

Miré por encima de su hombro. Había una pequeñísima posibilidad de que pudiera llegar hasta la puerta. Seguía siendo rápida y no estaba malherida.

—Eso... tiene que ser un asco.

Se encogió de hombros, pareciéndose al antiguo Kain, tanto que me dejó sin aliento.

—Cuando tienes hambre, te acostumbras.

Eso me tranquilizó. Me desplacé hacia la izquierda.

—Vi a tu madre.

Todos mis instintos me gritaban que no le escuchara.

—¿Hablaste... con ella?

—Estaba frenética, mataba y sentía un gran placer al hacerlo. Fue ella la que me convirtió.

Se lamió los labios.

—Viene a por ti, ¿lo sabías?

—¿Dónde está? —No esperaba que contestara, pero lo hizo.

—Abandona la seguridad del Covenant y la encontrarás... o ella te encontrará a ti. Pero eso no va a pasar.

—¿Oh? —susurré, pero ya lo sabía. No era estúpida. Mi madre no iba a tener ninguna oportunidad de llegar a mi éter, porque Kain iba a degollarme y a drenarme.

—¿Sabes qué es lo único de ser un daimon que es una mierda? Siempre estoy tan hambriento. ¿Pero tú? Estoy seguro de que te sentirás como nadie. Menos mal que acudiste a mí. Confiaste en mí. —Bajó la mirada azul hacia mi cuello, donde el pulso me latía con frenesí—. Seguirá matando hasta que te encuentre o hasta que mueras. Y vas a morir.

Esa fue la señal para moverme. Empujé con todas mis fuerzas, pero fue inútil. Kain bloqueó la única vía de escape que tenía. Sin otra opción que luchar contra él, me puse en guardia, sin armas y sin preparación.

—¿De verdad quieres intentarlo?

Me forcé a que mi voz sonase con la mayor audacia posible.

—¿Y tú?

Esta vez, cuando me agarró, le di una patada y atrapé la mano que sostenía la daga. Salió volando de sus manos, estrellándose contra el suelo. Antes de que pudiera celebrar esa pequeña victoria, arremetió con el puño y, al parecer, se acordó de mis escasas habilidades para los bloqueos. El puñetazo me dio en el estómago e hizo que me doblase.

Una ráfaga de aire me revolvió el pelo, dándome apenas un segundo para enderezarme. Estaba acabada, no tenía ninguna duda. Pero cuando levanté la cabeza, no era Kain el que estaba frente a mí.

Era Aiden.

No le dijo nada a Kain. De alguna forma, *lo supo* mientras me obligaba a retroceder del daimon mestizo. Kain dirigió su atención a Aiden. Dejó escapar un alarido, muy similar al que el daimon había proferido en Georgia. Se rodearon, y con Kain sin armas, Aiden tenía ventaja. Intercambiaron golpes feroces: ya no eran compañeros, eran enemigos hasta la médula. Entonces Aiden hizo su jugada. Clavó la daga de titanio en el estómago de Kain.

Sucedió lo imposible: Kain no cayó.

Aiden dio un paso atrás, mostrando la cara de sorpresa de Kain. Miró la herida abierta y se echó a reír. Debería haber sido un golpe mortal, pero a medida que la fría comprensión se apoderaba de mí, me di cuenta de que teníamos mucho que aprender sobre los daimons mestizos.

Eran inmunes al titanio.

Aiden le dio una patada a Kain, que la bloqueó y giró para asestarle otra.

Un aparato se estrelló contra la pared. Me quedé boquiabierta, paralizada. No podía quedarme aquí. Fui a por la daga que había en el suelo.

—¡Atrás! —gritó Aiden mientras rodeaba con los dedos el frío titanio.

Levanté la vista y vi a los refuerzos y al Apollyon.

—¡Atrás! —La voz de Seth retumbó en medio del caos.

Aiden saltó hacia delante, empujándome contra la pared y protegiéndome con su cuerpo. Le puse las manos en el pecho. Giré la cabeza cuando Seth se puso delante de los Centinelas, con un brazo extendido frente a él.

Segundos después, apareció algo que podría describir como un rayo que salió de su mano. El destello de luz azul, tan intenso y brillante, oscureció todo lo que había en la habitación. *Akasha*, el quinto y último elemento: solo los dioses y los Apollyon podían dominarlo.

—No mires —susurró Aiden.

Hundí la cara en su pecho mientras el aire se llenaba del sonido crepitante del elemento más poderoso conocido por los Hematoi. Los horribles gritos de Kain resonaron cuando el *akasha* impactó en él. Me estremecí, hundiéndome aún más en Aiden. Los gritos… nunca olvidaría esos gritos.

Aiden me abrazó con más fuerza hasta que el chillido de agonía cesó y el cuerpo de Kain cayó al suelo. Aiden se apartó y me rozó el labio partido e hinchado con la punta de los dedos. Durante un instante, me miró a los ojos. En una sola mirada, había tanto. Dolor. Alivio. Furia.

Todos entraron en la habitación a la vez. En el caos, Aiden me examinó con rapidez antes de dejarme con Seth.

—Sácala de aquí.

Seth tiró de mí para que pasara junto a los Centinelas mientras Aiden se centraba en el cuerpo hecho polvo. En el pasillo, nos cruzamos con Marcus y varios guardias más. Nos dedicó una breve mirada. Seth me llevó por el pasillo, en silencio, hasta que me metió en otra sala al final.

Cerró la puerta tras de sí y se acercó a mí despacio.

—¿Estás bien?

Retrocedí hasta apretarme contra la pared que estaba más alejada de él, con la respiración agitada.

—¿Alex? —Entrecerró los ojos.

En cuestión de horas, todo había cambiado. Nuestro mundo, *mi mundo*, ya no era el mismo. Era más que eso. Mamá, la locura con Seth, lo de anoche con Aiden, ¿y ahora esto? Me derrumbé. Me deslicé por la pared y me senté con las rodillas apretadas contra el pecho. Me eché a reír.

—Alex, vamos. —Tenía esa voz musical, pero parecía tenso—. Es mucho, lo sé. Pero tienes que controlarte. Van a entrar aquí… pronto. Querrán respuestas. Anoche, Kain estaba normal, tan normal como podía ser Kain. Ahora era un daimon. Van a querer saber qué pasó.

Entonces, Kain ya era un daimon, pero nadie lo había sabido. Nadie pudo darse cuenta anoche. Me quedé mirando a Seth sin entender nada. ¿Qué quería que dijera? ¿Que estaba bien?

Volvió a intentarlo, agachándose enfrente de mí.

—Alex, no puedes dejar que te vean así. ¿Me entiendes? No puedes dejar que los otros Centinelas o tu tío te vean así.

¿Acaso importaba? Las reglas habían cambiado. Seth no podía estar en todas partes. Saldríamos y moriríamos. Peor aún, nos podrían convertir. Me podrían convertir. Como a mamá. Ese pensamiento trajo un destello de cordura. Si me perdía, ¿para qué serviría? ¿Qué pasaría con mamá? ¿Quién arreglaría esto, en lo que se había convertido?

Seth miró hacia la puerta por encima del hombro.

—Alex, estás empezando a preocuparme. Insúltame… o algo.

Se me escapó una sonrisa débil.

—Eres más rarito de lo que jamás hubiera imaginado.

Se rio, y me debieron de engañar los oídos, porque parecía aliviado.

—Eres tan rarita como yo. ¿Qué tienes que decir al respecto?

Me encogí, los dedos apretados alrededor de las rodillas.

—Te odio.

—No puedes odiarme, Alex. Ni siquiera me conoces.

—No importa. Odio lo que significas para mí. Odio no tener el control. Odio que todo el mundo me haya mentido. —Ahora que estaba en racha, estiré las piernas—. Y odio lo que *esto* significa. Los Centinelas morirán ahí fuera, uno tras otro. Odio seguir pensando en mi madre... como mi *madre*.

Seth se echó hacia delante y me agarró de la barbilla. El impacto de su contacto no fue tan escalofriante como antes, pero la extraña descarga de energía siguió estremeciéndome.

—Entonces toma el odio y haz algo al respecto, Alex. Utiliza el odio. No te quedes aquí sentada como si no hubiera esperanza para ellos... para nosotros.

¿Para nosotros? ¿Se refería a nuestra especie o a él y a mí?

—Has visto lo que puedo hacer. Tú también podrás hacerlo. Juntos, podremos pararlos. Sin ti, no podremos. Y, maldita sea, te necesito para ser fuerte. ¿De qué te sirve si acabas siendo una maldita sirvienta por no saber lidiar con esto?

Bueno... supongo que eso respondía a mi pregunta. Le aparté la mano de un golpe.

—Fuera de mi vista.

Se inclinó más hacia mí.

—¿Qué vas a hacer al respecto exactamente?

Le advertí con la mirada.

—Me da igual que lances rayos con la mano. Te daré un puñetazo en la cara.

—¿Por qué no me sorprende? ¿Podría tener que ver con el hecho de que sepas que no te haré daño, que no puedo?

—Puede ser. —En realidad, no estaba muy segura de eso. Hacía veinticuatro horas que me había arrastrado por la isla.

—Eso no suena muy justo, ¿verdad?

—Toda esta situación contigo no es justa. —Le golpeé el pecho con el dedo—. En esto, tú tienes el control.

Seth emitió un sonido de exasperación. Extendió la mano y me agarró por los lados de la cabeza.

—*Tú* tienes el control. ¿No lo entiendes?

Molesta, le agarré de las muñecas.

—Suéltame.

Retorció las manos y agarró las mías. Aquellos ojos color ámbar se encendieron, como si estuviera preparado para el desafío. Tras unos segundos, se separó y se levantó.

—Esa es la actitud que conozco y detesto.

Lo rechacé, pero lo malo era que su fastidio había llegado hasta mí. No lo admitiría. Nunca.

Sacó una toalla del estante. Después de humedecerla, me la tiró.

—Límpiate. —Me lanzó una sonrisa diabólica—. No puedo permitir que mi pequeña Apollyon en prácticas esté hecha un desastre.

Apreté la toalla con los dedos.

—Si vuelves a decir algo tan estúpido, te asfixiaré mientras duermes.

Alzó las cejas doradas.

—Pequeña Alex, ¿estás sugiriendo que durmamos juntos?

Asombrada por cómo había llegado a *esa* conclusión, bajé la toalla.

—¿Qué? ¡No!

—¿Cómo ibas a asfixiarme mientras duermo si no estuvieras conmigo en la cama? —Esbozó una sonrisa—. Piénsalo.

—Oh, cállate.

Se encogió de hombros y miró hacia la puerta.

—Ya vienen.

Tenía curiosidad por saber cómo lo sabía, pero cuando me pasé el paño por el labio hinchado, la puerta se abrió de golpe. Marcus entró primero y Aiden lo siguió. Su mirada se dirigió a mí, examinándome una vez más. La mirada que tenía me decía que quería acercarse a mí, pero con Marcus y media docena de Centinelas presentes, era imposible. Luché contra la necesidad de estar en sus brazos y me centré en mi tío.

Marcus me miró a los ojos.

—Tienes que decirme qué ha pasado exactamente.

Así que les dije todo lo que recordaba. Marcus permaneció impasible durante el tiempo que duró mi relato. Hizo las preguntas oportunas y, cuando todo terminó, quise volver a trompicones a mi habitación. Revivir lo que le había pasado a Kain me había vaciado el alma.

Marcus me dio permiso para marcharme y me puse en pie mientras él les daba órdenes a Leon y a Aiden.

—Avisad a los demás Covenants. Yo me ocuparé del Consejo.

Aiden me siguió hasta el pasillo.

—¿No te pedí que no hicieras ninguna estupidez?

Hice una mueca de dolor.

—Sí, pero no sabía… no pensé que Kain pudiera estar así.

Aiden negó con la cabeza y se pasó una mano por el pelo. Entonces hizo la única pregunta que nadie se había molestado en hacer.

—¿Dijo algo sobre tu madre?

—Dijo que ella los mató. —Inhalé con fuerza—. Que disfrutó mucho matándolos.

La empatía brilló en esos ojos fríos.

—Alex, lo siento. Sé que esperabas que no fuera así. ¿Estás bien?

La verdad es que no, pero quería ser fuerte por él.

—Sí.

Apretó los labios.

—Hablaremos más tarde, ¿vale? Te haré saber cuándo volveremos a entrenar. Todo va a ser un caos en los próximos días.

—Aiden… Kain dijo que estaba buscándome. Que ella venía a por mí.

Tuvo que haber algo en mi voz, porque se puso delante de mí muy rápido. Extendió la mano y me acarició la mejilla, con una voz tan firme que no dudé ni un segundo de lo que decía.

—No dejaré que eso pase. Jamás. Nunca te enfrentarás a ella.

Tragué saliva. Su cercanía, su tacto, evocaban tantos recuerdos; tardé un rato en responder.

—Pero si lo hiciera… podría hacerlo.

—¿Kain te dijo algo más sobre tu madre?

Seguirá matando hasta que te encuentre…

—No. —Negué con la cabeza mientras la culpa me comía por dentro.

Se llevó la mano al pecho, donde se frotó un punto por encima del corazón.

—Vas a hacer otra estupidez.

Sonreí sin ganas.

—Bueno, suelo hacer una al día.

Aiden alzó una ceja, la diversión le tiñó los ojos por un momento.

—No, no me refería a eso.

—Entonces, ¿a qué te referías?

Negó con la cabeza.

—Nada. Hablamos luego. —Se cruzó con Seth en el camino de vuelta a la sala.

Por un momento, las expresiones de ambos se volvieron pétreas. Puede que hubiera respeto mutuo en sus caras, pero sin duda, también había una aversión mutua.

Me fui antes de que Seth pudiera detenerme. Cuando llegué a la residencia de las chicas, varias estudiantes estaban en el porche. Las noticias volaban aunque fuera temprano, pero lo más impactante fue que Lea estaba entre ellas.

Al verla, se me encogió el corazón. Se veía espantosa para ser Lea, lo que quiere decir que se veía como el resto de nosotras en un día bueno. No sabía qué decirle. No éramos amigas, pero no podía ni imaginar por lo que estaba pasando.

¿Qué podía decir? Ninguna disculpa ni pésame haría que las cosas fuesen mejor para ella, pero a medida que me acercaba, vi sus ojos rojos, lo secos que tenía los labios que de normal eran carnosos y el aire general de desolación que la rodeaba. Me hizo recordar cómo me sentí cuando creí que mi madre había muerto. Ahora, multiplica eso por dos; así era como se sentía Lea.

Nuestras miradas se cruzaron y la pobre disculpa salió de entre mis labios.

—Lo siento… por todo.

Para mi sorpresa, Lea asintió al pasar a mi lado. Me quedé detrás de ella, deseando que me hubiera llamado «perra» o se hubiera burlado de mí. Eso habría sido mejor que esto. Cansada y dolorida, avancé por el pasillo y me crucé con un grupo de chicas. Hubo murmullos, y tenían razón. Mi madre era una asesina daimon.

En mi habitación, me derrumbé. Todavía con la ropa puesta, caí en el tipo de sueño que solo se tiene después de haberse enfrentado a algo tan grande y que te cambia la vida. En algún punto, en ese estado medio lúcido, antes de estar fuera de mí por completo, me di cuenta de que cuando Seth y yo nos habíamos tocado en la sala médica, no había habido ningún cordón azul.

Al día siguiente, Aiden me mandó una nota para decirme que el entrenamiento seguía suspendido. No mencionó cuándo volvería a contactarme. Con el paso de las horas, surgió una inquietud persistente. ¿Se arrepentiría Aiden de lo que había pasado entre nosotros? ¿Todavía me querría? ¿Volveríamos a hablar alguna vez?

Mis prioridades estaban bastante desordenadas, pero no podía evitarlo. Desde que me había despertado, lo único en lo que podía pensar era en lo que casi había pasado entre nosotros. Y cuando lo hacía, notaba el calor y la vergüenza.

Me quedé mirando el libro enorme que me había prestado. Lo había dejado en el suelo, junto al sofá. Se me ocurrió una idea. Podía devolverle el libro, motivo suficiente para buscarlo. Me decidí antes de darme cuenta. Agarré el libro y abrí la puerta de un tirón.

Caleb estaba ahí de pie, con una mano levantada como si fuera a llamar a la puerta y con la otra sostenía una caja de pizza.

—¡Oh! —Dio un paso atrás, sobresaltado.

—Ey. —No podía mirarle a la cara.

Bajó la mano. Nuestra casi pelea perduraba entre nosotros como la mala sangre.

—¿Ahora lees fábulas griegas?

—Eh… —Miré hacia abajo al maldito libro—. Sí… supongo.

Caleb se mordió el labio inferior, un hábito nervioso que arrastraba desde la infancia.

—Sé lo que ha pasado. Me refiero… a que tu cara lo dice todo.

De manera distraída, me llevé los dedos al labio que tenía partido.

—Quería asegurarme de que estuvieras bien.

Asentí.

—Lo estoy.

—Mira. He traído comida. —Levantó la caja con una sonrisa—. Y si no me dejas entrar o salimos van a verme aquí.

—Está bien. —Dejé caer el libro al suelo y le seguí hasta la salida.

De camino al patio, opté por un tema seguro.

—Vi a Lea ayer por la mañana.

Asintió.

—Volvió anoche. Ha estado bastante callada. Aunque sea una perra, siento lástima por ella.

—¿Has hablado con ella?

Caleb asintió.

—Está sobrellevándolo. No estoy seguro de si le ha afectado de verdad, ¿sabes?

Lo entendía mejor que él. Encontramos un lugar a la sombra de unos grandes olivos y nos sentamos. Picoteé la pizza y dispuse los trozos de salchichón formando una cara sonriente de aspecto asqueroso.

—Alex, ¿qué le pasó en verdad a Kain? —Redujo la voz a un susurro—. Todo el mundo dice que era un daimon, pero eso no puede ser, ¿verdad?

Levanté la vista de la comida.

—Era un daimon.

El sol asomaba entre las ramas, reflejándose en los mechones de pelo de Caleb y volviéndolos de un color dorado brillante.

—¿Cómo no lo supieron los Centinelas?

—Estaba igual que siempre. Tenía los ojos bien, los dientes normales. —Me recosté contra el árbol y crucé las piernas a la altura de los tobillos—. No se podía saber. No lo supe hasta que… vi a las puras. —Una imagen que nunca podría olvidar.

Tragó saliva y miró la pizza.

—Más funerales —murmuró. Y luego habló más alto—: No puedo creérmelo. Todo este tiempo y nunca ha habido un daimon mestizo. ¿Cómo puede ser?

Le conté lo que había dicho Kain, supuse que no había razón para mantenerlo en secreto. Su reacción fue la típica: seria y profunda. Para nosotros, caer en combate significaba la muerte, y nunca habíamos tenido que plantearnos otra cosa.

Caleb frunció el ceño.

—¿Y si Kain no fue el primero? ¿Y si otros daimons lo descubrieron y simplemente nosotros no lo sabíamos?

Nos miramos. Tragué saliva y dejé mi trozo de pizza en el plato.

—Entonces elegimos un buen momento para graduarnos esta primavera, ¿eh?

Los dos nos reímos… nerviosos. Luego volví a mi pizza, pensando en todo lo que había pasado. Me vinieron a la mente imágenes de Aiden sin camiseta. La forma en que me había mirado y cómo me había besado. Poco a poco, el tacto de las yemas de los dedos de Aiden fue sustituido por el de Seth y el cordón azul.

—¿En qué estás pensando? —Caleb se acercó y continuó al ver que no contestaba—. ¿Qué sabes? ¡Tienes esa expresión en la cara! ¡La que tenías cuando teníamos trece años y te encontraste a los instructores Lethos y Michaels besándose en el almacén!

—¡Qué asco! —Arrugué la cara al recordarlo. Que le condenasen por acordarse de las cosas más asquerosas.

—No es nada. Es solo que estoy pensando… en todo. Han sido unos días muy largos.

—Todo ha cambiado.

Miré a Caleb, sintiéndolo por él.

—Sí.

—Van a tener que cambiar la forma en que nos entrenan, ¿sabes? —Continuó con la que probablemente fue la voz más suave que jamás le había oído usar—. Los daimons siempre tuvieron fuerza y velocidad, pero ahora lucharemos contra mestizos entrenados como nosotros. Conocerán nuestras técnicas, los movimientos… todo.

—Muchos moriremos ahí fuera. Más que nunca.

—Pero tenemos al Apollyon. —Se acercó y me apretó la mano—. Ahora tendrá que gustarte. Va a salvarnos el culo ahí fuera.

La necesidad de contárselo todo casi me abrumó, pero aparté la mirada y me fijé en las flores aromáticas, tupidas y amargas. No recordaba cómo se llamaban. ¿Belledon o algo así? ¿Qué había dicho la abuela Piperi sobre ellas? Como los besos de los que caminan entre los dioses…

Me volví hacia Caleb y me di cuenta de que ya no estábamos solos. Olivia estaba a su lado, con los brazos envueltos con fuerza alrededor de su cintura. Le contó lo que había pasado, y no actuó como un idiota enamorado, lo cual era bueno. Al final, se sentó y me dirigió una mirada compasiva. Supuse que mi cara era un desastre, pero no me había fijado bien.

Caleb dijo algo gracioso y Olivia se rio. Yo también me reí, pero Caleb me miró, dándose cuenta del tono falso de la risa. Intenté meterme en su conversación, pero no pude. Cada uno de nosotros se pasó el resto del día intentando olvidar algo. Caleb y Olivia se concentraron en cualquier cosa que no fuera la fría realidad de los mestizos convertidos en daimons. ¿Y yo? Bueno, intenté olvidarlo todo.

Al anochecer, regresamos a nuestras residencias y quedamos para comer al día siguiente. Cuando nos quedamos solos, Caleb me detuvo antes de que subiera los escalones del porche.

—Alex, sé que has estado pasando por muchas cosas. Además de todo eso, las clases empiezan dentro de dos semanas. Estás sometida a mucho estrés. Y siento lo que pasó aquella noche en casa de Zarak.

¿Las clases empezaban en dos semanas? Santo cielo, no me había dado cuenta.

—Debería ser yo la que se disculpase. —Lo dije en serio—. Lo siento por haber sido una perra.

Se rio y me dio un abrazo rápido. Al apartarse, se le borró la sonrisa.

—¿Seguro que estás bien?

—Sí. —Vi cómo empezaba a darse la vuelta—. ¿Caleb?

Se detuvo, expectante.

—Mi madre… mató a esa gente en Lake Lure. Ella fue la que convirtió a Kain.

—Lo… lo siento. —Dio un paso hacia delante, levantó las manos y luego las dejó caer a los lados—. Ella ya no es tu madre. No es ella la que está haciendo esto.

—Lo sé. —La madre que yo había conocido no sentiría placer matando bichos. Nunca habría hecho daño a otra persona viva, que respirase—. Kain me dijo que seguiría matando hasta que me encontrase.

Parecía que no sabía qué decir.

—Alex, seguirá matando pase lo que pase. Sé que esto va a sonar muy mal, pero los Centinelas la encontrarán. La detendrán.

Asentí, jugueteando con el borde de mi camiseta.

—Debería ser yo quien la detuviera. Es mi madre.

Caleb frunció el ceño.

—Debería ser cualquiera menos tú, ya que era tu madre. Yo... —El ceño fruncido desapareció de su cara mientras me miraba a los ojos—. Alex, no irás a por ella, ¿verdad?

—¡No! —Forcé una carcajada—. No estoy loca.

Siguió mirándome fijamente.

—Mira. Ni siquiera sabría dónde buscarla —le dije, pero las palabras de Kain volvieron a mí. *Abandona la seguridad del Covenant y la encontrarás o ella te encontrará a ti.*

—¿Por qué no te escabulles conmigo? Podemos descargar un montón de películas ilegales y verlas. Incluso podemos entrar en la cafetería y robar un montón de comida. ¿Qué te parece? Parece divertido, ¿a que sí?

Lo parecía, pero...

—No. Estoy muy cansada, Caleb. Los últimos días han sido...

—¿Una mierda?

—Sí, puedes decir eso. —Entonces me eché atrás—. ¿Nos vemos para desayunar? Dudo de que tenga entrenamiento.

—Vale. —Aún parecía preocupado—. Si cambias de opinión, ya sabes dónde estoy.

Asentí y me dirigí al interior de la residencia. Había otro sobre blanco metido en la pequeña rendija. Cuando vi la letra de Lucian, sentí un extraño nudo en el pecho.

No era de Aiden.

—Dioses. —Lo abrí y tiré la carta sin leerla. Sin embargo, estaba recogiendo una suma bastante grande de dinero. Este contenía trescientos, y lo guardé con el resto del dinero en efectivo. Una vez que las cosas se calmaran, iba a ir de compras de verdad.

Después de ponerme un pijama de algodón y una camiseta de tirantes, agarré el libro de leyendas griegas y lo llevé a la cama. Hojeé la sección sobre Apollyon. Leí el pasaje una y otra vez, buscando algo que pudiera decirme qué iba a pasar cuando cumpliera dieciocho años, pero el libro no me decía nada que no supiera ya.

Lo cual no era mucho.

Debí de quedarme dormida, porque lo siguiente que supe fue que estaba mirando al techo de mi oscuro dormitorio. Me incorporé y me aparté el pelo enmarañado. Desorientada y aún medio dormida, intenté recordar lo que había soñado.

Mamá.

En mi sueño estábamos en el zoo. Era como cuando era pequeña, pero era un poco mayor y mamá… mamá había matado a todos los animales, arrancándoles la garganta y riéndose. Durante todo ese tiempo, yo me quedé mirándola. Ni una sola vez intenté detenerla.

Balanceé las piernas sobre el borde de la cama y me incorporé mientras se me revolvía el estómago. *Seguirá matando hasta que te encuentre.* Me levanté, con una extraña sensación de debilidad en las piernas. ¿Por eso había vuelto Kain? ¿Mamá sabía de algún modo que yo lo buscaría y él me transmitiría el mensaje?

No. No podía ser. Kain había vuelto al Covenant, porque era…

¿Por qué había vuelto a un lugar lleno de gente dispuesta a matarle?

Otro recuerdo me invadió, más brillante que el resto. Era el de Aiden y yo delante de los maniquíes de la sala de entrenamiento. Le había preguntado qué habría hecho si sus padres se hubieran convertido.

«Los habría cazado. No habrían querido ese tipo de vida».

Apreté los ojos.

Mamá habría preferido que la mataran a convertirse en un monstruo que ataca a toda criatura con vida. Y ahora mismo, estaba ahí fuera, matando y cazando; esperando. De alguna manera, acabé delante del armario, recorriendo el uniforme del Covenant con los dedos.

Entonces la buscaría y la mataría yo misma. Mis propias palabras ardían en mi cabeza. No tenía ninguna duda de lo que debía hacer. Era una locura y algo insensato, incluso estúpido, pero el plan cobró forma. Una fría y férrea determinación se apoderó de mí y dejé de pensar.

Empecé a actuar.

Era temprano, demasiado temprano para que alguien merodeara por los terrenos del Covenant. Bajo la luz de la luna solo se movían las sombras de los Guardias que patrullaban. Llegar al almacén de seguridad que estaba detrás los pabellones de entrenamiento no fue tan difícil como pensé que sería. Los Guardias estaban más preocupados por posibles debilidades en el perímetro. Una vez dentro, encontré el camino hasta el lugar donde tenían guardados los uniformes. Agarré uno que me quedaba bien y se me aceleró el corazón mientras me lo ponía a toda prisa. No necesité un espejo para ver cómo me quedaba, siempre había sabido que el uniforme de los Centinelas me quedaría muy bien. El negro era un color que me sentaba muy bien.

Los Hematoi usaban el elemento tierra para dar glamour a los uniformes, para que el mundo mortal no sospechara que éramos una organización paramilitar. Para un mortal, el uniforme parecía unos simples vaqueros y una camiseta, pero para un mestizo, era un signo de la posición más alta que un mestizo podía obtener. Solo los mejores llevaban este uniforme.

Había muchas posibilidades de que fuera la primera y la última vez que lo luciera. Si volvía... lo más probable era que me expulsasen. Si no lo lograba, bueno, eso era algo en lo que no podía pensar.

Vas a hacer algo estúpido. Me tropecé cuando recordé lo que Aiden me había dicho. Sí. Esto era bastante estúpido. ¿Cómo lo había sabido? El corazón me dio un vuelco. Aiden siempre sabía lo que estaba pensando. No necesitaba un cordón azul ni la palabra de un oráculo fuera de sus cabales para conocerme. Simplemente lo sabía.

No podía pensar en él ahora mismo ni en lo que haría si descubría lo que estaba tramando. Atrapé una gorra del estante de arriba, me enredé el pelo debajo de ella y la bajé para que me cubriera la mayor parte de la cara.

Después, dirigí mi atención a la sala de armas, donde podía surtirme de todo tipo de armas mortales, desde cuchillos hasta pistolas, y de casi cualquier cosa que pudiera apuñalar y decapitar. Por muy enfermizo que fuera, estaba algo emocionada por estar aquí. No estaba segura de lo que eso decía de mí como persona, pero, por otra parte, matar era parte de ser un mestizo, igual que lo era para un daimon. Ninguno de los dos podía escapar de eso; los puros eran los únicos que podían.

Opté por dos dagas. Me enganché una en el lateral del muslo derecho, y la otra se redujo de quince centímetros a dos con tan solo pulsar un botón del mango. Me metí esa en el bolsillo por la costura del pantalón. Agarré una pistola y me aseguré de que estuviera cargada.

Balas de titanio. Un material mortal.

Eché un último vistazo a la sala de la muerte y el desmembramiento, dejé salir un pequeño suspiro e hice lo que Caleb y Aiden se temían. Abandoné la seguridad del Covenant.

Capítulo 18

No podía creérmelo. Mi disfraz funcionó.

Me mantuve entre las sombras la mayor parte del tiempo, negándome a pensar en mis actos. Cuando crucé el primer puente, los Guardias se limitaron a saludarme con la cabeza. Uno incluso me llamó, obviamente confundiéndome con alguien legal.

Mientras recorría las calles vacías de la isla principal, pensaba en las veces que había matado. Había matado a dos daimons. Podía hacerlo. Mi madre no iba a ser diferente.

No podía ser diferente.

Siendo un daimon joven, tendría velocidad y fuerza, pero nunca había recibido un entrenamiento serio. No como el mío. Sería más rápida y más fuerte que ella. Prácticamente, Aiden me había hecho comprender que a los daimons recién convertidos solo les preocupaba una cosa: drenar. A los tres meses, se la consideraría una novata, una bebé daimon.

Tendría que atacar mientras aún pareciera un daimon, antes de que la magia elemental se apoderara de ella y pareciera… mamá.

El puente principal resultó ser un poco más difícil de cruzar, pero por suerte esos Guardias no tenían mucho contacto con los estudiantes. Ninguno me reconoció, pero querían charlar. Eso me frenó lo suficiente como para que mi confianza flaqueara.

Hasta que, haciéndose a un lado, uno dijo:

—Ten cuidado y vuelve, Centinela.

Centinela. Era lo que siempre había querido ser al graduarme, tomar el camino más proactivo de tratar con dáimons en lugar de proteger a los puros o a sus comunidades.

Una vez más, me mantuve entre las sombras, rodeando los barcos de pesca y los cruceros. Los habitantes de Bald Head Island estaban acostumbrados a la gente «intensamente reservada» de Deity Island, pero percibían que había algo en nosotros. No sabían qué era lo que les hacía retroceder al mismo tiempo que querían estar cerca de nosotros.

Vivir entre mortales durante tres años había sido una experiencia espantosa para mí. Los adolescentes querían estar cerca de mí mientras sus padres decían que yo era «una de *esas* chicas» de las que tenían que alejarse. Significase lo que significare.

Me pregunté qué pensarían esos padres si supieran lo que era: una máquina de matar, prácticamente entrenada. Supongo que habrían hecho bien en ordenar a sus hijos que se mantuvieran lejos.

Cuando salí de los muelles, me pegué a los laterales de los edificios. No estaba segura de a dónde ir, pero tenía la sensación de que no tendría que ir muy lejos. Y estaba en lo cierto. Cuando llevaba unos diez minutos en lo que yo llamaba con cariño «el mundo normal», oí pasos a mi espalda. Me giré para enfrentarme a mi posible atacante, con la pistola desenfundada y preparada.

—¿Caleb? —Sentí algo a medio camino entre la incredulidad y el alivio.

Estaba de pie unos metros detrás de mí, con los ojos azules muy abiertos y los brazos en alto. Llevaba puesto un pijama, una camiseta blanca y chanclas.

—¡Baja el arma! —siseó—. ¡Dioses! Vas a dispararme por accidente.

Bajé el arma y le agarré del brazo, arrastrándole hasta un callejón.

—Caleb, ¿qué haces aquí? ¿Estás loco?

—Podría hacerte la misma pregunta. —Me fulminó con la mirada—. Te estaba siguiendo, obviamente.

Negué con la cabeza y volví a meterme la pistola en la cinturilla del pantalón. Había olvidado la funda.

—Tienes que volver al Covenant. Ahora mismo. ¡Maldita sea, Caleb! ¿En qué estabas pensando?

—¿En qué estás pensando *tú*? —Me devolvió la pregunta con el ceño fruncido—. Sabía que ibas a hacer algo increíblemente estúpido. Por eso no podía dormir. Me senté junto a la maldita ventana y esperé. Y de repente, ¡veo tu maldito culo escabulléndose por el patio!

—¿Cómo demonios has podido burlar a los Guardias con el pijama de *Mario Bros*?

Lo miró y se encogió de hombros.

—Tengo mis métodos.

—¿Tus métodos? —No tenía tiempo para esto. Me alejé de él y señalé en dirección al puente—. Tienes que volver allí, donde estés a salvo.

Se cruzó de brazos con obstinación.

—No sin ti.

—Oh, ¡por el amor de los dioses! —Mi mal genio estalló—. Ahora no estoy para esto. Tú no lo entiendes.

—No empieces con la mierda esa de «tú no lo entiendes». ¡No se trata de entender nada! ¡Se trata de que consigas que te maten! Esto es un suicidio, Alex. Esto no es ser valiente. No es inteligente. No se trata del deber o de una culpa errónea que tú…

Volvió a abrir los ojos cuando *algo* aterrizó a un par de metros detrás de mí. Me di la vuelta y, a la vez, Caleb agarró la daga de mis pantalones mientras yo sacaba la pistola.

Era ella.

Estaba allí, en el centro del callejón. Era ella... pero no lo era. Tenía el pelo largo y oscuro que le caía en suaves ondas, enmarcándole la pálida y horrible cara blanca, esos pómulos altos y los labios que me eran tan familiares. Pero donde deberían haber estado sus ojos había oscuridad. Tenía las mejillas cubiertas de venas de tinta y, si sonreía, tenía una hilera de dientes afilados en la boca.

Era mi madre... como daimon.

La conmoción de verla, de verla con ese rostro hermoso y lleno de amor convertido en una máscara grotesca... hizo que me temblara el brazo, que me temblara el dedo sobre el gatillo. Era ella... pero no lo era.

Sabía que, desde donde estaba, no podía protegerse de un disparo en el pecho. Tenía ventaja con la pistola llena de balas de titanio, un cargador entero. Podría prenderle fuego aquí mismo y todo esto habría terminado.

Ella no se había movido, ni un centímetro.

Y ahora parecía mamá. La magia elemental ocultó al daimon que había en ella, y me miró con esos brillantes ojos color esmeralda. Seguía teniendo la cara pálida, pero ya no estaba surcada de venas gruesas. Tenía el mismo aspecto que la noche anterior a su transformación: me sonreía y me sostenía la mirada.

—Lexie —murmuró, pero la oí alto y claro. Era su voz. El mero hecho de oírla me produjo cosas tan maravillosas como horribles.

Era hermosa, despampanante y estaba muy viva, daimon o no.

—¡Alex! ¡Hazlo! ¡Hazlo! —gritó Caleb.

Un rápido vistazo detrás de mí confirmó que mamá no estaba sola. Otro daimon de pelo oscuro tenía ahora una mano alrededor de la garganta de Caleb. No se movió para matarlo ni para marcarlo. Se limitó a retenerlo.

—Lexie, mírame.

Sin poder ignorar el sonido de su voz, me volví hacia ella. Estaba lo bastante cerca como para que una bala le abriera un agujero enorme en el pecho. Y lo bastante cerca como para percibir el aroma a vainilla; su perfume favorito.

Le recorrí el rostro con la mirada, cada línea me resultaba familiar y hermosa. Mientras la miraba a los ojos, recordé las cosas más extrañas. Recuerdos de nuestros veranos juntos, el día que me llevó al zoo y me dijo el nombre de mi padre, la expresión que tenía en la cara cuando me dijo que teníamos que irnos del Covenant, y el aspecto que tenía tirada en el suelo de su pequeña habitación.

Vacilé. No podía recuperar el aliento mientras miraba a aquellos ojos. Era mi madre, ¡mi madre! Me había criado, me había tratado como si fuera lo más preciado en este mundo. Y yo había sido su todo, su razón de vivir. No podía moverme.

«¡Hazlo! *¡Ya no es tu madre!*». Me temblaba el brazo. «¡Hazlo! ¡Hazlo!».

Un grito de frustración me desgarró y dejé caer el brazo a un lado. Segundos, apenas habían pasado unos segundos, y, sin embargo, parecía que había sido una eternidad. No podía hacerlo.

Curvó los labios en una sonrisa de suficiencia. Caleb emitió un aullido detrás de mí, y entonces el dolor me estalló a lo largo de la sien. Caí en la dulce oscuridad del olvido.

Me desperté con un fuerte dolor de cabeza y un sabor seco y amargo en la boca. Tardé unos minutos en recordar lo que había pasado. Una mezcla de horror y decepción hizo que me levantara de un salto, alerta a pesar del dolor palpitante que me recorría la cara. Me toqué la cabeza con cuidado, noté un nudo del tamaño de un huevo.

Mareada, miré alrededor de la habitación decorada con todo lujo de detalles. Las paredes de madera de cedro, la gran cama cubierta con sábanas de satén, la televisión de plasma, los muebles hechos a mano, todo me resultaba familiar. Era una de las habitaciones de la cabaña que solíamos visitar, en la que había dormido media docena de veces. Había una maceta con flores de hibisco moradas junto a la cama, las favoritas de mamá. Le encantaban las flores moradas.

Me quedé estupefacta y consternada. Recordaba esta habitación. Dioses. Esto no estaba bien. No.

Estaba en la maldita Gatlinburg, en Tennessee, a más de cinco horas del Covenant. Cinco horas. Peor aún, no veía a Caleb. Me acerqué a la puerta, me detuve y escuché. No se oía nada. Miré hacia las puertas de cristal que daban a la terraza, pero no había forma de salir. Tenía que encontrar a Caleb… si seguía vivo.

Me aferré a ese pensamiento. Tenía que estar vivo. No podía haber otra posibilidad.

Por supuesto, la pistola había desaparecido y Caleb me había sacado la daga. No había nada en esta habitación que pudiera usar como arma. Si empezaba a romper cosas, llamaría la atención, y no era como si cualquiera de estas cosas pudiera convertirse en un arma. Habían eliminado todo lo que pudiera estar hecho de titanio.

Probé con el pomo de la puerta y vi que no estaba cerrada. Abrí la puerta y miré a mi alrededor. Había salido el sol y las sombras se disipaban en el salón y en la cocina. Una gran mesa redonda rodeada de seis sillas a juego. Dos de las sillas estaban echadas hacia atrás, como si hubieran estado ocupadas. Varios botellines de cerveza vacíos descansaban sobre la superficie de roble tallada. ¿Los daimons bebían cerveza? No tenía ni idea. Había dos sofás grandes, bonitos y tapizados en una lujosa tela marrón.

Al otro lado de la habitación, la televisión estaba encendida, pero en silencio; era una de esas grandes pantallas planas colgadas en la pared. Me acerqué a la mesa y tomé un botellín de cerveza. No mataría a un daimon, pero al menos era un arma.

Un grito ahogado atrajo mi atención hacia una de las habitaciones del fondo. Si no recordaba mal, había dos dormitorios más, otra sala de estar y una sala de juegos. Todas las puertas estaban cerradas. Me acerqué con cuidado, me quedé paralizada cuando el sonido volvió a salir del dormitorio principal.

Apreté con fuerza el botellín en la mano y murmuré una suave plegaria. No estaba segura de a qué dios le rezaba, pero esperaba que alguno de ellos me respondiera. Entonces di una patada a la puerta. Las bisagras crujieron y cedieron mientras la madera del pomo se astillaba. La puerta se abrió de golpe.

Se me cortó la respiración al ver la pesadilla que se desarrollaba ante mí. Caleb estaba inmovilizado en la cama. Un daimon rubio estaba sobre él, con las manos ásperas cubriéndole la boca y sujetándolo mientras le marcaba el brazo. Los sonidos que emitía el daimon mientras drenaba la sangre de Caleb para conseguir el éter me horrorizaron.

Al oír mis gritos de rabia, el daimon levantó la cabeza. Me atravesó con una mirada vacía. Me alejé de la puerta con el botellín en alto. No iba a matarlo, pero iba a hacer que le doliera.

Pero eso no llegó a suceder.

Estaba tan absorta en lo que el daimon le estaba haciendo a Caleb, que no revisé la habitación. Qué estupidez. Pero maldición, este era el tipo de cosas que me había perdido cuando dejé el Covenant. Yo solo sabía actuar y luchar. No pensar.

Alguien me agarró por detrás. Me retorcieron el brazo hasta que dejé caer el botellín al suelo. Las dos sillas apartadas de la mesa pasaron ante mí. Debería haberlo visto venir. Luchar desde esta posición no sirvió de nada, pero aun así di una patada e intenté apartarme con el cuerpo. Lo único que conseguí fue que el daimon apretara el agarre hasta que resultó doloroso.

—Ya. Ya. Daniel no va a matar a tu amigo. —La voz provenía de detrás de mi oreja—. Aún no.

Daniel sonrió, mostrando una hilera de dientes manchados de sangre. En un parpadeo se detuvo frente a mí, inclinando la cabeza hacia un lado. El glamour se apoderó de él, revelando sus características de sangre pura. Habría sido guapísimo si no fuera por los chorros de sangre que le caían por la barbilla.

El cuerpo de Caleb se sacudía cada pocos segundos. Las secuelas de la marca... lo reconocí. Tenía los brazos desnudos y no una, sino dos marcas de daimon. Furiosa, le grité al daimon que tenía delante:

—¡Te voy a matar!

Daniel se rio y se pasó el dorso de la mano por la barbilla.

—Y a mí me va a encantar saborearte. —Me olfateó, *literalmente* me olfateó—. Ya casi puedo saborearte.

Le di una patada que le golpeó en el pecho. Se tambaleó un par de metros hacia atrás, golpeándose contra la cama. Caleb gimió e intentó incorporarse. Daniel golpeó a Caleb con el puño. Grité, luchando como un animal rabioso, pero el daimon me tiró al suelo.

Y entonces salí volando, pero nadie me estaba tocando. Golpeé la pared tan fuerte que el yeso se quebró, junto con lo que parecía cada hueso de mi cuerpo. Allí me quedé, inmovilizada con los pies colgando a varios metros del suelo. El daimon controlaba el elemento aire, otra cosa de la que no había aprendido a defenderme.

—Tenéis que aprender a jugar limpio. Los dos. —El otro daimon levantó la mano. Tenía un acento sureño, suave y profundo. Se acercó a donde yo estaba, se inclinó y me dio una palmadita en la parte superior del pie. Era el daimon del callejón, el moreno que había estado con mamá—. Tenemos hambre, ¿sabes? Y contigo aquí… bueno, nos corroe por dentro. Es como un fuego que se nos enciende por dentro.

Intenté apartarme de la pared, pero no me moví.

—¡Aléjate de él!

Me ignoró y se acercó al cuerpo inmóvil de Caleb.

—No somos daimons nuevos ni mucho menos, pero tú… haces que sea difícil resistirse al atractivo del éter. Basta con un chute. Es todo lo que queremos. —Pasó los dedos por la cara de Caleb—. Pero no podemos. No hasta que Rachelle regrese.

—No lo toques. —Apenas reconocí mi propia voz, muy baja.

Me devolvió la mirada y agitó la mano como si se tratara de una idea de última hora. Golpeé el suelo con los pies y caí de rodillas. Ignoré la forma en que los músculos de mi estómago tiraban y empujaban hacia los pies. Sin pensar en nada más que en apartarlo de Caleb, me abalancé sobre él. El daimon de pelo oscuro negó con la cabeza y se limitó a levantar el brazo. Choqué contra la pared y tiré al suelo varios cuadros enmarcados. Esto… *esto* no se parecía en nada al entrenamiento.

Y esta vez no me levanté.

Claramente irritado, se apartó de Caleb. Avanzó hacia mí, y yo grité, balanceándome sobre él. Me agarró de un brazo y luego del otro, poniéndome de pie.

Con los dos brazos inutilizados, solo me quedaban las piernas. Aiden siempre había elogiado mis patadas, y con ese pensamiento en mente, empujé la parte superior de la espalda contra la pared. Con ayuda de los brazos del daimon y de la pared, subí las piernas hasta el pecho y di una patada.

Le di justo en el pecho y, por la cara de sorpresa que puso, no se lo esperaba. Se desplomó varios metros hacia atrás y yo caí de nuevo al suelo.

Daniel salió disparado de la cama y me clavó las manos en el pelo, tirándome del cuello hacia atrás. Por un momento, me invadió una sensación de *déjà vu*, pero ya no estaba Aiden para salvarme, no llegaría la caballería.

Mientras forcejeaba con Daniel, el daimon de pelo oscuro se dejó caer frente a mí. Con las manos en las rodillas y una sonrisa perezosa en la cara, parecía a punto de hablar del tiempo conmigo. Era así de casual.

—¿Qué está pasando aquí?

Daniel me soltó al oír la voz aguda y furiosa de mi madre. Me levanté con dificultad, girándome hacia ella. No pude evitar la mezcla de terror y amor que me recorrió. Estaba de pie en la puerta, observando los daños con ojo crítico. Yo solo veía el glamour. No podía ver su forma verdadera.

Estaba tan jodida.

—¿Eric? —Dirigió su ceño fruncido al moreno.

—Tu hija… no está contenta con cómo están las cosas.

No podía apartar los ojos de ella mientras pisaba un trozo de madera rota.

—A mi hija será mejor que no le falte ni un pelo.

Eric miró a Daniel.

—Tiene el pelo en perfecto estado. Está bien. Igual que el otro mestizo.

—Oh. Sí. —Se volvió hacia Caleb—. Me acuerdo de él. ¿Es tu novio, Lexie? Es un detalle por su parte querer acompañarte en todo momento. Estúpido, pero tierno.

—Mamá. —Se me quebró la voz.

Se volvió hacia mí con una sonrisa, una sonrisa grande y hermosa.

—¿Lexie?

—Por favor… —Tragué saliva—. Por favor, deja ir a Caleb.

Hizo una mueca y negó con la cabeza.

—No puedo tolerarlo.

Se me revolvieron las tripas.

—Por favor. Él… por favor.

—Cariño, no puedo. Le necesito. —Extendió la mano y me echó el pelo hacia atrás, como solía hacer. Me estremecí y ella frunció el ceño—. Sabía que vendrías. Te conozco. La culpa y el miedo te carcomerían. Lo que no tenía previsto era a él, pero no estoy enfadada. ¿Lo ves? Se va a quedar.

—Podrías dejar que se fuera. —Me temblaba la barbilla. Me acarició la mejilla.

—No puedo. Será el seguro para que cooperes conmigo. Si haces todo lo que te digo, sobrevivirá a esto. No dejaré que lo maten o lo conviertan.

No era tan estúpida como para tener esperanzas. Había gato encerrado, y probablemente fuera uno grande y horrible.

Se apartó y dirigió la atención a los dos daimons.

—¿Qué le has dicho?

Eric levantó la barbilla.

—Nada.

Mi madre asintió. Tenía la misma voz, pero me di cuenta de que le faltaba lo que la había hecho suya. No había suavidad en ella, ni emoción. Era dura, plana, no era la de ella.

—Bien. —Me miró una vez más—. Quiero que entiendas una cosa, Lexie. Te quiero muchísimo.

Parpadeé y retrocedí hacia la pared. Las palabras me dolieron más que cualquier golpe.

—¿Cómo puedes quererme? Eres un daimon.

—Sigo siendo tu madre —respondió ella en el mismo tono plano—, y sigues queriéndome. Por eso no me mataste cuando tuviste la oportunidad.

Un acto y una verdad de los que ya me estaba arrepintiendo, pero mirándola ahora, solo podía verla a ella: a mi madre. Cerré los ojos, deseando ver al daimon, al monstruo que llevaba dentro. Cuando abrí los ojos, seguía siendo la misma.

Torció los labios en una sonrisa.

—No puedes volver al Covenant. No puedo permitirlo. Tengo que mantenerte lejos de allí. Para siempre.

Miré a Caleb. Daniel se acercó a él.

—¿Por qué? —Podía mantener la calma siempre y cuando ese bastardo no volviese a tocarlo.

—Necesito mantenerte alejada del Apollyon.

Parpadeé, no me lo esperaba.

—¿Qué?

—Te lo quitará todo. Tu poder, tus dones, todo. Él es el Primero, Lexie. Lo sepa o no, te lo quitará todo para convertirse en el Asesino de Dioses. No quedará nada de ti cuando termine. El Consejo lo sabe. No les importa. Lo único que quieren es al Asesino de Dioses, pero Thanatos nunca permitirá que eso suceda.

Retrocedí, sacudiendo la cabeza. Mamá estaba completamente loca.

—No les importa lo que te haga. No puedo permitirlo. ¿Lo entiendes? —Se acercó hasta detenerse frente a mí—. Por eso debo hacer esto. Debo convertirte en un daimon.

La habitación me dio vueltas y por un momento pensé que me desmayaría.

—No tengo otra opción. —Me tomó de la mano y tiró de ella hacia donde latía su corazón. La sostuvo allí—. Como daimon, serás más rápida y fuerte de lo que eres ahora. Serás inmune al titanio. Tendrás un gran poder... cuando cumplas dieciocho serás imparable.

—No. —Retiré la mano—. ¡No!

—No tienes ni idea de a qué estás diciendo que no. Creía que lo de antes era vida, pero ahora estoy viviendo de verdad. —Me puso la mano libre delante de la cara y movió los dedos una vez, luego dos. Le brotó una pequeña chispa de la punta de los dedos y luego le ardió toda la mano.

Me eché hacia atrás, pero me agarró con más fuerza.

—Fuego, Lexie. Apenas podía controlar el aire siendo una sangre pura, pero como daimon, puedo controlar el *fuego*.

—¡Pero estás matando a gente! ¿Cómo puede estar bien eso?

—Te acostumbras. —Se encogió de hombros con desdén—. Te acostumbrarás.

Se me heló la sangre en las venas.

—Suenas… como una loca.

Me miró con indiferencia.

—Eso dices ahora, pero ya verás. El Consejo quiere que todos crean que los daimons son criaturas malvadas y desalmadas. ¿Por qué? Por miedo. Saben que somos mucho más poderosos, y al final, ganaremos esta guerra. Somos como dioses. No. Somos dioses.

Daniel casi se relamió mientras me miraba. La enfermedad y el miedo me arañaron y sacudí la cabeza.

—No. No hagas esto. Por favor.

—Es la única forma. —Se dio la vuelta y me miró por encima del hombro—. No hagas que te obligue a hacerlo.

La miré, preguntándome cómo había podido dudar en el callejón. No había nada de mi madre en lo que tenía delante. Nada.

—Estás loca de remate.

Se dio la vuelta, con una expresión cada vez más severa.

—Te he dicho que no me hicieras obligarte. ¡Daniel!

Me aparté de la pared mientras Daniel agarraba a Caleb, que gimió al empezar a volver en sí. Mamá me atrapó antes de que pudiera alcanzarlos. El daimon inclinó la cabeza hacia su brazo.

El horror me atravesó.

—¡No! ¡Para!

Daniel rio un instante antes de que sus dientes se clavaran en la carne. Caleb se desplomó sobre la cama, con los ojos desorbitados mientras sus gritos de terror llenaban la habitación. Empujé a mi madre, pero no pude apartarme de ella. Era fuerte, increíblemente fuerte.

—Eric, ven aquí.

Eric parecía más que encantado de complacerla. Sus ojos oscuros le brillaban de hambre. La repulsión y el miedo me invadieron, y mis forcejeos se intensificaron.

Mamá me sujetó con fuerza por la cintura.

—Recuerda lo que te he dicho, Eric. Pequeños mordiscos, cada hora y nada más. Si se resiste, mata al chico. Si obedece, deja al chico en paz.

Me quedé paralizada.

—¡No! ¡No!

—Lo siento, cariño. Te va a doler, pero si no luchas contra ellos, se acabará pronto. Es la única opción, Lexie. Nunca sería capaz de controlarte de otra manera. Ya lo verás. Al final será lo mejor. Te lo prometo.

Entonces me empujó hacia Eric.

CAPÍTULO 19

Así, sin más.

Menuda perra.

Grité y me retorcí hacia ella mientras Eric me estrechaba entre sus brazos.

—¡No les dejes hacer esto!

Levantó la mano.

—Eric.

El daimon me dio la vuelta. Pateé y le amenacé con todos los métodos posibles para matar y descuartizar, pero eso no le detuvo. El daimon me sonrió mientras despotricaba. Entonces apretó los dedos y, en una milésima de segundo, me clavó los dientes en la carne blanda el brazo.

Un fuego al rojo vivo me atravesó. Me eché hacia atrás, intentando escapar de las llamas, pero estas seguían todos mis movimientos. Por encima de mis gritos, podía oír a Caleb gritando y suplicando que se detuvieran. Ni mamá ni el daimon le prestaron atención. El dolor se deslizaba por cada parte de mi cuerpo mientras Eric seguía drenando. La habitación se tambaleaba y era muy probable que me desmayara.

—Basta —murmuró.

El daimon levantó la cara.

—Sabe a gloria.

—Es el éter. Tiene más de lo que tiene un puro.

Eric me soltó y caí de rodillas, temblorosa. No había nada, nada en absoluto que se sintiera de esta forma. Incluso las secuelas de la marca me dejaron sin aliento. Jadeando, me quedé allí hasta que el fuego se redujo a nada más que un dolor.

Fue entonces cuando me di cuenta de que Caleb estaba callado. Levanté la cabeza y lo vi mirándome fijamente. Parecía aturdido, como si de algún modo hubiera conseguido salir de aquel lugar, abandonar su cuerpo o algo así. Quería estar donde fuese que él estuviera.

—No ha estado tan mal, ¿no? —Mamá me agarró de los hombros y me obligó a volver a apoyarme contra la pared.

—No me toques. —Le dije con voz débil y arrastrando las palabras.

Me dedicó una sonrisa gélida.

—Sé que estás enfadada, pero ya verás. Juntas cambiaremos el mundo.

Daniel volvió al lado de Caleb, pero él no se movió. La forma en que Daniel lo miraba me hizo pensar que quería hacerle cosas malas a Caleb. De repente, las palabras del oráculo volvieron a mí.

Uno con un futuro brillante y corto.

Caleb moriría. El horror me obligó a acercarme a la cama. ¡Esto no podía estar pasando! En un segundo, Eric me inmovilizó contra la pared. La sangre, *mi* sangre, todavía le teñía los labios. Una vez que estuvo seguro de que no volvería a moverme, me soltó y se echó hacia atrás con una media sonrisa de suficiencia.

Asqueada, rechacé mi propio dolor y mi miedo.

—Mamá… por favor, deja ir a Caleb. Por favor. Haré cualquier cosa. —Y lo decía en serio. No iba a dejar que Caleb muriera en este lugar perdido de la mano de Dios—. Por favor, déjalo ir.

Me estudió en silencio.

—¿Qué harías?

Se me quebró la voz.

—Lo que sea. Deja que se vaya.

—¿Me prometerías que no vas a luchar contra mí o a huir?

Las palabras del oráculo se repetían una y otra vez, como un cántico enfermizo. No se sabía cuánto podría soportar. El color de Caleb era pálido, enfermizo. Lo que estaba a punto de suceder estaba predestinado, ¿no? ¿Los dioses ya lo habían visto? Y si decidía no luchar, me convertiría en un daimon.

Me tragué el sabor de la bilis.

—Sí. Lo prometo.

Su mirada pasó de Caleb al daimon. Suspiró.

—Él se queda, pero ya que has hecho una promesa, yo también te haré una. No volverán a tocarlo, pero su presencia hará que cumplas tu promesa.

Al salir del aturdimiento, Caleb negó desesperadamente con la cabeza, pero yo volví a asentir. Lo quería fuera de aquí, pero por ahora era lo mejor que podía hacer. Me senté frente a la cama con la espalda apoyada en la pared y los ojos fijos en Caleb y en Daniel. Eric se paró a mi lado. Lo único que podía hacer era esperar que alguien ya nos estuviera buscando. Quizás Aiden por fin había venido a hablar conmigo o a buscarme para entrenar. Tal vez alguien había ido a ver a Caleb y alguien del Covenant había sumado dos más dos. Si no, en un horrible giro del destino, la próxima vez que viera a Aiden, intentaría matarme.

Y dudaba de que fuera a vacilar como había hecho yo.

Daniel se apartó de Caleb y se quedó mirando la nueva marca que tenía en el brazo. Apreté los ojos y giré la cabeza. Ahora era el turno de Daniel, y tenía la sensación de que iba a hacer que fuese lo más doloroso posible. Me ardían los ojos mientras me apretaba contra la pared, deseando poder desaparecer en ella.

Pasó una hora y cuando Daniel se arrodilló y me separó el otro brazo del pecho, me puse tensa. Esto estaba mal, muy mal. No había forma de prepararse para esto, y cuando Eric me tapó la boca con la mano, Daniel me mordió la muñeca.

Cuando terminó, me dejé caer contra la pared, tambaleándome. Como un reloj, Daniel y Eric se turnaron para marcarme. Mamá parloteaba y parloteaba sobre cómo erradicaríamos a los miembros del Consejo, empezando por Lucian. Luego nos sentaríamos en los tronos y hasta los dioses se inclinarían ante nosotros. Según ella, las tornas cambiarían y los daimons gobernarían no solo a los sangre pura, sino también al mundo de los mortales.

—Tendremos que derrotar al Primero, pero cuando seas un daimon Apollyon serás más fuerte que él, mejor que él.

Mamá estaba muy, muy loca.

Aprendí sobre cómo drenaban. ¿Estaría preparándome para mi nueva vida? Los puros los mantenían activos durante días, los medios solo durante unas horas, y los mortales, bueno, los mataban por diversión. Lástima que no hubiera un puro que pudiera entregar a los daimons en ese momento. Tal vez suene terrible, pero tenía los brazos cubiertos de mordeduras en forma de medialuna, igual que los de mi antigua instructora. Y me había compadecido de ella... Qué irónico.

El drenaje continuó. Con cada marca desaparecían partes de mí. Ya no me alejaba cuando Daniel se agachaba o Eric se inclinaba. Ni siquiera gritaba. Y todo el tiempo, ella se quedó ahí parada y lo observó todo. Me estaba perdiendo en esta locura enfermiza, y mi alma se volvía oscura y desesperada.

Al final, se fue a comprobar la carretera. No se alimentó de mí ni una sola vez. Supuse que se había zampado un puro antes, pero cuando se fue, enseguida quise que volviera. Ante su ausencia, Daniel se volvió atrevido y, aunque me dieron ganas de vomitar, le dejé acercarse. De vez en cuando, me pasaba la punta de los dedos por los brazos, alrededor de las marcas de los mordiscos. Al menos así no se fijaba en Caleb.

—Ya puedo sentirlo —murmuró Eric.

Había olvidado que seguía allí. A pesar de que me molestaba, lo prefería a él antes que a Daniel.

—¿Sentir el qué? —Tenía la voz somnolienta.

—El éter, estoy vibrando. Casi como si pudiera hacer cualquier cosa. —Se acercó y pinchó uno de los mordiscos, lo que me hizo hacer un gesto de dolor—. ¿Sientes cómo te abandona? ¿Sientes cómo entra en mí?

Negándome a contestarle, bajé la cabeza hasta las rodillas flexionadas. Sonaba como si estuviera colocado... y yo sentía que estaba enferma, que tenía el alma enferma. Para cuando Daniel me echó el cuello hacia atrás, estaba agotada y casi delirando de dolor. Hacía rato que Caleb no se movía, y Eric ya no necesitaba taparme la boca. Me limité a gimotear cuando los dientes perforaron la piel de la base del cuello.

Eric hizo ruidos tranquilizadores mientras Daniel me drenaba, mientras trazaba con el pulgar el salvaje palpitar de mi pulso.

—Se acabará pronto. Ya lo verás. Tan solo un par de marcas más y todo habrá terminado. Un mundo completamente nuevo te está esperando.

Cuando Daniel terminó, me desplomé hacia un lado. La habitación daba vueltas, se balanceaba. Me costaba concentrarme en lo que Eric estaba diciendo.

—Primero vamos a transformar a los mestizos. No pueden detectarlos como a nosotros. No necesitan magia elemental. Lanzaremos nuestro ataque por todo el mundo. Será hermoso. —Eric sonrió ante la idea—. Se infiltrarán en los Covenants... y luego en el Consejo.

Era un plan bastante bueno, que bien podría convertirse en una aterradora realidad. Eric no parecía molesto por la falta de conversación. Continuó, y me costó mantener los ojos abiertos. El miedo y la ansiedad se habían apoderado de mí. Me quedé dormida. No supe por cuánto tiempo, pero algo me despertó.

Cansada y confusa, levanté la cabeza a tiempo de ver a Daniel de pie frente a mí. ¿Había pasado ya otra hora? ¿Había llegado el momento? No pude evitar preguntarme si se estaban preparando para el último mordisco, la última gota de éter y la última de mi alma.

—No es la hora, Daniel.

—No me importa. Estás obteniendo más que yo. Estás casi brillando. Mírame. —Daniel frunció el ceño—. Yo no estoy como tú.

Eric no estaba brillando, pero su piel había adquirido un aspecto saludable. Parecía… un sangre pura normal. Daniel, en cambio, seguía blanco como el papel.

Eric sacudió la cabeza.

—Te matará.

Daniel se dejó caer frente a mí y me pasó una mano por el pelo, tirando de mi cabeza hacia atrás.

—No si no se entera. ¿Cómo iba a enterarse? Solo quiero un poco más.

—No… se lo permitas. —Mi voz débil contenía un borde suplicante, pero si Eric estaba preocupado por el destino de Daniel, estaba segura de que no lo mostraría o trataría de detenerlo.

Había un punto en mi cuello que aún no habían mordido. Le rogué en silencio que no lo hiciera. No sé por qué me importaba a estas alturas, pero maldita sea, aún me quedaba una pizca de vanidad.

—Seguro que le gusta —dijo Daniel. Un latido más tarde, hundió los dientes en ese pequeño punto y movió los labios contra mi piel. El dolor me recorrió y me puso rígida. Aferró una mano a mi pelo y la otra se volvió amistosa, deslizándose por encima de mi hombro y bajando aún más.

De todo lo que estaba ocurriendo, esto… *esto* era demasiado. Con todas mis fuerzas, levanté las manos y le clavé las uñas en la cara.

Daniel se echó hacia atrás, aullando. Se me rompió la camiseta en el proceso, pero el sonido, la expresión de su cara... me llenó de una enfermiza sensación de satisfacción. En la cara se le formaron ronchas profundas y llenas de sangre fresca. A ciegas, arremetió contra mí y me golpeó en el ojo, haciéndome caer sobre Eric.

—¡Mierda! —Eric se levantó de un salto y yo me estampé contra el suelo.

Me puse de lado y en posición fetal. Encima de mí, sentí que Eric empujaba a Daniel hacia atrás, gritándole en la cara, pero no estaba prestando atención. Algo largo y delgado se me clavó en el muslo. Me di la vuelta poco a poco, bajando los dedos hasta que se cerraron sobre el objeto oculto en la costura de mis pantalones.

El cuchillo, el retráctil.

De repente, Eric me levantó y me enderezó para que le mirara. Algo húmedo y caliente me recorría un lado de la cara y me goteaba en el ojo derecho. Sangre. No era que tuviera mucho más que perder.

Por encima de su hombro, vi que Caleb estaba despierto. Me miró fijamente, e intenté enviarle un mensaje, pero tal y como estaban las cosas, Eric estaba haciendo un buen trabajo bloqueándolo. Desde la parte delantera de la casa, oímos abrirse la puerta y el chasquido de los tacones de mi madre resonó por toda la cabaña. Eric me soltó y retrocedió hasta el otro extremo de la habitación. Mis labios se curvaron en una pequeña sonrisa triste. Él lo sabía. Yo lo sabía.

Mamá se iba a cabrear cuando me viera la cara.

Entró en la habitación y entrecerró los ojos al verme. En un segundo, estaba arrodillada frente a mí, inclinándome la cabeza hacia atrás.

—¿Qué ha pasado aquí?

La pérdida de sangre y el agotamiento me confundían. Pasaron unos instantes mientras la miraba fijamente. No recordaba dónde estaba ni cómo había llegado allí. Lo único que quería hacer era apretar la cara contra ella, para que me abrazara y me dijera que todo iría bien. Era mi madre y los detendría. Tenía que hacerlo, sobre todo por algo tan vil, tan horrible.

—¿Mamá? Mira… mira lo que me han hecho.

—Shh. —Me apartó el pelo de la cara.

—Por favor… por favor, haz que pare. —La estreché en un débil abrazo, queriendo subir a sus brazos, queriendo que me abrazara. No lo hizo. Cuando se apartó de mí, grité y la alcancé.

No. Esta… esta *cosa* que tenía delante no era mi madre. Mi madre nunca me habría dado la espalda. Me habría abrazado, me habría consolado. Salí de mi asombro y parpadeé despacio.

—¿Quién le ha hecho eso en la cara? —Tenía una voz tan fría, tan mortal y tan distinta a la de mamá, pero al mismo tiempo oí el filo en sus palabras. Reconocía su tono de las muchas veces que me había gritado cuando me metía en líos… era el tono que usaba justo antes de empezar una bronca. Eric y Daniel no lo sabían. No conocían a mi madre como yo.

—¿Tú quién crees? —se burló Eric.

Apretó unos labios fríos contra mi frente y yo cerré los ojos. No era mi madre.

—Os he dado órdenes explícitas. —Se enderezó y miró a Daniel.

Volví a la realidad y caí de rodillas. Ya no podía pensar en ella, no podía verla como mi madre. Tomé una decisión. *A la mierda el destino.* Mis ojos se encontraron con los de Caleb, y asentí a las espaldas de mamá y pronuncié la palabra: «Prepárate». Solo podía esperar que lo hubiese entendido.

—Esto es simplemente inaceptable. —Esa fue la única advertencia que hizo. Se lanzó contra Daniel, derribándolo sobre Caleb. Los dos daimons se estrellaron contra el suelo, balanceándose y desgarrándose el uno al otro.

Aproveché la oportunidad. Me puse en pie y agarré a Caleb.

Afortunadamente, entendió el mensaje. Se deslizó de la cama mientras Eric iba también a por Daniel. Me tambaleé justo cuando mamá tiró de Daniel a sus pies. Él era un poco más alto que ella, pero mamá lo arrojó por la habitación como si nada. Por un momento no pude moverme. Tenía una fuerza impactante, antinatural.

Mareada y con náuseas, hui a trompicones de la habitación con Caleb a cuestas. Corrimos a través de la cabaña y salimos por la puerta principal. La lluvia golpeaba el tejado de la terraza, casi acallando, pero no del todo, el crujido húmedo y descuidado del interior de la casa. El sonido nos impulsó a los dos por encima de la barandilla. Olvidándome de la altura de las terrazas, me golpeé contra el suelo y caí de rodillas.

—¡Lexie!

La voz de mi madre me obligó a ponerme en pie. Al mirar a mi lado, vi que Caleb hacía lo mismo. Corrimos, medio resbalando y medio cayendo por la colina embarrada. Las ramas me golpeaban en la cara, tiraban de mi ropa y del pelo, pero seguí corriendo. Todo ese tiempo en el gimnasio valió la pena. Mis músculos se esforzaron más allá del dolor y la falta de sangre.

—¡Alexandria!

No éramos lo bastante rápidos. El grito sobresaltado de Caleb me hizo girarme. Mi madre lo levantó por detrás, lanzándolo hacia un lado. El shock parpadeó en su cara justo antes de que se estrellara contra un grueso arce. Grité y retrocedí hasta donde había caído.

Apareció una barrera de fuego que me hizo replegarme. El fuego destruyó todo a su paso. Caleb rodó hacia un lado, escapando a duras penas. Tropecé hacia atrás mientras el mundo ardía en llamas de color rojo y violeta. La lluvia no hizo nada para aplacar el fuego antinatural.

Y allí estaba, de pie, alta y erguida, como una terrible diosa de la muerte. Había fallado dos veces en verlo. En el callejón de Bald Head y hacía un rato en la cabaña, justo después de haberme dado cuenta de que tenía una daga del Covenant en el bolsillo.

—Lexie, me prometiste que no huirías. —Sonaba sorprendentemente tranquila.

¿Lo hice? Metí la mano en el bolsillo lateral.

—Mentí.

—Me encargué de Daniel. No tendrás que preocuparte por él. —Se acercó un poco más—. Ahora todo va a estar bien. Lexie, deberías sentarte. Estás sangrando por todas partes.

Me miré. Correr había hecho que me latiera la sangre. Sentía cómo me bajaba por los brazos y el cuello. Me sorprendió que me quedara algo de sangre. Por el rabillo del ojo, un rayo azul oscuro se coló entre las llamas.

—Hazlo, Rachelle. Está débil. —La furia y la impaciencia tiñeron las palabras de Eric—. ¡Encárgate de ella y larguémonos de aquí!

Eso era verdad. Mareada y sin equilibrio, en ese momento, cualquier principiante habría podido conmigo.

—No te acerques más.

Mi madre se echó a reír.

—Lexie, esto acabará pronto. Sé que estás asustada, pero no tienes de qué preocuparte. Voy a ocuparme de todo. ¿No confías en mí? Soy tu madre.

Retrocedí, deteniéndome cuando sentí el calor de las llamas.

—Tú no eres mi madre.

Avanzó. En algún lugar a lo lejos, me pareció oír que decían mi nombre. Su voz… *la voz de Aiden*. Tenía que ser una alucinación, porque ni Eric ni mi madre reaccionaron al sonido, y aunque solo fuera una triste manifestación de mi subconsciente, me dio fuerzas para seguir de pie. Deslicé los dedos sobre la fina daga. ¿Cómo se les había pasado esto por alto?

—Tú no eres mi madre —volví a decir, con la voz ronca.

—Cariño, estás confundida. Yo soy tu madre.

Rocé el botón de desbloqueo.

—Moriste en Miami.

Tenía un brillo peligroso en los ojos.

—Alexandria… no hay otra opción.

Espera, susurró una voz en mi cabeza, *espera a que baje la guardia*. Si veía la hoja, todo habría terminado. Necesitaba que creyera que había ganado. La necesitaba vulnerable. Aunque lo extraño era que estaba casi ciento por ciento segura de que la voz no me pertenecía. Pero eso ahora no importaba.

—Hay otra opción. Puedes matarme y ya está.

—No. Te unirás a mí. —Sonó como lo había hecho en la habitación, justo antes de matar a Daniel por haberme tocado. ¿Cuán mal estaba eso?—. Y ya que rompiste tu promesa, tendré que matar a tu noviecito. Si es que aún no se ha quemado vivo.

Todo se reducía a este momento. Morir o matarla. Convertirme en un monstruo o matarla. El aire que inhalé no fue suficiente.

—Ya estás muerta —susurré—, y prefiero estar muerta a convertirme en lo que eres.

—Me lo agradecerás más tarde. —A una velocidad inhumana, me pasó la mano por el pelo y me echó la cabeza hacia atrás.

El mango de la daga me resultó extraño, incluso inapropiado. Tomé aire y apreté el botón. No había mucho espacio entre nosotras, pero logré interponer el brazo. No sería un golpe preciso en este ángulo, pero sería mortal.

Matarás a aquellos a los que amas.

En eso el destino había acertado.

Mi madre se echó hacia atrás, con la boca abierta por la sorpresa. Miró hacia abajo. Yo también. Tenía la mano pegada a su pecho y la hoja se había hundido en su piel como el titanio cuando se encuentra con la carne de un daimon.

Se tambaleó hacia atrás cuando saqué la daga. La expresión de su rostro se deformó y se desdibujó. Unos ojos brillantes y hermosos se encontraron con los míos y desaparecieron. Como si hubiera accionado un interruptor, el fuego que nos rodeaba desapareció.

Su grito llenó el bosque, y mis gritos se sobrepusieron a los suyos. Cayó justo cuando mis piernas se negaron a cooperar. Ambas nos doblamos sobre nosotras mismas a la vez, pero yo me derrumbé en un montón desordenado y ella se dobló sobre sí misma. Hubo un momento, fugaz, pero vi un atisbo de alivio cruzando por su rostro. En ese preciso instante, fue mamá. Era ella de verdad. Y entonces empezó a desintegrarse, desvaneciéndose, hasta que no quedó más que una fina capa de polvo azul.

Me desplomé hacia delante, apoyé la cabeza contra el suelo húmedo, y fui vagamente consciente de que Eric corría y de que la lluvia me golpeaba. Meses de dolor y pérdida se arremolinaban en mi interior, invadiendo cada célula, cada poro. No existía nada más que el dolor en carne viva de otro tipo de dolor. Las marcas y los moratones pasaron a un segundo plano en comparación con aquello. La angustia me consumía. Quería morirme, desplomarme como había hecho mamá. La había matado, a mi madre. Daimon o no, la había matado.

El tiempo se detuvo. Podrían haber sido minutos u horas, pero al final se escucharon voces. La gente gritaba mi nombre, el de Caleb, pero no podía responder. Todo sonaba muy lejano e irreal.

Entonces unas manos fuertes me rodearon y me levantaron. La cabeza me cayó hacia atrás y la lluvia fría me salpicó las mejillas.

—Alex, mírame. Mírame, por favor.

Reconocí la voz y abrí los ojos. Aiden me miraba fijamente, con el rostro pálido y demacrado. Parecía afligido mientras recorría con la mirada las numerosas marcas de mordiscos.

—Ey —murmuré.

—Saldrá bien. —Tenía un tono de pánico y desesperación. Me pasó los dedos húmedos por las mejillas, y me sostuvo la barbilla—. Necesito que mantengas los ojos abiertos y me hables. Todo va a salir bien.

Me sentía rara, así que lo dudé. Había muchas voces, a algunas las reconocía y a otras no. En algún punto oí a Seth.

—¿Dónde está… Caleb?

—Está bien. Le tenemos… Alex, quédate conmigo. Háblame.

—Tenías… razón. —Tragué saliva, necesitaba decírselo a alguien, decírselo a él—. Estaba aliviada. Lo vi…

—¿Alex? —Aiden se puso de pie, acunándome contra su pecho. Sentí cómo retumbaba su corazón bajo mi mejilla y, después, no sentí nada.

Capítulo 20

Me desperté observando el suave resplandor de las luces fluorescentes del techo. No estaba segura de qué me había despertado ni dónde estaba.

—Alex.

Giré la cabeza y me encontré con esos ojos grises y pálidos. Aiden estaba sentado en el borde de la cama. Unas ondas oscuras le caían sobre la frente. Parecía distinto. Tenía unas sombras dibujadas bajo los ojos.

—Ey —grazné.

Aiden sonrió con esa maravillosa sonrisa radiante que era tan poco frecuente, tan hermosa. Se acercó y con la punta de los dedos me apartó unos mechones de pelo de la frente.

—¿Cómo te encuentras?

—Bien. Tengo… sed. —Intenté aclararme la garganta de nuevo.

Se inclinó, la cama se hundió un poco mientras agarraba un vaso de la mesita de noche. Me ayudó a sentarme y esperó a que me bebiera el agua fría.

—¿Más?

Negué con la cabeza. Sentada, pude ver mejor la habitación que no me resultaba familiar. Estaba conectada a media docena de tubos, pero no estaba en el Covenant.

—¿Dónde estamos?

—Estamos en el Covenant de Nashville. No podíamos arriesgarnos al tiempo que nos hubiera demandado llevarte de vuelta a Carolina del Norte. —Hizo una pausa, parecía estar escogiendo sus próximas palabras—. Alex, ¿por qué hiciste esto?

Me eché hacia atrás y cerré los ojos.

—Me he metido en un buen lío, ¿verdad?

—Robaste un uniforme de Centinela. También robaste armas y abandonaste el recinto sin permiso. Sin entrenamiento ni preparación, saliste a cazar a tu madre. Lo que hiciste fue tan imprudente, tan peligroso. Podrías haber muerto, Alex. Así que sí, te has metido en un lío.

—Me lo imaginaba. —Suspiré, abriendo los ojos—. Marcus va a expulsarme, ¿verdad?

La empatía iluminó su rostro.

—No lo sé. Marcus está muy disgustado. Habría venido aquí, pero está con el Consejo. Todo el mundo está alborotado por lo que le pasó a Kain y por las consecuencias.

—Todo ha cambiado —murmuré para mis adentros.

—¿Mmm?

Respiré hondo.

—Caleb no debería verse implicado. Intentó detenerme, pero… ¿dónde está?

—Está aquí, en otra habitación. Y ha estado despierto durante el último día, preguntó por ti. Tiene un par de costillas magulladas, pero se pondrá bien. Va a volver hoy, más tarde, pero tú tendrás que quedarte un poco más.

Me sentí aliviada. Me relajé contra las mullidas almohadas.

—¿Cuánto tiempo he estado dormida?

Jugueteó con las mantas, ajustándolas a mi alrededor.

—Dos días.

—Vaya.

—Estabas bastante mal, Alex. Pensé…

Le miré; mi mirada se encontró con la suya y permaneció allí.

—¿Qué pensaste?

Aiden exhaló con suavidad.

—Pensé que te habíamos perdido. Nunca había visto tantas marcas en una persona que aún… vivía. —Cerró los ojos durante un instante. Cuando los volvió a abrir, eran de un color plateado increíble—. Me diste un buen susto.

Sentí un dolor muy raro en el pecho, una especie de dolor súbito.

—No era mi intención. Pensé…

—¿Qué pensaste, Alex? ¿Acaso pensaste en algo? —Aiden bajó la barbilla. Un músculo se le marcó en la mandíbula—. Ya no importa. Caleb nos lo ha contado todo.

Estaba segura de que lo que quería decir con «todo» eran sus desvaríos enloquecidos, los daimons y aquellas horribles y terribles horas en la habitación.

—Caleb no debería ser castigado. Intentó detenerme de verdad, pero nos sorprendieron en un callejón… y la vi. Debí… matarla entonces, pero no pude. Fallé, y podría haber hecho que mataran a Caleb.

Aiden volvió a mirarme.

—Lo sé.

Tragué saliva.

—Tenía que hacerlo. Iba a seguir matando, Aiden. No podía quedarme esperando a que los Centinelas la encontraran. Sí, fue estúpido. Mírame. —Levanté los brazos vendados—. Sé que fue estúpido, pero era mi madre. Tenía que hacerlo.

Aiden se quedó callado mientras me observaba fijamente.

—¿Por qué no viniste a mí en vez de salir corriendo y hacer esto?

—Porque estabas ocupado con lo de Kain y me habrías detenido.

La ira se encendió en sus ojos.

—¡Claro que te habría detenido, habría evitado que te pasara *esto*!

Me estremecí.

—Por eso no podía acudir a ti.

—No tendrías que haberte enfrentado a esto. Ninguno de nosotros quería que pasaras por esta situación. Lo que debes estar sintiendo…

—Estoy lidiando con ello. —Reprimí la repentina presión en el fondo de la garganta.

Se pasó una mano por el pelo. Parecía que lo había hecho varias veces en los últimos dos días.

—Eres tan imprudentemente valiente.

Esas palabras me trajeron el recuerdo de la noche en su… cama.

—Has dicho eso antes.

—Sí. Y entonces lo decía en serio. Si hubiera sabido lo estúpidamente valiente que eres, te habría encerrado en tu habitación.

—Eso también me lo imaginaba.

No dijo nada al respecto y permanecimos sentados en silencio durante un rato largo. Luego empezó a levantarse.

—Tienes que descansar un poco. Vendré a verte dentro de un rato.

—No te vayas. Todavía no.

Aiden me miró como si pudiera leer lo que pasaba en mi interior.

—Sé de lo que quieres hablar, pero ahora no es el momento. Tienes que ponerte mejor. Entonces podremos hablar.

Apreté los dedos contra la manta.

—Quiero hablar de ello ahora.

—Alex. —Hablaba en voz baja.

—¿Aiden?

Frunció los labios ante mi respuesta, pero entonces me miró a los ojos y se quedó contemplándolos en lo más profundo.

—La noche... lo que pasó entre nosotros fue... bueno, no debería haber pasado nunca.

Ay. Me costó mucho mantener el rostro inexpresivo y no mostrar cuánto me dolieron aquellas palabras.

—¿Te... te arrepientes? ¿De lo que pasó entre nosotros? —Si decía que sí, pensé que me moriría.

—Aunque esté mal, no me arrepiento. No puedo. —Entonces apartó la mirada y respiró hondo—. Perdí el control, perdí la perspectiva de lo que es importante para ti... para mí.

—No me quejé.

Me miró con recelo.

—Alex, no me lo estás poniendo fácil.

Me incorporé aún más, ignorando cómo me tiraban los tubos de los brazos.

—¿Por qué debería? Me... gustas. Me gusta estar contigo. Confío en ti. No soy una ingenua ni una tonta. Te deseaba. Todavía te deseo.

Apretó las manos contra la manta que me envolvía las piernas.

—No digo que seas una ingenua o una tonta, Alex. Pero... maldita sea, casi destruyo el futuro de ambos en cuestión de minutos. ¿Qué crees que habría pasado si nos hubieran atrapado?

Me encogí de hombros, pero sabía lo que podría haber pasado. No habría sido bonito.

—Pero no nos atraparon. —Entonces se me ocurrió algo. Tal vez no tenía nada que ver con las reglas—. ¿Es porque soy la mitad rarita de Seth? ¿Es por eso?

—No. No tiene nada que ver con eso.

—Entonces, ¿por qué?

Aiden me miró como si con tan solo una mirada pudiera hacerme entrar en razón.

—No tiene nada que ver con que seas el Apollyon. Alex, sabes que no te veo como alguien diferente a mí, pero... el Consejo sí.

—Los puros hacen esto... lo hacen a todas horas y no los descubren.

—Sé que hay algunos sangre pura que rompen la regla, pero ellos lo hacen porque les da igual lo que le pase a la otra persona, pero a mí me importa lo que te pase. —Buscó mis ojos con intensidad—. Me importas más de lo que debería y por eso no voy a ponerte en esa situación ni hacer que peligre tu futuro.

Desesperada, busqué una forma de hacer que esto pudiese funcionar. Teníamos que hacerlo, pero la mirada de Aiden me robó el aliento, las protestas.

Cerró los ojos y volvió a respirar hondo.

—Los dos necesitamos ser Centinelas, ¿verdad? Sabes por qué tengo que hacerlo. Sé por qué tienes que hacerlo. Perdí el control y me olvidé de ver qué podía salir de esto. Podría haber acabado con cualquier oportunidad que tuvieras de convertirte en Centinela; aún peor, podría haberte robado tu futuro. No importa lo que seas o en lo que te conviertas cuando cumplas dieciocho años. El Consejo se aseguraría de que fueras expulsada del Covenant, y yo... nunca me lo perdonaría.

—Pero la Orden de Razas...

—La Orden de Razas no ha cambiado, y ahora que sabemos que los mestizos pueden ser convertidos, dudo de que algún día cambie. Cualquier avance de los mestizos se perdió en el momento en que los daimons descubrieron que pueden transformarlos.

Bueno... eso era deprimente, pero no tan demoledor como esto. Todo lo relacionado con los momentos que habíamos compartido había sido mágico, perfecto, y había estado tan bien... Era imposible que hubiera confundido su mirada o la forma en que me había tocado. Ahora, al mirarle, sabía que seguía sin confundir esa mirada de casi desesperación, de lujuria y de algo mucho más fuerte.

Intenté bromear.

—Pero soy el Apollyon. ¿Qué pueden decir? A los dieciocho, podría cargarme a cualquiera que nos hiciera la vida imposible.

Torció los labios.

—Eso no importa. Estas reglas existen desde que los dioses caminaron entre los mortales. Ni siquiera Lucian o Marcus podrían impedir lo que ocurriría. Te darían el elixir y te pondrían a servir, Alex. Y no podría vivir sabiendo lo que eso te haría. ¿Verte perder todo lo que te hace ser quien eres? No podría soportarlo. No podría vivir viéndote como el resto de los sirvientes. Tienes demasiada vida para eso, demasiada vida que perder por mí.

Me acerqué más, mis piernas rozaron sus manos y mi cara quedó a escasos centímetros de la suya. Sabía que estaba hecha un desastre, pero también sabía que Aiden podía ver más allá de eso.

—¿No me deseas?

Soltó un gruñido y apoyó la frente contra la mía.

—Ya sabes la respuesta. Todavía… te deseo, pero no podemos estar juntos, Alex. Los puros y los mestizos no pueden estar juntos de esa manera. No podemos olvidarlo.

—Odio las reglas. —Suspiré, sintiendo de nuevo el ardor en la garganta. Había querido que me abrazara desde el momento en que me había despertado. Y nuestra sangre ni siquiera lo permitía.

Sonaba como si quisiera reírse, pero sabía que eso solo me provocaría aún más. Suspiró.

—Pero tenemos que seguirlas, Alex. No puedo ser la razón por la que lo pierdas todo.

Las reglas podían irse al infierno. Entre nosotros apenas había unos centímetros, y si me movía un poco más, nuestros labios se tocarían. Me pregunté qué pensaría entonces sobre nuestro futuro. Si lo besaba, ¿le importarían las reglas? ¿Lo que pensara la gente?

Casi como si intuyera lo que estaba pensando, murmuró:

—Eres tan insensata.

La última vez que había estado despierta, pensé que nunca volvería a sonreír, pero sonreí.

—Lo sé.

Aiden se movió y apretó los labios contra mi frente. Se quedó ahí unos segundos, y antes de que pudiera hacer nada, cosa que era un asco, porque me sentía muy imprudente, se apartó.

—Yo... siempre me preocuparé por ti, pero no haremos esto. No podemos. ¿Lo entiendes?

Le miré fijamente, sabiendo que tenía razón pero también que se equivocaba. Quería esto tanto como yo, pero estaba demasiado preocupado por lo que pudiera pasarme. Una parte de mí le quería aún más por eso, pero mi corazón... bueno, se estaba resquebrajando. Lo único que evitó que se hiciera añicos por completo fue la mirada fugaz de deseo y cariño que apareció en su rostro mientras retrocedía hacia la puerta.

—Descansa un poco —dijo al ver que no respondía—. Vendré a verte más tarde.

Volví a recostarme, pero entonces se me ocurrió otra cosa.

—¿Aiden?

Se detuvo, dándose la vuelta.

—¿Sí?

—¿Cómo nos habéis encontrado?

Tensó el gesto.

—Seth.

Confundida, me senté otra vez.

—¿Qué? ¿Cómo?

Aiden negó un poco con la cabeza.

—No lo sé. Se presentó por la mañana, temprano; la mañana que te fuiste, y me dijo que algo iba mal y que estabas en peligro. Fui a tu habitación y vi que te habías ido. Una vez que nos pusimos en camino, él sabía dónde encontrarte. De algún modo, podía sentir dónde estabas. No sé cómo, pero lo sabía. Pudimos encontrarte gracias a Seth.

Dos días después, volví al Covenant, llena de sangre y fluidos. Tan pronto como llegué, me llevaron a la enfermería para volver a hacerme un chequeo. Aiden se sentó a mi lado mientras el médico quitaba la gasa blanca que cubría cada trozo de piel expuesta.

De más estaba decir que estaba destrozada. Varios mordiscos en forma de medialuna marcaban cada brazo. Las marcas todavía estaban bastante rojas y mientras el médico preparaba una mezcla de hierbas que «debería» ayudar a minimizar las cicatrices, yo rebuscaba en los armarios.

—¿Qué estás buscando? —preguntó Aiden.

—Un espejo.

Él sabía por qué. A veces, por molesto que pudiera ser, era como si compartiéramos el mismo cerebro.

—No es para tanto, Alex.

Le dirigí una mirada por encima del hombro.

—Quiero verlo.

Aiden intentó otra vez que volviera a sentarme, pero me negué a escucharle hasta que se levantó y encontró un espejito de plástico. Sin decir una palabra, me lo dio.

—Gracias. —Levanté el espejo y casi se me cayó.

El morado intenso que cubría mi ojo derecho y se extendía hacia la línea del nacimiento del pelo no estaba mal. Desaparecería en un par de días. Un ojo morado no era para tanto. Me gustaba pensar que me veía un poco ruda con él. Sin embargo, las marcas a cada lado del cuello eran horribles. Algunas parecían profundas, casi como si me hubieran arrancado trozos de piel y los hubieran vuelto a fusionar; la carne era desigual y de color carmesí. La rojez desaparecería, pero las cicatrices serían profundas y evidentes.

Apreté los dedos alrededor del mango de plástico.

—Estoy... estoy horrible.

Él se puso a mi lado de inmediato.

—No. Desaparecerán y, antes de que te des cuenta, nadie lo notará.

Negué con la cabeza. No podría esconder esto... no todo esto.

—Además —dijo con la misma voz dulce—, son cicatrices de las que puedes estar orgullosa. Mira a lo que has sobrevivido. Estas cicatrices te harán más fuerte, más hermosa después de todo.

—Eso ya lo habías dicho antes... sobre la primera.

—Todavía es así, Alex. Te lo prometo.

Despacio, dejé el espejo sobre la mesita y... me derrumbé.

No era por las cicatrices o por lo que Aiden había dicho. Era por lo que esas cicatrices me recordarían para siempre: la pérdida de mamá en Miami. Todas las cosas terribles que había hecho y que había permitido que sucedieran. Y lo peor que había hecho: matarla. Eran sollozos grandes y fuertes. De esos en los que no podía respirar ni pensar. Intenté recomponerme, pero fracasé.

Me senté en medio de la consulta del médico y me eché a llorar. Quería a mi madre, pero ella nunca respondería, nunca me consolaría. Esta vez se había ido de verdad. Se me abrió un vacío enorme y el dolor brotó y brotó sin cesar.

Aiden se arrodilló a mi lado y me rodeó los hombros con los brazos. No dijo ni una palabra. Se limitó a dejarme llorar; después de meses forzándome a superarlo, todo el dolor y el daño se habían acumulado en un nudo enorme que terminó por deshacerse.

Cuando dejé de llorar, no sabía cuánto tiempo había pasado. Me dolía la cabeza, tenía la garganta en carne viva y los ojos hinchados. Pero de una forma extraña, me sentí mejor, como si por fin pudiera respirar de nuevo, respirar de verdad. Todos estos meses me había estado ahogando poco a poco y no me había dado cuenta hasta ese momento.

Solté un resoplido y me estremecí al sentir un dolor sordo en la nuca.

—¿Recuerdas cuando me dijiste que tus padres no habrían querido una vida así?

Me acarició con los dedos los hombros en tensión.

—Sí. Lo recuerdo.

—Ella no lo quería. La vi justo antes de que... se fuera. Parecía aliviada. Lo parecía de verdad.

—La libraste de una existencia horrible. Eso es lo que tu madre hubiera querido.

Pasaron unos minutos. Seguía sin poder levantar la vista.

—¿Crees que ahora está en un lugar mejor? —pregunté, con la voz entrecortada.

—Claro que lo está. —Colega, también sonaba como si lo creyese de verdad—. Allí donde esté... ya no sufre. Es el paraíso, un lugar tan hermoso que no podemos ni imaginar cómo debe ser.

Supuse que se refería a Elysia, un lugar muy parecido al paraíso. Respiré hondo y me limpié la zona bajo los ojos.

—Si alguien se lo merecía, era ella. Sé que cuando se convirtió en daimon tenía un aspecto horrible, pero ella nunca habría elegido eso.

—Lo sé, Alex. Los dioses también lo saben.

Despacio, me recompuse y me puse de pie.

—Perdón por... haber descargado todo esto sobre ti. —Le lancé una mirada rápida.

Aiden frunció el ceño.

—Nunca sientas pena por esto, Alex. Te lo he dicho antes, si alguna vez necesitas cualquier cosa puedes acudir a mí.

—Gracias por... todo.

Asintió, haciéndose a un lado mientras yo caminaba a un costado de él.

—¿Alex? —Agarró un tarro del mueble. El médico debía de haber entrado en algún momento—. No te dejes esto.

Tomé el tarro y le di las gracias. Con los ojos entornados, seguí a Aiden hasta el sol abrasador.

Me dolían la cabeza y los ojos, pero, en cierto modo, el sol seguía sentándome bien en la piel. Estaba viva.

Nos quedamos un ratito en el camino de mármol, los dos mirando el patio y el océano que se extendía más allá. Me pregunté en qué estaría pensando.

—¿Vuelves a tu residencia? —me preguntó.

—Sí.

No hablamos de nuestra conversación en Nashville ni de aquella noche en su casa, pero me acordé de todo mientras nos dirigíamos a las residencias. Era difícil no pensar en ello cuando caminábamos tan cerca, pero cuando pensaba en Caleb, todos los pensamientos románticos, o la falta de ellos, se evaporaban. Tenía muchas ganas de verle.

—¿Nos vemos… por ahí?

Aiden asintió mientras miraba hacia el otro lado del patio. Unos cuantos mestizos descansaban en los bancos entre los dormitorios. Una pura estaba con ellos. Estaba haciendo llover sobre un punto. Qué guay.

Suspiré, dando rodeos.

—Bien…

—¿Alex?

—¿Sí?

Me miró y se le dibujó una sonrisa dulce en los labios.

—Vas a estar bien.

—Sí… lo estoy. Supongo que hace falta algo más que un par de daimons hambrientos para acabar conmigo, ¿eh?

Se rio, y el sonido casi me dejó sin aire en el pecho. Me encantaba cómo se reía. Levanté la vista hacia él y una pequeña sonrisa se dibujó en mis labios. Como siempre, nos miramos a los ojos y algo profundo se encendió entre nosotros. Incluso aquí, al aire libre tal y como estábamos, seguía *ahí*.

Aiden dio un paso atrás. No había nada más que decir. Le hice un pequeño gesto con la mano y lo miré hasta que desapareció de mi campo de visión, luego atravesé el patio y me dirigí a la habitación de Caleb. No me preocupaba que me viesen entrando en la residencia de los chicos. No habíamos tenido ocasión de hablar desde que había ocurrido todo aquello. Abrió la puerta después del primer toque, llevaba sudadera y una camiseta holgada.

—Ey —dije.

Sonrió y empujó la puerta para abrirla más. La sonrisa se convirtió en una mueca y se aferró a los costados.

—Mierda. Siempre me olvido de no moverme hacia un lado.

—¿Estás bien?

—Sí, me duelen un poco las costillas. ¿Y tú?

Le seguí hasta el dormitorio y me senté en la cama con las piernas cruzadas.

—Bien. El médico acaba de hacerme un chequeo.

Se tumbó en la cama a mi lado. Frunció el ceño mientras me estudiaba.

—¿Y esas marcas? ¿Por qué no se han curado como las mías?

Le miré los brazos. Cuatro días después, el único recuerdo que tenía eran las costillas magulladas y un par de pálidas cicatrices que le salpicaban los brazos.

—No lo sé. El médico dijo que desaparecerían en unos días. Me dio un bote para que me lo untara. —Me palpé el bolsillo—. Tiene muy mal aspecto, ¿verdad?

—No. Parece… como si tuviera que tener miedo de que me patceases el culo o algo así.

Me reí.

—Eso es porque *puedo* patearte el culo.

Alzó las cejas.

—Alex, estaba un poco fuera de mí en el bosque, pero te oí…

—¿Si la maté…? —Me incliné y tomé una almohada extra—. Sí, la maté.

Mi franqueza hizo que se estremeciera.

—Lo… siento mucho. Ojalá supiera qué decir para hacértelo más fácil.

—No hace falta que digas nada al respecto. —Me tumbé a su lado y me quedé mirando las estrellitas verdes del techo. De noche, brillaban—. Caleb, siento haberte metido en ese lío.

—No. Tú no me metiste en nada.

—No deberías haber estado allí. Lo que Daniel hizo…

Apretó la mano a mi lado. No creo que haya visto que me daba cuenta, pero lo hice.

—Tú no…

—No deberías haber estado allí.

Hizo un gesto con la mano para interrumpirme.

—Ya basta. Tomé la decisión de seguirte. Podría haber acudido a uno de los Guardias o a los Centinelas. En lugar de eso, te seguí. Fue mi elección.

Le miré y vi que hablaba en serio. Parecía que no había dormido bien. Aparté la mirada.

—Siento… que hayas tenido que pasar por esto.

—No pasa nada, ¿vale? Mira… ¿Para qué están los amigos si no comparten unas horas con unos daimons psicóticos? Podemos verlo como una experiencia para estrechar lazos.

Resoplé.

—¿Experiencia para estrechar lazos?

Asintió y empezó a hablarme de todos los mestizos que lo habían visitado desde que había vuelto al Covenant. Cuando mencionó a Olivia, puso cara de tonto. De repente me pregunté si se me pondría esa sonrisa de tonta cuando pensaba en Aiden. Dioses, esperaba que no.

—Así que antes una mofeta me ha montado la pierna —continuó diciendo Caleb.

—¿Qué?

Se rio, y luego puso una mueca de dolor.

—No me estabas escuchando.

—Lo siento. —Parpadeé—. Me he quedado un poco como atontada ahí fuera.

—Me he dado cuenta.

Entonces tuve un caso horrible de vomitar palabras.

—Casi me enrollo con Aiden.

Caleb se quedó con la boca abierta. Le llevó un par de intentos decir algo coherente.

—¿Quieres decir que casi te enrollas... digamos, como si en mitad de una pelea os caísteis y rodasteis o algo así?

Fruncí el ceño ante aquella imagen.

—No.

—¿Con una de las cuerdas de la sala de entrenamiento, entonces?

Negué con la cabeza.

Me miró con la cara desencajada.

—Alex, ¿en qué diantres piensas? ¿Estás loca? ¿Quieres acabar en la servidumbre? Vaya. Oh, por todos los dioses, estás loca.

Me estremecí.

—He dicho que *casi* nos enrollamos, Caleb. Tranquilízate.

—¿Casi? —Levantó los brazos y luego hizo una mueca de dolor—. Al Consejo, a los Maestros, no les importa un *casi*. Joder, pensaba que Aiden era guay. Malditos sangre pura, les importa una mierda lo que nos pase. Arriesgar todo tu futuro solo para meterte entre...

—Eh. Aiden no es así.

Caleb me miró con indiferencia.

—¿No lo es?

—No. —Me froté los ojos—. Aiden no va a arriesgar mi futuro. Créeme. Él no es como los demás. Le confiaría mi vida, Caleb.

Lo consideró en silencio.

—¿Cómo sucedió?

—No voy a entrar en detalles, pervertido. Fue algo que... simplemente pasó, pero ya se ha acabado. Tenía que contárselo a alguien, pero tienes que prometerme que no dirás nada.

—Por supuesto que no. No puedo creer que tengas que preocuparte por eso.

—Lo sé, pero me siento mejor al decirlo. ¿Vale?

—Alex... te preocupas de verdad por él, ¿verdad?

Apreté los ojos.

—Sí, me importa.

—¿Te das cuenta de lo mal que está eso?

—Sí, pero... es tan distinto en todas las formas a cualquier otro puro. No piensa como ellos. Es amable y muy divertido, una vez que lo conoces. Él no aguanta ninguna de mis tonterías, y en cierto modo me gusta por eso. No sé. Aiden me entiende.

—¿Y te das cuenta de que todo eso no significa nada? —dijo Caleb—. ¿Que eso no puede ir a ninguna parte?

Saber aquello dolía más de lo que debería. Suspiré.

—Lo sé. ¿Podemos... hablar de otra cosa?

Caleb se sumió en el silencio, pensando en solo los dioses saben qué.

—¿Has visto a Seth?

Me apoyé sobre un codo.

—No. No se pasó por allí cuando estuve en Nashville y no he ido a ningún sitio hoy. ¿Por qué?

Hizo todo lo posible por encogerse de hombros. Con las costillas lastimadas, parecía un poco torpe.

—Me imaginé que lo verías desde...

—¿Desde qué?

—Sé que iba y venía en la cabaña, Alex, pero tu madre dijo que eras otro Apollyon. —Me observó con atención.

Se me revolvió el estómago y volví a tumbarme en la cama, en silencio. Caleb siguió mirándome. Esperando. Respiré hondo y se lo conté todo de sopetón, parando para tomar aire justo antes de decirle que Seth se convertiría en el Asesino de Dioses. Cuando terminé, Caleb me miró como si tuviera tres cabezas.

—¿Qué?

Parpadeó y sacudió la cabeza.

—Es que… no deberías serlo, Alex. Recuerdo la clase de *Historia y civilización* del año pasado. Hablamos de los Apollyons y de lo que le pasó a Solaris. Esto es… guau.

—«Guau» no es la palabra que buscaba. —Me incorporé y me crucé de piernas—. Quiero decir, es bastante guay, ¿no? A los dieciocho, Seth me destruirá o me dejará seca en vez de poder ir a comprar cigarrillos de forma legal.

—Pero…

—No es que *fuese* a fumar. Supongo que podría adquirir el hábito. Tal vez, solo tal vez, consiga la suficiente energía como para usar el *akasha*, porque vi a Seth usarlo y fue una pasada. Me gustaría darle a un daimon o a dos con eso.

Caleb frunció el ceño.

—No te lo estás tomando nada en serio.

—Claro que sí. A esto es a lo que me gusta llamar «afrontar lo imposible».

No le impresionó mi estrategia.

—Dijiste que Solaris fue asesinada porque el Primer Apollyon atacó al Consejo, ¿verdad? ¿No por lo que ella era?

Me encogí de hombros.

—Así que mientras Seth no se vuelva loco, entonces supongo que estaré bien.

—¿Por qué Solaris no se opuso a él?

— Porque se enamoró de él o algo así.

—Entonces no te enamores de Seth.

—La verdad es que no creo que eso sea un problema.

No parecía muy convencido.

—¿Pensaba que estabais hechos el uno para el otro o algo así?

—¡No de esa manera! —Obligué a mi voz a calmarse—. Es como si la energía de uno respondiera a la del otro. No es nada más que eso. Estoy hecha para… no sé, completarle. ¿Qué clase de locura es esta?

Me miró preocupado.

—Alex, ¿qué vas a hacer al respecto?

—¿Que qué voy a hacer? No voy a dejar de vivir… o a renunciar a mi vida, por lo que *podría* pasar. De esto puede salir algo muy malo o algo muy bueno o… nada de nada. No lo sé, pero sí sé que voy a centrarme en ser una… —Me detuve, sorprendida por mis propias palabras. Vaya. Fue uno de esos momentos de madurez muy poco frecuentes en mi vida.

Maldita sea. ¿Dónde estaba Aiden para presenciarlo?

—¿Centrarte en qué?

Se me dibujó una amplia sonrisa en la cara.

—Centrarme en ser una Centinela impresionante.

Caleb seguía sin creérselo, pero saqué el tema de Olivia y consiguió distraerse. Al final me levanté para irme. Al salir, tuve una idea. Surgió de la nada, pero en el momento en que me vino a la cabeza, supe que tenía que hacerlo.

—¿Puedes quedar conmigo mañana por la noche sobre las ocho?

Me miró a los ojos. De alguna manera, creo que sabía lo que iba a preguntar, porque ya estaba asintiendo.

—Quiero hacer… algo para mi madre. —Apreté los brazos alrededor de la cintura—. Como un funeral o algo así. O sea, no tienes por qué.

—Claro que iré.

Ruborizada, asentí.

—Gracias.

Al volver a mi habitación, encontré dos cartas clavadas en la puerta: una de Lucian y otra de Marcus. Estuve tentada de tirar las dos a la basura, pero abrí la de mi tío.

Menos mal que lo hice. El mensaje era simple, alto y claro.

Alexandria:

Ven a verme inmediatamente, por favor.

Marcus.

Mierda.

Tiré las dos cartas sobre la mesita que había frente a mi sofá y cerré la puerta tras de mí. Pensé en todo lo que Marcus podría querer decirme. Caray, las posibilidades eran infinitas. El numerito que acababa de hacer, mi futuro en el Covenant, o todo el tema del Apollyon. Dioses, podrían expulsarme y enviarme a vivir con Lucian.

¿Cómo había podido olvidarlo?

Cuando por fin llegué a su despacho, el sol había comenzado a descender despacio sobre el mar, y la luz brumosa hacía brillar un arco iris de colores sobre el océano. Intenté prepararme para nuestra reunión, pero no sabía qué iba a hacer Marcus. ¿Me expulsaría? El estómago se me revolvió con incomodidad. ¿Qué iba a hacer? ¿Vivir con Lucian? ¿Ponerme en servidumbre? Ninguna de ellas era una opción con la que pudiera vivir.

Los Guardias me hicieron un gesto cortante con la cabeza antes de abrir la puerta del despacho de Marcus y hacerse a un lado. La sonrisa que esbocé fue más bien una mueca, pero la euforia se apoderó de mí cuando reconocí a la persona que estaba junto al enorme bulto que era Leon.

Aiden me dedicó una pequeña sonrisa tranquilizadora mientras los Guardias cerraban la puerta tras de mí, pero en cuanto me volví hacia Marcus, se me heló la piel.

Parecía furioso.

Capítulo 21

Puede que fuese la primera vez que le veía mostrar una emoción tan fuerte. Me preparé para lo que supuse que sería una gran pelea de perros.

—Antes que nada, me alegra ver que estás viva y de una pieza. —Entonces su mirada se dirigió a mi cuello y, al final, a mis brazos—. Casi de una pieza.

Me irrité, pero conseguí mantener la boca cerrada.

—Lo que has hecho demuestra que no tienes ningún respeto por tu vida ni por la de los demás...

—¡Tengo respeto por la vida de los demás!

Aiden me lanzó una mirada de advertencia que decía *cállate*.

—Ir tras un daimon, cualquier daimon, sin entrenamiento y sin preparación es el colmo del comportamiento imprudente y estúpido. De todas las personas, tú deberías conocer las consecuencias. Por lo que eres, por lo que llegarás a ser, no puedo enfatizar lo irresponsables que fueron tus acciones... —Marcus continuó, pero desconecté en ese punto.

En su lugar, me pregunté cuánto hacía que Leon sabía lo que era. Lucian había dicho que solo él y Marcus estaban al tanto de lo que Piperi le había dicho a mi madre, pero una idea me golpeó. Leon había sido el primero en salir en mi defensa cuando me trajeron de vuelta al Covenant. ¿Siempre lo había sabido? Miré a mi tío, sin prestar atención a lo que decía. Siempre cabía la posibilidad de que no hubieran sido sinceros conmigo sobre quién lo sabía. Diablos, Lucian y Marcus no habían sido honestos en muchas cosas.

—Si no hubiera sido por Seth, estarías muerta o algo peor. Y tu amigo el Sr. Nicolo habría corrido el mismo destino.

Presté un poco de atención. ¿Dónde demonios estaba Seth? Esperaba que se hubiera colado en la reunión.

—¿Tienes algo que decir a tu favor?

—Eh… —Eché una rápida mirada a Aiden antes de contestar—. Fue una estupidez por mi parte.

Marcus arqueó una ceja perfectamente peinada hacia mí.

—¿Eso es todo?

—No. —Sacudí la cabeza—. No debería haberlo hecho, pero no me arrepiento. —Podía sentir los ojos de Aiden atravesándome. Tragué saliva, me incliné hacia delante y puse las manos sobre el escritorio de Marcus—. Me arrepiento de que Caleb resultara herido y el otro daimon se escapara, pero era mi madre, era mi responsabilidad. No lo entiendes, pero tenía que hacerlo.

Se reclinó en la silla mientras me estudiaba.

—Lo creas o no, lo entiendo. Eso no significa que tus acciones estén justificadas o sean inteligentes, pero entiendo por qué lo hiciste.

Sorprendida, me eché hacia atrás en la silla, en silencio.

—Alexandria, muchas cosas han cambiado. Con los daimons pudiendo convertir a los mestizos, la forma en que debemos afrontar cada situación ha cambiado. —Hizo una pausa, con las puntas de los dedos bajo la barbilla—. El Consejo va a convocar una reunión especial durante las sesiones de noviembre en Nueva York para discutir las consecuencias. Puesto que fuiste testigo directo de sus planes, asistirás. Tu testimonio ayudará a decidir cómo actuará el Consejo contra esta nueva amenaza.

—¿Mi testimonio?

Marcus asintió.

—Estás al tanto de los planes de los daimons. El Consejo necesita oír exactamente lo que te dijeron.

—Pero eso era cosa de mamá… —Me interrumpí, insegura de cuánto sabía Leon.

Mi tío pareció entenderlo.

—Es muy poco probable que Rachelle descubriera que los mestizos podían ser convertidos. Es más probable que presenciara cómo lo hacía otro daimon. Ella te quería… por sus propias razones.

Tenía razón. Por lo que había dicho, parecía que había un gran plan maestro… algo más que su encantadora pandilla de psicópatas. Y luego estaba Eric; todavía andaba por ahí, drogado con el éter del Apollyon. Solo los dioses sabían dónde se estaba metiendo.

—Hay algo más de lo que tenemos que hablar. —Tenía de nuevo toda mi atención—. Me he reunido con Aiden y he revisado tu progreso.

Ahora sí que tenía toda mi atención. Traté de sonar valiente y segura.

—Dímelo.

Marcus se mostró divertido, aunque solo por un segundo.

—Aiden me ha dicho que has progresado lo suficiente como para continuar en el Covenant. —Tomó el temido expediente y lo abrió. Me hundí en mi asiento, recordando la última vez que le había echado un vistazo—. Tienes un gran dominio de las técnicas de defensa y combate ofensivo, pero veo aquí que no has empezado el entrenamiento de Silat o defensa contra los elementos, y estás muy atrasada en los estudios. Ni siquiera has dado una clase de reconocimiento o de técnica básica de guardia…

—No quiero ser Guardia —señalé—. Y puedo ponerme al día con las clases. Sé que puedo.

—Si quieres o no ser Guardia o Centinela ni siquiera es algo que deba preocuparte en este momento, Alexandria.

—Pero…

—Aiden ha accedido a continuar entrenándote —dijo Marcus—, durante todo el curso escolar. Cree que con su ayuda y con el tiempo que pases con los Instructores, serás capaz de ponerte al día.

Me esforcé por no mirar a Aiden, pero casi me caí del asiento. Una vez que empezaran las clases, Aiden no debía seguir entrenándome. Era un Centinela a tiempo completo. Renunciar a su tiempo libre por mí tenía que significar algo.

—Tengo que ser sincero, Alexandria. No estoy seguro de que sea suficiente, pero debo tener en cuenta todo lo que has logrado hace poco. Incluso sin todo el entrenamiento y la experiencia has demostrado que tu habilidad es… superior a la de algunos de nuestros Centinelas más experimentados.

—Pero… *espera*. ¿Qué?

Marcus sonrió, y no fue una sonrisa falsa o fría. En ese momento, me recordó tanto a mamá que no pude evitar que el muro que había entre nosotros se resquebrajara. Sin embargo, las siguientes palabras que dijo hicieron pedazos ese muro.

—Si puedes graduarte en primavera, estoy seguro de que serás una Centinela excelente.

Le miré atónita. Había esperado que intentase enviarme de vuelta con Lucian para que estuviera bajo el control del Consejo mucho antes de que cumpliera los dieciocho, pero fue el hecho de que Marcus me hubiera felicitado lo que me dejó pasmada.

Por fin, encontré mi voz.

—Así que… ¿puedo quedarme?

—Sí. Una vez que comiencen las clases tendrás que pasar más tiempo poniéndote al día.

Una pequeña parte de mí quería saltar y abrazarlo, pero esa reacción no estaría bien. Así que me las arreglé para decir con total calma:

—Gracias.

Marcus asintió.

—He llegado a un acuerdo con Aiden para dividir el entrenamiento con Seth. Ambos acordamos que sería lo mejor. Hay cosas para las que Seth será... más adecuado a medida que el tiempo vaya pasando.

Estaba demasiado feliz por que me hubieran dejado quedarme como para preocuparme por pasar tiempo con Seth de forma obligatoria. Después de tres años sin saber qué ocurriría con mi futuro, apenas podía contener el alivio y la emoción que me invadían. Asentí ansiosa mientras Marcus esbozaba un plan para que me pusiera al día con los estudios y cómo alternaría los días entre Aiden y Seth.

Cuando terminó mi reunión con Marcus, aún tenía ganas de abrazarlo.

—¿Eso es todo?

Me miró con sus ojos color esmeralda.

—Sí... por ahora.

Esbocé una amplia sonrisa.

—Gracias, Marcus.

Marcus asintió, y todavía con una sonrisa, me puse de pie. De camino a la salida, Aiden y yo intercambiamos miradas de alivio antes de cerrar la puerta tras de mí. Salí disparada del edificio principal y recorrí todo el camino hasta mi residencia. No podía borrar la sonrisa que tenía en la cara. Habían pasado cosas tan horribles, pero a pesar de toda la tragedia, las cosas empezaban a ir mejor.

Una vez en mi habitación, me quité los zapatos y la camiseta. El top se me quedó enganchado en el proceso. Me di la vuelta y tiré del top...

—Por favor, no te quedes solo con la camiseta.

—¡Santo cielo! —Me agarré el pecho por la sorpresa.

Seth estaba sentado en mi cama, con las manos cruzadas sobre el regazo. Tenía el pelo suelto alrededor de la cara. Había una sonrisa maliciosa en su rostro que decía que había visto mi sujetador de encaje.

—¿Qué haces aquí? —Casi como una ocurrencia tardía, añadí—: ¿Y en mi cama?

—Esperarte.

Le miré. Una parte de mí quería echar a Seth, pero también tenía curiosidad. Me senté a su lado, pasándome las manos por encima de los muslos. No estaba precisamente nerviosa, pero sentía como si quisiera que me tragase la tierra. Seth fue el primero en romper el extraño silencio que se extendía entre nosotros.

—Estás horrible.

—Gracias. —Gruñí y levanté los brazos. Las manchas de color rojo púrpura me cubrían cada parte de los brazos, pero sabía que mi cuello... bueno, estaba fatal. Durante unos minutos me había olvidado de ello—. De verdad que agradezco que lo hayas señalado.

Seth inclinó la cabeza hacia mí y se encogió de hombros.

—He visto peores. Una vez, acorralaron a una Centinela en Nueva York. Era una chica muy guapa, un poco mayor que tú, y tenía que ser Centinela en vez de Guardia. Un daimon le dio un mordisco en la cara para demostrarle...

—Uf. Vale. Entiendo lo que quieres decir: podría ser peor. Intenta decírmelo cuando no parezca que llegué a la tercera base con un vampiro. Entonces, ¿por qué estás aquí?

—Quería hablar contigo.

—¿De? —Me miré los pies y moví los dedos.

—De nosotros.

Cansada, levanté la cabeza y le miré.

—No hay...

Extendió la mano y me puso un dedo sobre los labios.

—Tengo algo muy importante que decir sobre ese tema, y después de que me des la oportunidad de hacerlo, no voy a presionarte ni volveré a referirme a ello. ¿De acuerdo?

Debería haberle dado un manotazo, haberle exigido que se fuera o, al menos, haberme echado hacia atrás. En cambio, le aparté los dedos con suavidad.

—Antes de que sigas, quiero decirte algo.

Seth levantó las cejas con curiosidad.

—De acuerdo.

Respiré hondo y volví a mirarme los dedos de los pies.

—Gracias por hacer lo que sea que… que hiciste para encontrarnos. Si no fuera por ti, seguramente estaría muerta… o descuartizando a alguien ahora mismo. Así que… gracias.

Se quedó en silencio durante tanto tiempo que miré a ver qué estaba haciendo. Seth me contemplaba atontado. Para no sonreír, aparté la vista.

—¿Qué?

—Puede que esto sea lo más bonito que me hayas dicho nunca.

Me reí.

—No, no lo es. Te he dicho cosas bonitas antes.

—¿Como qué?

Tenía que haber otra ocasión en la que hubiera dicho algo agradable.

—Como… cuando… —No pude pensar en nada. Cielos, era una perra—. Vale. Esa es la primera cosa bonita que te he dicho.

—Creo que necesito un momento para reconocértelo y valorarlo.

Puse los ojos en blanco.

—Cambiando de tema, ¿de qué querías hablar?

Seth se puso serio.

—Quería ser sincero contigo en algunas cosas.

—¿Como en qué? —Me eché hacia atrás contra las almohadas que cubrían la parte superior de la cama y moví las piernas para que no le tocaran.

Arrugó las cejas.

—Como en lo que nos depara el futuro.

Suspiré.

—Seth, no va a pasar nada entre…

—¿No tienes ni un poco de curiosidad por saber cómo te encontré? ¿No quieres saber cómo lo hice?

—Sí, ahora que lo pienso, me gustaría saberlo.

Seth se apoyó en un brazo y se giró sobre un costado. El movimiento envió mechones de pelo dorado hacia delante, deslizándose sobre su mandíbula. Tenía la cadera demasiado cerca de los dedos de mis pies. No parecía importarle.

—Estaba teniendo un sueño muy agradable con una chica que conocí en Houston y estábamos…

Gruñí.

—Seth.

—De repente, me vi expulsado del sueño. Me desperté, y tenía el corazón acelerado, estaba sudando. No tenía ni idea de por qué. Me sentí enfermo, hasta el alma.

Me llevé las rodillas al pecho.

—¿Por qué?

—A eso voy, Alex. Me llevó un tiempo darme cuenta de que no me pasaba nada, pero la sensación no desaparecía. Entonces la sentí: la primera marca. Era como si estuviera en llamas y el dolor… era real. Por un segundo, pensé que me habían marcado. Entonces me di cuenta. Era a ti a quien estaba sintiendo. Acudí a Aiden…

—¿Por qué acudiste a él?

—Pues porque pensé que si alguien sabía dónde estabas, sería él. Aunque demostró ser de gran ayuda. No tenía ni idea.

¿Cómo había llegado a esa conclusión? Era mejor no hablar de eso por ahora.

—¿Así que sentiste lo mismo que yo?

Seth asintió.

—Cada. Marca. Era como si me estuvieran desgarrando la piel y me estuvieran drenando el éter. Nunca he sentido nada igual. —Apartó la mirada. Pasaron unos instantes antes de que volviera a hablar—. No sé cómo... lidiaste con ello. Sentí como si me desgarraran el alma, pero era *tu* alma.

Un poco estupefacta por lo que estaba explicándome, escuché en silencio.

—Una vez que nos dimos cuenta de que no estabas en tu habitación, Aiden comprendió lo que habías hecho. Nos fuimos de inmediato, y apenas puedo explicar cómo supe a dónde ir. Era como si algo me guiara. ¿El instinto, quizá? —Se encogió de hombros, mirándose la mano—. No lo sé. Solo sabía que debía ir hacia el oeste, y cuando nos acercamos a la línea de Tennessee, Aiden dijo que una vez mencionaste Gatlinburg. Tan pronto como dijo eso, supe dónde estabas.

—Pero ¿cómo? ¿Te ha pasado algo así antes? ¿Cuando luché contra Kain?

Levantó la vista y negó con la cabeza.

—Creo que no. Lo que sea que haya cambiado, sucedió después. Lo único que se me ocurre es que cuanto más tiempo paso cerca de ti, más... conectados estamos, y como ya he pasado por el cambio, puedo sintonizar mejor con ese tipo de cosas.

Fruncí el ceño.

—No tiene sentido.

—Lo tiene. —Suspiró—. Cuando Lucian dijo que éramos dos mitades hechas para ser un todo, no bromeaba. Si te hubieras quedado esa noche en su casa, habrías aprendido cosas muy interesantes. Haría las cosas... mucho más fáciles.

Oh, mierda. Esa noche tan solo me hacía pensar en una cosa: Aiden. Fue difícil, pero me las arreglé para apartarlo al rincón más alejado de mi mente.

—¿Qué tipo de cosas?

Seth se sentó y me encaró con un movimiento ágil.

—Los dioses saben que vas a odiar esto, pero qué más da. Cuanto más tiempo estemos juntos, más conectados estaremos... hasta el punto en que ninguno de los dos sabrá dónde empieza uno y acaba el otro.

Me incorporé un poco.

—No me gusta cómo suena eso.

—Ya... bueno, a mí tampoco. Pero eso es lo que va a pasar. Sé cómo eres con el control. Eres como yo en ese sentido. No me gusta no poder controlar lo que siento. Al igual que tú, pero no importará. Incluso ahora, ya me está afectando.

—¿Qué te está afectando?

Parecía que le costaba encontrar las palabras adecuadas.

—Estar cerca de ti ya me está afectando. Puedo acceder al *akasha* con facilidad, te siento cuando estás herida, e incluso ahora, puedo sentirlo. —Hizo una pausa, respiró hondo—. Es el poder que hay en ti, el éter. Me llama, y aún no has cambiado. ¿Cómo crees que será cuando lo hagas? ¿Cuando cumplas los dieciocho?

No lo sabía y no me gustaba nada el rumbo que estaba tomando todo esto.

—Sabes lo que pasará, ¿no?

Seth volvió a asentir y apartó la mirada.

—Una vez que suceda, será mil veces, no, un millón de veces más fuerte. Lo que yo quiera, lo querrás tú también. Compartiremos los mismos pensamientos, necesidades y deseos. Se supone que funciona en ambos sentidos, pero yo seré más fuerte que tú. Lo que tú quieras puede terminar siendo alterado por lo que yo quiera. Yo soy el Primero, Alex. Basta un toque para que todo ese poder pase a mí.

El pánico se apoderó de mí y no conseguí contenerlo. Empecé a levantarme, pero Seth puso las manos en mis rodillas. Gracias a los dioses que llevaba vaqueros, porque si su piel tocaba la mía y comenzaba a producirse ese remolino ridículo, lo más probable era que me volviera loca.

—Alex, escúchame.

—¿Que te escuche? Estás diciéndome que no tendré control sobre nada. —Sacudí la cabeza, desesperada. El movimiento salvaje me estiró la piel sensible de la garganta, pero ignoré el escozor—. Eso no puede ocurrir. No puedo aceptarlo. No creo en estar predestinada a alguien… ni siquiera en el destino.

—Alex, cálmate. Mira… Sé que esto es una de las peores cosas que te pueden pasar, pero tienes tiempo.

—¿Qué quieres decir con que tengo tiempo?

—Ahora mismo no te afecta nada de esto. Ahora no desearás nada que yo quiera. —Me soltó las rodillas y se inclinó hacia atrás, alejándose *de mí*—. Pero para mí no funciona así. Estar cerca de ti significa que la conexión me está asfixiando. Como ahora: tienes el corazón acelerado, y el mío también lo está. Estar tan cerca de ti es como… estar dentro de tu cabeza, pero aún tienes tiempo.

Procesar todo esto no era fácil. Es decir, entendía lo que decía. Desde que había pasado por todo el asunto de la palingenesia, lo que fuera que había entre nosotros ya estaba rodeándolo con su cordón superespecial, pero no a mí. No hasta que cumpliera los dieciocho. ¿Y entonces qué?

—¿Por qué Lucian no me dijo nada de esto?

—No te quedaste, Alex.

Le hice una mueca.

—No me gusta nada de esto, Seth. Estamos hablando de siete meses. En siete meses, tendré dieciocho años.

—Lo sé. Siete meses ayudándote a entrenar, así que trata de imaginar qué demonios estaré sintiendo durante todo ese tiempo.

Lo intenté, pero no pude.

—Esto no va a funcionar.

Se inclinó hacia delante y se colocó un mechón de pelo rubio detrás de la oreja.

—En eso he estado pensando. Se me ocurrió una idea. Ahora, escúchame. Puedo lidiar con esto por ahora, porque, aunque es fuerte, no es tan fuerte. Es factible, para mí, pero después de tu Despertar, las cosas cambiarán. Si no podemos manejarlo, si no *puedes* manejarlo, entonces nos separaremos. Me iré. Tú no podrás debido a las clases, pero yo sí puedo. Me iré a la otra punta de la Tierra.

—Pero el Consejo, Lucian, te quieren aquí, conmigo. —Rodé los ojos—. Por alguna razón. Te ha ordenado que vinieras.

Seth se encogió de hombros y se tumbó de espaldas.

—Me da igual. Que le den al Consejo. Yo soy el Apollyon. ¿Qué demonios puede hacerme Lucian?

Eran palabras peligrosas y rebeldes. En cierto modo me gustaron.

—¿De verdad harías eso por mí?

Volvió la mirada hacia mí, esbozando una sonrisa pequeña.

—Sí, lo haría. Pareces sorprendida.

Una de mis piernas cayó del lado de la cama mientras me inclinaba sobre él.

—Sí. ¿Por qué ibas a hacerlo? Parece que todo sale bien para ti.

—¿Crees que soy una mala persona o algo así? —Siguió sonriendo.

Parpadeé, un poco desconcertada.

—No… no pienso eso.

—Entonces, ¿por qué crees que te lo impondría? Estar separados no impedirá que la conexión se haga más fuerte, pero detendrá el traspaso de poder. Las cosas… serán intensas una vez que la transferencia ocurra. Si me voy, cada uno seguirá siendo dueño de sí mismo.

De pronto, me di cuenta.

—Esto es por ti. Crees que no serás capaz de soportarlo.

Se limitó a reconocer mis palabras con un gesto socarrón en los labios.

Esto de la conexión debía molestarle de verdad si pensaba en serio que no sería capaz de manejarlo en el futuro. Por muy erróneo que fuese, me hizo sentir mejor con la situación. Al final, si las cosas se volvían demasiado intensas, habría una salida. Todavía tendría el control. Y Seth también.

—¿En qué estás pensando?

Salí de mis pensamientos y le miré.

—Los próximos siete meses van a ser una mierda para ti.

Seth inclinó la cabeza hacia atrás y se rio.

—Ah, eso no lo sé. Esto, *esta cosa*, tiene sus ventajas.

Me eché hacia atrás, cruzándome de brazos.

—¿Como qué?

Sonrió.

—¿En qué *estás* pensando?

—En que acabamos de mantener una conversación entera sin insultarnos. Lo próximo será que me consideres un amigo.

—Pasito a pasito, Seth. Pasito a pasito.

Volvió a mirar el techo. No había estrellas que brillaran, solo pintura blanca ordinaria, vieja y aburrida. Sin pensarlo, volví a moverme, extendí la mano y toqué la que descansaba cerca de mi muslo. Llámalo «experimento», pero quería ver qué pasaba.

Seth giró la cabeza en mi dirección.

—¿Qué haces?

—Nada. —Y nada fue lo que pasó. Confundida, rodeé sus dedos con los míos.

—No parece que no sea nada. —Entornó los ojos hacia mí.

—Supongo que sí. —Renunciando a mi prueba improvisada, levanté la mano—. ¿No deberías…?

Lo que iba a decir murió en mis labios. Con increíble rapidez, Seth tomó mi mano y entrelazó sus dedos con los míos.

—¿Esto era lo que querías? —preguntó, con naturalidad.

Ocurrió. Esta vez, al estar tan cerca de él, pude ver de dónde salían las marcas. Las venas más gruesas de su mano fueron las primeras en oscurecerse, ramificándose antes de extenderse por todo el brazo. Hipnotizada, observé cómo los tatuajes cubrían cada trozo de piel expuesta. Ante mis ojos, se alejaron de las venas, arremolinándose por su piel. Partiéndose en diferentes diseños mientras él, nosotros, seguíamos tomados de la mano.

—¿Qué significan? —Levanté la vista. Tenía los ojos cerrados—. ¿Las marcas?

—Son… las marcas del Apollyon —respondió despacio, como si le costara formar palabras y oraciones—. Son runas y hechizos… pensados para proteger… o, en nuestro caso, para alertar al otro de nuestra presencia… o algo así. También significan otras cosas.

—Oh. —Las runas se deslizaban por su piel, hacia la punta de los dedos. Llámame «loca», pero estaba segura de que esas marcas reaccionaban al contacto de nuestra piel, y por un segundo, creí que esos glifos saltarían de su piel y se extenderían por la mía.

—¿Algún día… seré así?

—¿Eh?

Aparté la mirada de nuestras manos y levanté la vista. Seth seguía con los ojos cerrados y tenía una expresión relajada. En realidad, era más que eso. Parecía… contento. Complacido. Nunca lo había visto tan tranquilo.

—¿Este es uno de los beneficios? —Lo dije en broma, pero me di cuenta antes de que pudiera responder. *Era* porque estaba cerca de mí. Algo tan simple como eso le afectaba. *Yo* le afectaba de esa manera.

Recordé lo que había dicho después de mi encuentro con Kain.

—Tengo todo el poder de verdad en esto.

Abrió los ojos y brillaron como dos gigantescas joyas leonadas.

—¿Qué?

Apreté mis dedos alrededor de los suyos y entreabrió los labios, dejando escapar un agudo suspiro. Y entonces, despacio, con cuidado, solté los dedos. Qué interesante.

—Nada.

—Nunca debería haberte dicho la verdad sobre eso. —Tenía cierta aspereza en la voz—. Lo tienes, al menos por ahora.

Ignoré la última parte y retiré la mano antes de que las marcas pudieran tocarme la piel. No dijimos nada durante un par de minutos. Me recosté contra las almohadas y Seth cerró los ojos una vez más. Durante ese rato de silencio, observé la constante subida y bajada de su pecho. Parecía como si estuviera casi dormido. Con lo relajado que estaba, no daba la impresión de que la belleza de su rostro fuera tan fría o metódica. Esta vez, fui la primera en romper el silencio.

—Así que… ¿qué estás haciendo?

—¿Ahora? —Parecía que estaba somnoliento—. Estoy haciendo planes. Cosas que te voy a enseñar, en el entrenamiento, por supuesto.

Alcé las cejas.

—No creo que haya nada que puedas enseñarme que Aiden no pueda.

Entonces Seth se rio, y cuando habló, su voz tenía un tono petulante y cómplice.

—Oh, Alex, tengo mucho que enseñarte. Cosas que Aiden nunca te podrá transmitir.

Mirándolo con atención, admití que había una pequeñísima parte de mí que en realidad esperaba con ansias lo que fuera que planeara enseñarme. Confiaba en que sería entretenido, por no decir fructífero.

Después de eso no volvimos a hablar, y demasiado pronto, la emoción de todo aquello se desvaneció, dejándome agotada. Me empezaron a pesar demasiado los párpados como para mantenerlos abiertos y lo único que quería era darle una patada a Seth para poder tumbarme. Tal y como estaban las cosas, ocupaba bastante espacio despatarrado en medio de *mi* cama.

Seth abrió los ojos y me miró. Cuando esbozó una media sonrisa y se puso en pie, me pregunté si se habría dado cuenta de que estaba a punto de llevarse una patada en el costado.

Se acabó el factor sorpresa.

—¿Te vas? —pregunté, porque en realidad no sabía qué más decir.

Seth no contestó. Levantó los brazos por encima de la cabeza y se estiró, exhibiendo una hilera de músculos marcados a medida que la camisa negra se le subía por el vientre. Me vino a la mente la imagen de un gato. Así era como se movía, felino y depredador. Era una gracia sutil, ni humana ni mestiza.

—¿Sabes lo que significa tu nombre? ¿Tu verdadero nombre, Alexandria?

Negué con la cabeza.

Sonrió despacio.

—Significa «Defensora de los Hombres».

—Oh. Eso suena guay. ¿Tu nombre qué...?

De repente, se agachó y se abalanzó sobre mí. Fue tan rápido que ni siquiera tuve la oportunidad de retroceder, lo cual, por cierto, es una reacción de lo más natural cuando el Apollyon se abalanza sobre alguien tan deprisa.

Me rozó la frente con los labios y se detuvo el tiempo suficiente para que pudiera estar segura de que me había besado la piel con delicadeza, antes de enderezarse.

—Muy buenas noches, Alexandria, Defensora de los Hombres.

Estupefacta, murmuré algo parecido a un «adiós», pero se había marchado antes de que pudiera pronunciar las palabras. Alcé la mano y rocé con los dedos el lugar que habían tocado sus labios. Ese gesto fue extraño, inesperado, equivocado y... dulce.

Me relajé y estiré las piernas. Con la mirada clavada en el techo, me pregunté qué me depararían los próximos dos meses. En su mayoría, no descubrí nada. Todo había cambiado, yo había cambiado, pero de lo único que podía estar segura era de que aprendería muchas cosas con Aiden y con Seth.

La tarde siguiente, recordé la tarjeta de Lucian que había dejado caer sobre la mesa. Deslicé el dedo bajo el pliegue y la abrí. Saqué el dinero y, por primera vez, leí la nota.

No estaba mal y no era demasiado falsa, pero, aun así, no se me removió nada en el pecho al contemplar su elegante caligrafía. Por mucho dinero que me enviara o por muchas cartas que me escribiera, no podría comprar mi amor ni borrar las sospechas que le rodeaban como una nube negra.

Aunque pronto me compraría unos zapatos muy bonitos con su dinero.

Con ese pensamiento en mente, me duché y encontré algo que ponerme que tapase la peor parte de las marcas. Llevar el pelo suelto me ayudó con lo del cuello, pero no me sirvió para cubrir todas las cicatrices.

Para mi sorpresa, los Guardias no me detuvieron cuando crucé el puente hacia la isla principal, pero mientras merodeaba por la calle principal, tuve la sensación de que me observaban. Una mirada rápida por encima del hombro confirmó mis sospechas. Uno de los Guardias se había separado de su compañero en el puente y se mantenía a una discreta distancia detrás de mí. Tal vez Lucian o Marcus temían que volviera a huir… o que hiciera otra cosa increíblemente irresponsable.

Le dediqué al Guardia una sonrisa pícara antes de meterme en una de las tiendas turísticas del paseo marítimo, propiedad de los puros pero dirigidas por mortales. En la que me metí había un surtido de velas caseras, mosaicos hechos con caracolas machacadas y sal marina para el baño. Sonriendo para mí misma, intuí que aquí gastaría parte del dinero de Lucian.

Entusiasmada por todas las cosas de chicas que pensaba regalarme, consideré los sencillos placeres de la vida que a menudo se pasan por alto cuando uno se prepara para matar daimons. Los baños con burbujas no solían ser una prioridad. Elegí un par de cirios blancos en barquitos de madera de pino y un puñado de cirios grandes y gruesos, de los que huelen como si hubieran sufrido una sobredosis en un taller de Bath and Body Works.

En la caja, ignoré la forma en que la empleada, obviamente mortal, no dejaba de mirarme el cuello. Los puros utilizaban compulsiones con los mortales que vivían cerca del Covenant, convenciéndoles de que todas las cosas raras que veían eran normales. A esta chica parecía que le vendría bien otra dosis.

—¿Es todo? —Tartamudeó al pronunciar la última palabra, apartando la mirada de mis cicatrices.

Me moví, incómoda. ¿Así iba a actuar la gente hasta que desaparecieran las malditas marcas? Dejé de mirarla y me fijé en un juego de papel con motivos oceánicos que había junto a la caja registradora.

—¿Puedo añadir esto?

La chica asintió, y el cabello que llevaba teñido con mechas le tapó la cara. Incapaz de mirarme de frente, me atendió muy rápido.

Una vez fuera de la tienda, me senté en uno de los bancos blancos de la calle y garabateé un par de líneas. Después de cerrar el sobre, crucé la calle y me metí entre una librería y una tienda de regalos.

No me hizo falta mirar hacia atrás para saber que el Guardia aún me seguía. Diez minutos después, subí los escalones de la casa de Lucian en la playa y deslicé la nota por la rendija de la puerta. Era muy probable que ni siquiera la recibiera, pero al menos había intentado darle las gracias. Me sentiría menos culpable cuando gastara mi pequeña fortuna en el vestuario para la vuelta a clase. Al fin y al cabo, no podía llevar ropa verde y de entrenamiento todo el año.

Salí corriendo de su porche por si acaso estaba en casa y me veía allí. Con la bolsa llena de cosas aromáticas, emprendí el camino de vuelta a la isla controlada por el Covenant.

—¿Señorita Andros?

Dejando escapar un gran suspiro, me giré y me enfrenté al Guardia que se había convertido en un acosador. Ahora estaba junto a su compañero, con una mirada inexpresiva.

—¿Sí?

—La próxima vez que quiera salir del Covenant, pida permiso, por favor.

Rodé los ojos, pero asentí. Había vuelto al punto de partida desde que regresé al Covenant. Todavía necesitaba una niñera.

Ya en el campus, hice una parada más antes de reunirme con Caleb: el patio. Los hibiscos habían sido la flor favorita de mamá, y encontré varios en flor. Me gustaba pensar que olían a trópico, pero nunca pude captar su aroma. A mamá simplemente le gustaba lo bonitas que eran. Recogí media docena y salí del jardín.

Al acercarme a la residencia de las chicas, vi a Lea sentada en el porche con otras estudiantes. Tenía mucho mejor aspecto que la última vez que la había visto.

Inclinó la barbilla cuando pasé a su lado y con una mano bronceada se echó el pelo que tenía increíblemente brillante por encima del hombro. El silencio se extendió entre nosotras y entonces abrió la boca.

—¿No estás más guapa de lo normal? —Se apartó de las gruesas columnas y se mordió el labio inferior—. Bueno... al menos las marcas desvían la atención de tu cara. Supongo que eso es bueno, ¿no?

No sabía si reírme o darle un puñetazo en la cara. De todos modos, por muy ridículo que sonase, me sentí bien al ver que Lea volvía a ser la perra de siempre.

—¿Qué? —Entrecerró los ojos en señal de desafío—. ¿No tienes nada que decir?

Me lo pensé.

—Lo siento… estás tan morena que pensé que eras un sillón de cuero.

Sonrió satisfecha mientras se pavoneaba a mi lado.

—Lo que tú digas. Rarita.

En circunstancias normales, esas palabras habrían iniciado una interminable batalla de insultos, pero esta vez lo dejé pasar. Tenía cosas mejores que hacer. En mi habitación, separé las velas y los barquitos que se usaban para guiar a los espíritus al más allá. El significado era totalmente simbólico, pero como no tenía cuerpo ni tumba, era lo mejor que se me había ocurrido.

Me tomé mi tiempo para arreglarme. Quería estar guapa, todo lo guapa que se podía estar con medio cuerpo cubierto de marcas. Cuando me sentí satisfecha al ver que no tenía el pelo encrespado y que el vestido que había llevado en los funerales anteriores no estuviera cubierto de pelusas, busqué un cárdigan fino. Me lo puse por encima de los brazos, recogí mis cosas y me dirigí a reunirme con Caleb.

Ya estaba junto al agua, cerca de la orilla del pantano y de las casitas del personal. Era el mejor sitio, el más privado, para hacer algo así, y me alegré por ello. Ver a Caleb con ropa elegante fue como un puñetazo en el pecho.

Debía de haber sacado un par de pantalones negros del fondo del armario, ya que eran un par de centímetros demasiado cortos para él. Aunque mamá había intentado matar a Caleb, él se había arreglado por respeto a su memoria y a mí. Algo se me atascó en la garganta. Tragué saliva, pero la sensación no desapareció.

Caleb irradiaba simpatía cuando se acercó y me quitó las flores de la mano. En silencio, se dispuso a colocar los barquitos, y yo arranqué los suaves pétalos y los esparcí en ellos. Pensé que a ella… le habría gustado el toque extra.

Al mirar hacia abajo, a los tres barquitos, volví a tragar saliva. Uno por mamá, uno por Kain y otro por todos los que habían muerto.

—De verdad que aprecio esto —dije—. Gracias.

—Me alegro de que lo hagas.

El ardor que sentía en los ojos aumentó y se me hizo un nudo en la garganta.

—Y de que hayas querido incluirme —añadió.

Oh, dioses. Iba a hacer que ocurriese. Iba a llorar.

Caleb se acercó a mí y me rodeó los hombros con el brazo.

—No pasa nada.

Se me escapó una lágrima. La atrapé con la punta del dedo antes de que descendiera por mi mejilla, pero luego salió otra lágrima grande… y otra más. Me limpié la cara con el dorso de la mano.

—Lo siento —lloriqueé.

—No —Caleb negó con la cabeza—, no lo sientas.

Asentí y respiré hondo. Al cabo de un rato, pude contener las lágrimas y forcé una sonrisa.

Estuvimos un tiempo perdidos en los brazos del otro. Ambos teníamos algo que llorar, algo que habíamos perdido. Quizás a Caleb también le hiciera falta. El tiempo pareció ralentizarse hasta que estuvimos listos.

Miré las velas.

—Mierda. —Había olvidado un encendedor.

—¿Necesitas fuego?

Nos giramos hacia la voz grave y potente. Reconocí el sonido hasta el fondo de mi alma.

Aiden estaba cerca de nosotros, con las manos hundidas en los bolsillos de los vaqueros. El sol poniente creaba un halo a su alrededor y, por un momento, casi creí que era un dios y no un puro.

Parpadeé, pero no desapareció. Estaba aquí, de verdad.

—Sí.

Dio un paso adelante y tocó cada vela de vainilla con la punta del dedo. Unas llamas chispearon y crecieron, imperturbables por la brisa del océano. Cuando terminó, se puso de pie y me miró. En su mirada había orgullo y seguridad, y supe que aprobaba lo que estaba haciendo.

Volví a tragarme las lágrimas cuando Aiden retrocedió hasta donde estaba. Con esfuerzo, aparté la mirada de él y tomé mi barquito. Caleb me siguió y caminamos hasta donde el agua se convertía en una espuma blanca y fina que nos lamía las rodillas; lo bastante lejos como para que el oleaje no arrastrara los barquitos.

Caleb fue el primero en posar los dos barquitos. Movió los labios, pero no pude oír lo que dijo. ¿Quizás una oración? No podía estar segura, pero unos segundos después soltó los barquitos y las olas se los llevaron.

Se me pasaron tantas cosas por la cabeza mientras miraba mi barquito. Cerré los ojos y vi su preciosa sonrisa. La imaginé asintiendo con la cabeza y diciéndome que estaba bien, que ya podía dejarlo ir todo. Supongo que, en cierto modo, estaba bien. Ella estaba en un lugar mejor. Lo pensaba de verdad. Siempre habría algo de culpa. Todo lo que había hecho desde el momento en que el oráculo le había hablado había conducido a esto, pero por fin había terminado. Agachándome, puse el barquito espiritual en el agua.

—Gracias por todo, por todo lo que diste por mí. —Hice una pausa y sentí que la humedad me resbalaba por la cara—. Te echo mucho de menos. Siempre te querré.

Mantuve los dedos alrededor del barquito un segundo más, y después las olas espumosas se lo llevaron lejos de mí. Los tres barquitos se alejaban cada vez más, con las velas aún encendidas. El cielo se había oscurecido cuando perdí de vista los barquitos con su tenue luz. Caleb me esperaba en la arena, y más allá estaba Aiden. Si Caleb pensaba algo de la presencia de Aiden, no se le notaba en la cara.

Con cuidado, volví a la playa. La distancia entre Aiden y yo pareció evaporarse y solo quedamos nosotros dos. Cuando me acerqué a él, esbozó una pequeña sonrisa.

—Gracias —susurré.

Aiden pareció entender que le estaba dando las gracias por algo más que por una simple luz. Habló en voz baja para que solo yo pudiera oírle.

—Cuando murieron mis padres, pensé que nunca volvería a encontrar la paz. Sé que tú lo has hecho, y por eso, estoy feliz. Te lo mereces, Alex.

—¿Alguna vez... encontraste la paz?

Extendió la mano y rozó con los dedos la curva de mi mejilla. Fue un gesto tan rápido que supe que Caleb nunca lo vio.

—Sí. Ahora sí.

Inspiré con fuerza, quería decirle tantas cosas, pero no podía. Quería pensar que lo sabía, y seguramente así era. Aiden dio un paso atrás y, con una última mirada, se dio la vuelta y se dirigió a casa.

Lo observé hasta que Aiden no fue más que una sombra apenas perceptible. Volví a donde Caleb estaba sentado, me dejé caer a su lado y apoyé la cabeza en su hombro. De vez en cuando, el agua salada nos hacía cosquillas en los dedos de los pies y yo percibía el aroma a vainilla de la brisa marina. El aire era cálido y agradable, pero el viento fresco que soplaba dejaba entrever que el otoño estaba al caer. Pero, por ahora, la arena estaba caliente en la isla de la costa de Carolina y el aire todavía olía a verano.

Guía de pronunciación de Mestiza:

Daimon: DEE-mun

Éter: E-ter

Hematoi: HEM-a-toy

Apollyon: a-POL-ee-on

Agapi Mou: ah-GAH-pee MOO

Akasha: ah-KAH-sha

Sobre la autora

Jennifer L. Armentrout es la autora n° 1 en la lista de *The New York Times* y una autora *best seller* de éxito internacional. Vive en Martinsburg, West Virginia. No todos los rumores que has oído sobre ella son ciertos. Cuando no está ocupada escribiendo, le gusta la jardinería, hacer ejercicio, ver películas de zombis de las malas, fingir que escribe y pasar el rato con su marido y su Jack Russell hiperactivo que se llama Loki.

Escribe novela juvenil contemporánea, de ciencia ficción y paranormal para Spencer Hill Press, Entangled Teen, Disney Hyperion y Harlequin Teen. *No mires atrás* fue nominado a Mejor libro de ficción juvenil por la Young Adult Library Association. Se pretende llevar su novela *Obsidian* a la gran pantalla y la saga *Covenant* a la televisión.

Bajo el seudónimo J. Lynn, Jennifer ha escrito New Adult, Contemporánea para adultos y Romance Paranormal, incluido el *best seller* de *The New York Times Te esperaré*. Escribe para HarperCollins y Entangled Brazen.

¿TE GUSTÓ
ESTE LIBRO?

Escríbenos a

puck@edicionesurano.com

y cuéntanos tu opinión.

ESPAÑA /MundoPuck /Puck_Ed /Puck.Ed

LATINOAMÉRICA   /PuckLatam

/PuckEditorial

¡Gracias por vivir otra
#EXPERIENCIAPUCK!